ढुब्रास का योद्धा

विक्रम बागरी

INDIA • SINGAPORE • MALAYSIA

ISBN 979-8-88704-983-0

अनुक्रम

प्रथम पथ

झरनों के पानी की धीमी-धीमी आवाज जंगल के कानों में पड़ रही है। जंगल घना है और इसमें लगे पेड़ों के पत्तों का रंग काला है। जंगल के इन पेड़ों को सूरज की रौशनी नहीं मिलती आखिर ये धरती के ऊपर नहीं धरती के बहुत गहरे में हैं। ये दुनिया धरती के भीतर की दुनिया है और इसका नाम है "दुब्रास"। दुब्रास, धरती के अंदर की वो सुंदर दुनिया है जिसका आसमान धरती के अंदर वाली चट्टाने हैं। साथ ही साथ धरती के अंदर की इस दुनिया में सात ऐसे ज्वालामुखी हैं जो वहाँ के पहाड़ों में सबसे ऊंचे हैं। सातों ज्वालामुखियों की ऊंचाई एक-दूसरे के बराबर है और ये बारह घंटो के लिये किसी चिमनी की तरह जलते हैं और फिर बारह घंटो के लिये इनकी रौशनी इनके भीतर चली जाती है। इन सातों ज्वालामुखियों के जलने से ही दुब्रास में दिन और रात होते हैं। रात के वक़्त दुब्रास में धरती की तरह आसमान के चमकते सितारे तो दिखाई नहीं देते लेकिन चट्टानों का आसमान दुब्रास के ज्वालामुखियों के बुझते ही आकार में थोड़े बड़े जुगनुओं से जगमगाने लगता है। ऐसा लगता है जैसे दुब्रास के इस अँधेरे में जुगनू नहीं सितारे ही चमक रहे हों। धरती के भीतर की ये दुनिया धरती के ऊपर की दुनिया से बस चार रास्तों से जुड़ी है। चार रास्तों में से तीन रास्ते धरती के ऊपर लेकिन समंदर के अंदर खुलते हैं और चौथा रास्ता समंदर के किनारे बड़े से पहाड़ की एक विशाल गुफा में खुलता था। पहाड़ का ये चौथा रास्ता अब बंद है। समंदर में खुलने वाले तीनों रास्तों से समंदर का पानी नीचे दुब्रास में गिरता है जिससे ये रास्ते तीन बड़े-बड़े झरनों का रूप ले लेते हैं। पहले झरने का नाम प्रथम पथ, दूसरे का द्वितीय पथ और तीसरे झरने के रास्ते का नाम तृतीय पथ है। तीनों

झरने दुब्रास में जिस जगह गिरते हैं वहाँ एक विशाल तालाब बन जाता है जो दुब्रास के ठीक मध्य में है। वैसे तो समंदर के अंदर खुलने वाले दुब्रास के तीनों रास्ते हमेशा झरनों के रूप में दुब्रास में गिरते हैं और हमेशा बंद रहतें हैं लेकिन साल में एक बार, एक ऐसा समय आता है जब समंदर के अंदर के इन तीनों रास्तों के चारो ओर भँवर बनता है जिससे तीनों झरनों का पानी एक साथ चौबीस घंटों के लिये रुक जाता है और धरती के ऊपर का आसमान, दुब्रास के इन झरनों के रास्ते से नजर आने लगता है। धरती के अंदर बनी दुब्रास की इस अद्भुत दुनिया के राजा 'रामानु' आज अपने भव्य महल की छत पे खड़े हैं। महल झरनों के तालाब के ठीक सामने बना हुआ है। सातों जवालामुखी जो दुब्रास के चारो तरफ बराबर दूरी में हैं, अब अपनी रौशनी को अपने भीतर खींच रहें हैं। ये दुब्रास की दुनिया की सुहानी शाम है। हवा भी हल्की-हल्की बह रही है लेकिन राजा रामानु अभी कुछ चिंतित से हैं और महल की छत पर बहुत समय से टहल रहे हैं। कभी नीचे सर झुकाकर टहलते रहते हैं तो कभी सर को ऊपर उठाकर दुब्रास की आसमानी चट्टानों को देख रहे हैं। दरअसल अगली सुबह सातों ज्वालामुखियों के जलते ही वो वक़्त आने वाला है जो साल में एक बार आता है। अर्थात समंदर में खुलते दुब्रास के तीनों रास्ते, जो झरनों के रूप में दुब्रास के तालाब में गिरते हैं उनका पानी रुक जायेगा और दुब्रास से धरती के ऊपर का रास्ता खुल जायेगा। राजा रामानु के नाना राजा जनाक ने दुब्रास की सुरक्षा के लिये चट्टानों को तोड़कर एक लंबी और विशाल सुरंग बनाई थी जो इन चट्टानों के अंदर तीनों झरनों से होकर निकलती है। तीन बड़े-बड़े दरवाजे भी इन तीनो झरनों के रास्ते को बंद करने

के लिये बनवाये गये थे। जब साल का वो एक दिन आता है जब समंदर में भँवर बनता है और तीनों झरने बहना बंद करते हैं तब सैनिक इनके पानी के रुकने पर दरवाजों के नीचे लगे विशाल स्तंभ को आगे धकेल कर दरवाजा बंद कर देते हैं। हर झरने का दरवाजा ज्वालामुखी से निकली एक विशिष्ट धातु से बनाया गया है जिसे तोड़ना लगभग असंभव है। मगर राजा रामानु के सेनापति किवाड़ ने आज उन्हें संदेश दिया है कि तीन दरवाजों में से दो दरवाजे तो कार्य कर रहे हैं लेकिन प्रथम पथ का दरवाजा अपनी जगह में फँस गया है और अगर कल सुबह तक दरवाजा ठीक न हुआ तो उसके अगले चौबीस घंटे धरती के ऊपर की दुनिया और दुब्रास के बीच का एक रास्ता खुला रह जायेगा। राजा रामानु रास्ते के खुले रहने से चिंतित नहीं हैं बल्कि चिंता तो इस बात की है कि कहीं इसकी भनक धरती में योध्यानगर के क्रूर शाषक सुरपांस को लग गई, तो वो दुब्रास में आक्रमण करने में एक क्षण की भी देरी नहीं करेगा। सुरपांस दुब्रास के बारे में जानता है, कुछ समय पूर्व दुब्रास के राजा रामानु, सुरपांस के साथ ही धरती के राज्य 'योध्यानगर' में ही रहते थे। योध्यानगर धरती का सबसे शक्तिशाली राज्य है। राजा रामानु और सुरपांस के पिता महाराज 'दसनाथ' थे। योध्यानगर के राजा दसनाथ की दो रानियाँ थी जिनसे राजा को एक-एक पुत्र प्राप्त हुआ। महाराज दसनाथ की पहली रानी 'सिल्या' से रामानु का जन्म हुआ और दूसरी रानी 'मंदिरा' से एक वर्ष के बाद दूसरे बेटे सुरपांस का जन्म हुआ। कुछ वर्षों के बाद योध्यानगर के राजा दसनाथ की असमय मृत्यु हो गई। महाराज दसनाथ की मृत्यु के बाद उनकी दूसरी पत्नी रानी मंदिरा ने अपने भाई की सहायता से योध्यानगर में अपना

अधिकार कर लिया और महाराज की पहली पत्नी महारानी सिल्या को कारागार में कैद करवा दिया। महारानी सिल्या स्वयं तो कैद हो गईं लेकिन अपने पाँच साल के पुत्र रामानु को अपने विस्वासपात्र सेनापति 'किवाड़' के साथ अपने मायके 'दुब्रास' भेज दिया। महारानी सिल्या दुब्रास के महाराज 'जनाक' की पुत्री थीं जिनका विवाह योध्यानगर के राजा दसनाथ से हुआ था। महारानी सिल्या को पहले ही रानी मंदिरा की चाल की जानकारी हो गई थी और इसीलिए उन्होंने अपने पुत्र रामानु को सेनापति किवाड़ के संग दुब्रास के लिये जाने वाले चौथे रास्ते द्वारा पहले ही योध्यानगर से दुब्रास भेज दिया और स्वयं वहीं महल में ठहरी रहीं ताकि रानी मंदिरा को किसी बात का संदेह न हो। सेनापति किवाड़ युवराज रामानु को लेकर चौथे रास्ते से दुब्रास पहुँच गये और वहाँ, तब के राजा जनाक को योध्यानगर में घटी सारी घटना की जानकारी दे दी। महारानी सिल्या दुब्रास के राजा जनाक की अकेली संतान थीं। राजा जनाक ने अपनी पुत्री को योध्यानगर से मुक्त कराने के लिये अपनी सेना की एक बड़ी टुकड़ी को साथ लिया और दुब्रास से योध्यानगर के लिये निकल गये। राजा जनाक ने दुब्रास से जाने के पहले सेनापति किवाड़ को कहा कि अगर दो दिनों के भीतर वो वापस दुब्रास न लौटे तो पहाड़ में खुलने वाले चौथे रास्ते को हमेशा के लिये बंद कर दिया जाये और युवराज रामानु को दुब्रास का नया राजा बना दिया जाये। राजा जनाक दुब्रास से अपनी सेना लेकर योध्यानगर के लिये निकल तो गये लेकिन वो दो दिनों में वापस दुब्रास न लौट पाये। सेनापति किवाड़ ने राजा जनाक का आदेश मानते हुये, दुब्रास से धरती को जाने वाले चौथे रास्ते को कुछ बड़ी-बड़ी चट्टानों और ज्वालामुखी से

निकलने वाली धातु से बंद करवा दिया। युवराज रामानु पाँच साल की उम्र में ही दुब्रास के राजा बन गये। सालों साल बीतते गये। राजा रामानु ने बीस वर्ष की आयु में दुब्रास के राजमंत्री सुकीरत की पुत्री 'जानसी' से विवाह कर लिया। बीतें इन वर्षों में धरती के राज्य योध्यानगर का राजभार भी रानी मंदिरा के बेटे सुरपांस के हाँथों में आ गया। सुरपांस हमेशा से दुब्रास में आक्रमण करने की सोचता रहता था लेकिन उसे अभी तक चारों रास्तों में से केवल दो रास्तों की ही जानकारी थी। एक रास्ता तो वही था जो पहाड़ की गुफाओं से दुब्रास में जाता था लेकिन वो रास्ता बंद होने साथ-साथ अब घने जंगलों और पर्वतों के बीच में खो चुका था, अब उस रास्ते को खोजना और पुनः खोलना पहाड़ को ऊपर से नीचे तक तोड़ने जैसा था। दूसरा रास्ता वो था जो समंदर के अंदर खुलता था। सुरपांस को समंदर में खुलने वाले दुब्रास के तीन रास्तों में से एक प्रथम पथ की जानकारी थी। सुरपांस ने एक बार अपने कुछ सैनिकों को दुब्रास के इस प्रथम पथ से गिरते झरने के रास्ते से दुब्रास में भेजा था लेकिन जब तक पानी का बहाव रुक नहीं जाता तब तक कोई भी इंसान दुब्रास में समंदर के रास्तों से जीवित नहीं आ सकता। सुरपांस के सारे सैनिक दुब्रास में घुसने के प्रयास में ही मारे गये थे और उनका मृत शरीर दुब्रास के तालाब में तैर रहा था। बस तभी से राजा रामानु ने अंदेशा लगा लिया कि हो न हो सुरपांस को दुब्रास के समंदर के रास्तों की भी खबर लग चुकी है। वैसे साल भर सैनिकों की दो-दो टुकड़ियाँ सुरंग में तीनों झरनों के दरवाजों पर रक्षा के लिए रहती हैं लेकिन महाराज रामानु को चिंता इस बात की है कि सुरपांस को प्रथम पथ की जानकारी है और अगर प्रथम पथ का दरवाजा ठीक न

हुआ तो वो दुर्ब्रास में आक्रमण कर सकता है। राजा रामानु की चिंता वहाँ बुझ रहे सातों ज्वालामुखियों के साथ ही बढ़ रही है। राजा रामानु की पत्नी महारानी जानसी अपने शयन कक्ष में हैं लेकिन वहाँ की खिड़की से महल की छत पर टहल रहे राजा रामानु को देख रही हैं। महारानी जानसी को चिंतित देखकर उनकी प्रिय सेविका सुमिधा ने कहा - "महारानी आपका इस अवस्था में किसी प्रकार की चिंता करना उचित नहीं होगा, होने वाले शिशु पर इसका बुरा प्रभाव पड़ सकता है"। महारानी जानसी गर्भ से हैं और सारे दुर्ब्रास की प्रजा राजमहल में शिशु की किलकारियाँ सुनने का इंतजार कर रही है। आने वाले महीने में शिशु के जन्म की संभावना है इसीलिए महारानी की सेविका सुमिधा उन्हें चिंता न करने को कह रही थी। महारानी ने सुमिधा की बात मानकर खिड़की से बाहर देखना बंद तो कर दिया लेकिन मन में चिंता के द्वार खुले रहे। इधर दुर्ब्रास का सेनापति किवाड़ सैनिकों की एक और टुकड़ी को लेकर, खराब हुये झरने के दरवाजे की तरफ चल दिया। कुछ सैनिक घोड़ों पर सवार, हाँथों में जलती हुई मशालें लिये हुये थे तो कुछ उनके आगे-पीछे कदम मिलाकर दौड़ते हुए चल रहे थे। अब सातों ज्वालामुखी पूरी तरह बुझ चुके थे और दुर्ब्रास में अँधेरा होने के साथ ही झरनों के तालाब के ऊपर जुगुनू चमकते हुये दिखाई देने लगे। दुर्ब्रास के घने जंगलों में भी धरती के जंगल की तरह जंगली जानवर हैं लेकिन कुछ अलग। यहाँ पाये जाने वाला हर जानवर आकार में धरती के जानवर से बड़ा है। जंगल में सबसे खास जंगल का सरदार है, जिसका नाम है 'बश्शेरा'। बश्शेरा एक बब्बर शेर है लेकिन कुछ अलग। बश्शेरा की पीठ पर बड़े-बड़े दो पंख है जिससे वो दुर्ब्रास में उड़ भी सकता है। ये पंख बस

बश्शेरा के पूर्वज और बश्शेरा के कुल के हर शेर की पीठ पर ही होते हैं लेकिन बश्शेरा के कुल में अब केवल उसका पुत्र 'सिंघा' ही शेष बचा हुआ है जो कि अब राजा रामानु की कैद में है। इधर सेनापति किवाड़ की अगुवाई में सुरंग की तरफ जा रहे सैनिकों के कदमों की आवाज और घोड़ों के दौड़ने की तेज ध्वनि इतनी कठोर और निडर मालूम होती है कि जंगल के खतरनाक जानवर भी दूर भागने लगते हैं। सेनापति किवाड़ ने अपने रथ के सारथी को रथ और तेजी से ले चलने को कहा, आखिर सातों ज्वालामुखियों के वापस जलने में कुछ घंटे ही बचे थे। थोड़ी ही देर में सेनापति किवाड़ सैनिकों की इस टुकड़ी के साथ सुरंग के द्वार पर पहुंच गये, जहाँ से तीनों झरनों के दरवाजों तक जाया जा सकता था। सेनापति किवाड़, सैनिकों की टुकड़ी के साथ सुरंग के अंदर घुसे और कुछ ही देर में प्रथम पथ के पास पहुंच गये जिसका दरवाजा अपनी जगह में फँस गया था। सैनिकों के दो दल जो वहाँ पहले से थे वो फंसे हुये दरवाजे के स्तंभ को धकेलने की कोशिश में लगे हुये थे। सेनापति किवाड़ ने अपने साथ आये सैनिकों को भी बाँकी सैनिकों की मदद करने का आदेश दिया। सारे सैनिक एक साथ मिलकर झरने के बड़े दरवाजे के विशाल स्तंभ को धक्का देने लगे। इधर दुब्रास से ऊपर, धरती का क्रूर शाषक बन चुका योध्यानगर का राजा सुरपांस रात के वक़्त शयन कक्ष में है और कुछ दासियाँ उसके सामने अपनी नृत्यकला का प्रदर्शन कर रही हैं। सुरपांस के हाँथों में शराब का एक प्याला है, जो कई बार भरा जा चुका है और कई बार खाली किया जा चुका है। सुरपांस के बगल में खड़ी एक दासी बस शराब के प्याले को भरने के लिये खड़ी है। सुरपांस अभी पूरी तरह से नशे में हैं। नृत्य कर रही दासियाँ

अपने कदम कम थिरका रही हैं बल्कि राजा सुरपांस का सर नशे में ज्यादा घूम रहा है। तभी सुरपांस के शयनकक्ष का दरवाजा खुला। सुरपांस जिसने अपने एक हाँथ में शराब का प्याला लिया था, जिसका सर नशे में झूम रहा था, बिना अनुमति के दरवाजे के खुलने की आहट सुनते ही बिजली सा दौड़ पड़ा, उसका दूसरा हाँथ बगल में म्यान के अंदर रखी तलवार पर गया, नशे में झूमता हुआ उसका सर स्थिर हो गया और नजरें शयनकक्ष के दरवाजे पर किसी तीर की तरह गईं।

ऐसा लगा मानो सुरपांस ने शराब पी ही न हो। दासियाँ जो सुरपांस को नशे में धुत्त समझकर अपने कदम धीरे-धीरे थिरकाने लगी थीं अचानक से नृत्य कला के उच्चतम स्तर का प्रदर्शन करने लगीं। सुरपांस के शयनकक्ष के दरवाजे पर उसका सेनापति कुम्भी खड़ा था। सेनापति कुम्भी को देखकर सुरपांस ने अपनी तलवार में से हाँथ हटाकर वहाँ नृत्य कर रही सभी दासियों को वहाँ से जाने के लिये कहा, बस एक दासी को वहाँ पर रोका जो कि शराब का प्याला भरने के लिये खड़ी थी। बाँकी सभी दासियाँ वहाँ से जाने लगीं। सुरपांस ने सेनापति कुम्भी को अपने पास बुलाया। सेनापति कुम्भी सुरपांस के पास आकर बोला - "महाराज आपके विश्राम के समय में खलल डाला, इसके लिये मुझे क्षमा करिये लेकिन खबर ऐसी है जो आपको देनी जरूरी थी महाराज"। तब सुरपांस ने अपना हाँथ दोबारा बगल में रखी तलवार पर रखा और दूसरे हाँथ के प्याले से शराब का एक घूँट मारते हुये बोला - "कुम्भी, तुम खबर बताओ, जरूरी थी या नहीं मैं बताऊँगा"। इतना कहकर सुरपांस ने बगल में रखी तलवार को म्यान से निकाल दिया। सेनापति कुम्भी ये सब

देखकर कुछ घबराया और बोला - "महाराज ये बात जरा गुप्त है, आप दासी को जाने की आज्ञा दें"। सुरपांस ने दासी को शयनकक्ष से जाने का आदेश दिया। दासी के शयनकक्ष से जाते ही सेनापति कुम्भी ने कहा - "महाराज दुब्रास में जाने के लिये हमें समंदर का दूसरा रास्ता भी मिल चुका है"। राजा सुरपांस ने ये सुनते ही अपने बगल में रखी तलवार से हाँथ हटा लिया और कहा - "कुम्भी खबर तो बहुत आवश्यक लाये हो तुम, लेकिन दुब्रास में जाने का ये रास्ता भी कहीं समंदर के पहले रास्ते की तरह तो नहीं है!"। तब सेनापति कुम्भी ने हल्की दबी हुई आवाज में कहा - "महाराज आपका अंदेशा सही है। दुब्रास में जाने का ये रास्ता भी समंदर के अंदर ही है और महाराज हमारे समय के मुताबिक कल सूरज के उगते ही वो दिन आने वाला है जब साल में एक बार वो भँवर बनता है जो दुब्रास में जाने वाले झरने के पानी को रोक देता है"। सुरपांस आँखे बंद करके अपने सेनापति कुम्भी की बातों को गौर से सुन रहा था। अचानक सुरपांस ने आँखे खोलीं और बोला - "कुम्भी झरनों के दरवाजों को तोड़ने का इंतजाम करो, इस बार ये मौका हाँथ से नहीं जाना चाहिये"। तभी सेनापति कुम्भी ने कहा - "महाराज क्षमा कीजिये परन्तु समंदर में उन पथों के चारो ओर भँवर बनने के पश्चात हम कैसे उनके समीप जायेंगे, और फिर हमारी पूर्व सूचनाओं के अनुसार भवँर बनने के पश्चात दुब्रास में स्थित सुरंग में विशेष धातु से बने दरवाजों से इन पथों को बंद करवा दिया जाता है "। तब सुरपांस ने कहा - "इस बार हमारे पास एक योजना है तुम उसकी तैयारी करो कुम्भी"। इतना कहकर सुरपांस हँसने लगा, फिर उसने सेनापति कुम्भी को अपनी गुप्त योजना बताई। ईधर दुब्रास में सेनापति किवाड़ सुरंग

में प्रथम पथ के दरवाजे को बंद करने के लिये सैनिकों के साथ मिलकर अलग-अलग उपाय कर रहे हैं लेकिन कोई कामयाबी अब तक हाँथ नहीं लगी। सारे सैनिक थक चुके हैं और सातों जवालामुखियों के जलने का समय भी नजदीक आ रहा है। सेनापति किवाड़ ने सैनिकों को फिर भी कुछ देर आराम कर लेने को कहा। सैनिक सुरंग की छोटी-छोटी चट्टानों में बैठकर आराम करने लगे और सेनापति किवाड़ अपने घोड़े से उतरकर झरने के दरवाजे का मुआयना करने लग गये। तभी घोड़े के टापुओं की आवाज सुनाई दी। राजा रामानु स्वयं सुरंग के अंदर आ चुके थे और कुछ ही देर में प्रथम पथ के दरवाजे के पास पहुंच गये। सैनिक इतने थके हुये थे कि उन्हें महाराज के आने की खबर ही नहीं लगी। सेनापति किवाड़ ने राजा रामानु से कहा - "महाराज! सैनिकों ने अपना पूरा बल लगा लिया लेकिन दरवाजा एक पग भी अपनी जगह से नहीं हिला"। तब राजा रामानु ने कहा - "सेनापति अब हमारे पास केवल एक ही उपाय बचा है इस रास्ते को बंद करने का"। सेनापति किवाड़ महाराज के चेहरे को ताक रहे थे कि तभी एक धम्म सी आवाज गूँजी। ऐसी आवाज थी मानों किसी पहाड़ को आसमान से जमीन पर पटका गया हो। पूरी सुरंग इस आवाज से गूँज उठी। आराम कर रहे सैनिक भी होश में आ गये और राजा रामानु को अपने सामने देखकर तुरंत एक कतार से खड़े हो गये। तभी वो धम्म की आवाज फिर हुई और मशालों के उजाले में एक विशाल काय आकृति सुरंग में दिखाई दी। सेनापति किवाड़ पहचान गया और राजा रामानु से बोला - "महाराज आपने इन्हें मनाया कैसे? ये तो जंगल के जानवरों के सरदार "बश्शेरा" हैं न, और इनके साथ हमारे संबंध कुछ अच्छे नहीं

हैं"। राजा रामानु अपने सेनापति से कुछ कहते उससे पहले ही जंगल का सरदार बश्शेरा आगे आया और राजा रामानु से बोला - "महाराज मैं यहाँ इस शर्त में आया हूँ कि अगर ये दरवाजा मैंने बंद कर दिया तो आपके कारागार में बंद मेरा बेटा मुक्त कर दिया जायेगा"। तब राजा रामानु ने अपनी कमर में दोनों हाँथों को रखते हुये कहा - "हमारा वचन है बश्शेरा, झूठा नहीं जायेगा लेकिन अभी समय बहुत कम बचा है, सुबह होने ही वाली है, सातो ज्वालामुखी जलने ही वाले हैं उससे पहले तुम्हें इस प्रथम पथ के झरने का फँसा हुआ दरवाजा बंद करना होगा"। बश्शेरा ने कदम आगे बढ़ाया तो सुरंग में झरने के रास्ते मे खड़े सैनिक किनारे हट गये। झरने के पानी का गिरना अब कुछ कम हो चुका था और इसका सीधा अर्थ ये था कि ऊपर समंदर में भँवर बनने लगा है, साथ ही साथ दुब्रास मे सातो ज्वालामुखी जलने वाले हैं। बश्शेरा ने दरवाजे को आगे खिसकाने वाले चौड़े से लोहे के स्तंभ में अपना सर लगाया और जोर से दहाड़ता हुआ उसे खिसकाने की कोशिश करने लगा। तभी दरवाजा जो ऊपर एक चट्टान में अटका हुआ था आगे की तरफ कुछ खिसका। जानवरों के सरदार ने एक जोर की दहाड़ और लगाई मानों अपना पूरा जोर दरवाजे के स्तंभ में लगा दिया हो। बश्शेरा ने अपने पीठ के पंखों को भी खोल दिया। स्तंभ के आगे खिसकने से झरने का दरवाजा भी चट्टान के एक हिस्से को तोड़ते हुये आगे खिसक गया। अब बस इंतजार था झरने के पानी के पूरा रुकने का क्योंकि तभी दरवाजे को बंद किया जा सकता है। इधर सुरपांस अपने सेनापति कुम्भी के साथ शाही जहाज में बैठ योध्यानगर से समंदर के रास्ते मे चल पड़ा था। दुब्रास का पहला झरना 'प्रथम पथ' किनारे से ज्यादा

दूर नहीं था लेकिन जो रास्ता सुरपांस के सेनापति को अभी मालूम हुआ है वो समंदर के बहुत अंदर है। सुरपांस का ये शाही जहाज समंदर में तेज गति से चलने की क्षमता रखता है। उसकी आकृति ऐसी है कि आधा जहाज समंदर के भीतर तो आधा समंदर के बाहर रहता है। सुरपांस ने अपने सेनापति कुम्भी से कहा कि इस बार वो नये रास्ते में जायेगा और जो योजना उसने बनाई है वो वहीं से शुरू होगी। इधर दुब्रास में सातो ज्वालामुखी बस जलने ही वाले है। तभी राजा रामानु ने सेनापति किवाड़ से पूँछा कि द्वितीय पथ और तृतीय पथ के दरवाजों का समाचार क्या है? तब सेनापति किवाड़ ने कहा कि सैनिकों की दो-दो टुकड़ियाँ बाँकी के दोनों झरनों पर हैं, जो पानी के रुकते ही तुरंत झरने के दरवाजे को बंद कर देंगी। जानवरों का सरदार बश्शेरा अपना सर अभी भी झरने के दरवाजे के स्तंभ में लगाया हुआ है। राजा रामानु झरने के पानी के रुकने पर जैसे ही आदेश देंगे वैसे ही बश्शेरा एक झटके में दरवाजा बंद कर देगा। इसी बीच सेनापति किवाड़ ने राजा रामानु से हल्की धीमी आवाज में कहा - "महाराज क्षमा कीजिये परन्तु बश्शेरा के पुत्र को कारागार से मुक्त करने का आपका निर्णय उचित जान नहीं पड़ता"। तब महाराज रामानु ने कहा - "सेनापति किवाड़ ये आवश्यक था, इसके सिवाय हमारे पास कोई और रास्ता नहीं था"। तब सेनापति किवाड़ ने अपनी आवाज को और हल्का करते हुऐ कहा - "महाराज लेकिन आप जानते हैं उसने हमारे सौ सैनिकों को मारा था और अब वो शक्ति में बश्शेरा से भी ज्यादा बलशाली हो गया है, इसीलिये उसे अब कारागार से छोड़ना उचित नहीं होगा महाराज"। तब राजा रामानु ने सेनापति किवाड़ से कहा - "सेनापति हम सब जानते हैं

लेकिन तुम भी ये जानते हो कि सुरपांस अपनी सेना के साथ झरने के मुहाने पर खड़ा होगा और अगर दरवाजा बंद न हुआ तो युद्ध होना तय है लेकिन हम अभी दुब्रास की प्रजा की सुरक्षा करना चाहते हैं"। तब सेनापति किवाड़ बोला - "महाराज लेकिन"। सेनापति किवाड़ आगे कुछ कहता कि तभी जानवरो के सरदार बश्शेरा ने अपने कदम दरवाजे के स्तब्ध से पीछे हटाये और मुड़ते हुये महाराज से बोला - "महाराज मैं सरदार जरूर जानवरो का हूँ लेकिन इंसानों की बातें बहुत तेज सुनता हूँ"। तब राजा रामानु ने सेनापति किवाड़ को एक नजर देखा फिर बश्शेरा की तरफ देखकर बोले- "नहीं बश्शेरा जो भी तुमने सुना वो सब हमारे सेनापति किवाड़ का संदेह मात्र था लेकिन तुम हमारी बात पर भरोसा रखो"। तब सरदार बश्शेरा ने कहा - "महाराज आपके सेनापति के मन में जो संदेह उठा है वो बाद में आपके मन मे भी तो उठ सकता है"। बश्शेरा और कुछ कहता उससे पहले ही दुब्रास के सातो ज्वालामुखी जल उठे। समंदर के ऊपर तीनों पथों के मुहानों पर भंवर बन गया, जिसने पानी को तीनों झरनों के अंदर दुब्रास में जाने से रोक दिया। जो पानी झरने के अंदर आ चुका था वो बादल से छूटी किसी बड़ी बूँद की तरह दुब्रास के बीचो बीच बने बड़े से तालाब में गिरा। यही घटना बाँकी के झरनों के साथ घटी। झरने के पानी के रुकते ही सुरंग में खड़े राजा रामानु ने जानवरों के सरदार बश्शेरा को ऊँची आवाज में कहा - "बश्शेरा, दरवाजे के स्तंभ को आगे धकेलो, झरने का पानी रुक चुका है, मेरे वचन पर विस्वास रखो बश्शेरा, मैं तुम्हारे पुत्र को कारागार से मुक्त कर दूँगा"। बश्शेरा ने राजा रामानु की बात सुनते ही एकदम से पलटकर झरने के विशाल दरवाजे के स्तंभ में अपना सर इतनी जोर से मारा कि झरने

का दरवाजा एक क्षण में बंद हो गया। प्रथम पथ के दरवाजे के बंद होने की जोरदार आवाज हुई। ये आवाज ऊपर समंदर में प्रथम पथ के झरने के मुहाने पर बने भँवर के पास जहाज लेकर खड़े सुरपांस के सैनिकों को भी सुनाई दी। आवाज इतनी जोरदार थी कि जहाज के किनारे पर खड़े कुछ सैनिक चौंककर हड़बड़ाहट में समंदर में गिर पड़े। इधर सुरपांस अपने जहाज में दुब्रास के लिये मिले दूसरे रास्ते की ओर जा रहा है। सूर्योदय भी हो रहा है। अगर सुरपांस की योजना सफल हुई तो धरती का ये सूर्योदय दुब्रास के लिये युद्ध का रास्ता खोल देगा। कुछ समय में सुरपांस का जहाज समंदर की लहरों में उछलता हुआ द्वितीय पथ के झरने के पास पहुंच गया जो भँवर उठने से समंदर में बने किसी विशाल कुँवें की तरह दिख रहा था। द्वितीय पथ के पास पहुँचते ही जहाज में सुरपांस के पास खड़े सेनापति कुम्भी ने कहा - "महाराज आपकी योजना के अनुसार अब हमें बचे हुये बीस घंटों में भँवर के अंदर जाकर चट्टानों को काटना है, लेकिन"। सुरपांस समंदर में बने विशाल भँवर को ध्यान से देख रहा था, सेनापति कुम्भी की बात सुनकर उसने पलटते हुये बोला - "सेनापति हमारा जो आदेश है, तुम उसका पालन करो, समय बहुत कम है। जाओ सैनिकों को योजना के अनुरूप भँवर के अंदर भेज दो"। सुरपांस की योजना थी कि वो अपने सैनिकों को भंवर के अंदर से झरने के भीतर भेजेगा जहाँ पर झरने को बंद किये हुये दरवाजों के पास की चट्टानों को काटकर एक छोटा सा रास्ता बना लिया जायेगा। सुरपांस को यकीन था कि दरवाजों के पास से चट्टानों को काटना आसान रहेगा। सेनापति कुम्भी ने सुरपांस के जहाज के पीछे आ रहे सैनिकों के छोटे-छोटे दस जहाजों को भँवर के चारो तरफ जाने का

आदेश दिया। दस जहाजों ने द्वितीय पथ के ऊपर समंदर में बने भँवर के चारों तरफ घेरा बना लिया। भँवर में उठी लहरें सैनिकों के जहाजों को ऐसे यहाँ से वहाँ कर रही थीं मानो कोई कागज की नाव यहाँ से वहाँ उछल रही हो। सुरपांस का जहाज भँवर से कुछ दूर था लेकिन बड़ी सी दूरबीन के सहारे वो सारा दृश्य देख रहा था। सैनिकों के जहाज भँवर की लहरों में स्थिर खड़े नहीं हो पा रहे थे। सेनापति कुम्भी ने राजा सुरपांस से कहा - "महाराज आपकी योजना में कोई कमी नहीं है किंतु दुब्रास के रास्तों में उठा ये भँवर हमारे सैनिकों के जहाजों को वहाँ खड़ा नहीं रहने देगा।"। सेनापति कुम्भी ने सुरपांस से इतना कहा ही था कि तभी सैनिकों से भरा एक जहाज भँवर की तेज घुमावदार लहरों में पलट गया और लहरों में गोल बहता हुआ कुछ दूर पर खड़े दूसरे जहाज से टकरा गया। टक्कर ऐसी हुई कि दोनों जहाज के टुकड़े-टुकड़े अलग हो गये। ये देखकर बाँकी बचे आठ जहाज भँवर से दूर पीछे आने लगे। सुरपांस के चेहरे का रंग लाल हो गया और उसने आँखों से दूरबीन को हटाकर पास खड़े सेनापति कुम्भी से चिल्लाते हुये कहा - "कुम्भी, हमारा आदेश आगे जाने का है, पीछे लौटने का नहीं, आदेश का पालन हो"। सेनापति कुम्भी अपने महाराज सुरपांस को इतने क्रोध में देखकर डर गया और सैनिकों को एक दूसरे जहाज से संदेशा भेजा गया कि भँवर में आगे जाना है। संदेशा मिलते ही भँवर से पीछे लौट रहे आठों जहाज ठहर गये। जहाजों में सवार सैनिक जानते थे अगर सुरपांस की आज्ञा न मानी तो मृत्यु तय है लेकिन भँवर के करीब जाना भी मृत्यु के बराबर ही था फिर भी सैनिकों से भरे आठो जहाज वापस भँवर के करीब जाने लगे। इधर दुब्रास में प्रथम पथ के दरवाजे के बंद होते ही

राजा रामानु अपने सेनापति किवाड़ के साथ जानवरों के सरदार बश्शेरा को लेकर सुरंग से राजमहल में आ गये। राजा रामानु ने तुरंत एक राजदरबार लगाया और अपने सभी प्रमुख मंत्रियों, महामंत्रियों को बुलाया। सरदार बश्शेरा को भी दरबार मे शामिल किया गया। सरदार बश्शेरा ने महाराज रामानु का धन्यवाद किया। राजा रामानु ने बश्शेरा के बेटे सिंघा को कारगार से निकालकर राजदरबार में लाने का आदेश दिया। सभी मंत्री और महामंत्री इस बात से अपरिचित थे कि बश्शेरा के बेटे सिंघा को कारागार से राजदरबार में क्यूँ बुलाया गया है। कुछ मंत्री तो एक-दूसरे के कानों में अपनीं-अपनी बातें कहने लगे। कुछ मंत्री तो जानवरों के सरदार बश्शेरा को देख रहे थे। तभी एक मंत्री ने अपने बगल में बैठे सेनापति किवाड़ से कहा - "सेनापति ये बश्शेरा राजदरबार में क्यूँ आया है? तब सेनापति किवाड़ ने उस मंत्री को राजा रामानु और सरदार बश्शेरा के बीच हुई संधि के बारे में बताया। बस अब क्या था बात एक मंत्री से दूसरे मंत्री को और दूसरे मंत्री से तीसरे मंत्री तक और फिर धीरे-धीरे पूरे दरबार मे पहुँच गई। राजा रामानु अपने सिंघासन से बैठे हुये मंत्रियों के चेहरे पढ़ रहे थे। वो समझ गये थे कि उनका सिंघा को आजाद करने का फैंसला दरबार में कई मंत्रियों को ठीक नहीं लगेगा। तभी जंजीरों के जमीन में रगड़ने की आवाज आई। बश्शेरा का बेटा सिंघा दरबार मे लाया गया। सिंघा आकार में अपने पिता बश्शेरा की तरह है लेकिन ताकत में पिता से दोगुना शक्तिशाली। सिंघा ने दरबार मे जैसे ही कदम रखा और उसकी नजर अपने पिता बश्शेरा पर पड़ी तो, वो कुछ पल के लिये रुक गया। ऐसा लगा मानो कुछ याद करने लगा हो। दरअसल सिंघा को राजा रामानु की सेना कभी

कैद नहीं कर सकती थी, कभी पकड़ नहीं सकती थी। बात 3 साल पहले की है। सिंघा अभी-अभी जवान हुआ था और पूरे जंगल में वो जंगल के नियम तोड़ने के लिये जाना जाने लगा। बश्शेरा तब भी जानवरों के सरदार थे और उन्होंने अपने बेटे को बहुत समझाने की कोशिश की लेकिन सिंघा पर अपने पिता की किसी बात का कोई असर नहीं पड़ा। दुब्रास के जंगल का नियम था कि कभी किसी इंसान को परेशान नहीं करना और न ही उस पर हमला करना है। ये नियम एक संधि के तहत राजा रामानु और सरदार बश्शेरा ने ही बनाये थे। एक दिन की बात है सिंघा अपने पंखों को फड़फड़ाता हुआ सात ज्वालामुखियों में से पांचवे ज्वालामुखी में जा पहुँचा। ज्वालामुखी की रौशनी अब भी जल रही थी। सिंघा ज्वालामुखी की चोटी से राजा रामानु के महल को देखने लगा। शायद इतने करीब से पहली बार उसने राजा रामानु के भव्य महल को देखा था। सिंघा ने पाँचवे ज्वालामुखी से उड़ान भरी और दुब्रास के चट्टानों वाले आसमान में उड़ता हुआ राजा रामानु के महल की छत पर आकर रुका। महल की छत पर मखमल का सुंदर लाल रंग का कालीन बिछा हुआ था। सिंघा आकार में तो बड़ा था ही इसीलिये जैसे ही वो महल की छत पर उतरा वैसे ही महल के नीचे खड़े सिपाहियों की नजर उस पर पड़ी। दो सैनिक भागते हुये सेनापति किवाड़ के कक्ष में गये और बोले - "सेनापति जी महल की छत पर जंगल का कोई विशाल जानवर आ बैठा है"। ये बात सुनते ही सेनापति किवाड़ ने अपनी तलवार उठाई और महल की छत की तरफ चल दिया। सेनापति किवाड़ ने अपने साथ कुछ और सैनिकों को ले लिया और महल के भीतर की सीढ़ियों से भागता हुआ महल की छत

पर आ गया। विशालाकार सिंघा महल की छत में ऐसे बैठा हुआ था मानो वो अपने जंगल की किसी बड़ी चट्टान में बैठा हो! सेनापति किवाड़ ने महल की छत पर पहुँचते ही अपनी तलवार म्यान से बाहर निकाल ली और वहाँ बैठे सिंघा को तलवार दिखाते हुये चेतावनी देकर बोला - "कौन हो तुम! तुम्हें क्या पता नहीं ये दुब्रास के महाराज रामानु का महल है और क्या तुम्हें अपने जंगल के नियमों के बारे में कोई जानकारी नहीं है"। सेनापति किवाड़ की बात सुनकर सिंघा अपने पैरों पर खड़ा हुआ और अपने दोनों पंख फैलाकर बोला - "मुझे तो सारे नियम पता है सेनापति किवाड़ लेकिन मैं किसी नियम को नहीं मानता, मैं जंगल के सरदार बश्शेरा का बेटा हूँ सेनापति"। तब सेनापति किवाड़ ने अपने माथे की रेखाओं को सिकोड़ते हुये कहा - "तुम मर्यादाओं का उल्लंघन कर रहे हो, महाराज रामानु और तुम्हारे पिता बश्शेरा ने मिलकर ही एक संधि की थी, क्या तुम्हें उस संधि का खयाल नहीं है"। तभी सिंघा ने अचानक एक कदम सेनापति किवाड़ की तरफ तेजी से रखा और जोर से दहाड़ लगाई। ऐसा लगा मानो अभी हमला कर देगा। लेकिन सिंघा ने अपने कदम को वापस पीछे किया और कहा - "सेनापति मेरे पिता कुछ ज्यादा ही सीधे हैं उन्हें अपनी ताकत का एहसास नहीं हैं, वो जानते नहीं कि वो चाहें तो इस महल के साथ सारे दुब्रास में उनका शाषन चल सकता है"। सिंघा ने इतना कहा ही था कि तभी राजा रामानु भी महल की छत पर पहुँच गये। सेनापति किवाड़ ने और पीछे खड़े सैनिकों ने राजा रामानु के सामने सर झुकाया लेकिन सिंघा अपने शरीर की ऊंचाई से एक इंच भी नीचे नहीं झुका। तब राजा रामानु ने सामने खड़े सिंघा से कहा - "हमें पता है तुम बश्शेरा के वही उद्दंड बेटे हो

जिसने जंगल के बाँकी और नियमों को भी तोड़ा है लेकिन सावधान! सावधान! इससे पहले कि तुम्हारी गलतियों का दंड तुम्हारे साथ बाँकी निर्दोष जानवरों को भी भुगतना पड़े"। महाराज रामानु की बात सुनकर सिंघा हँसने लगा और फिर गंभीर होते हुये बोला - "राजा रामानु अपने छोटे-छोटे बाजुओं से तुम हम जानवरों का मुकाबला करोगे, मैं अकेला तुम्हारे सारे सैनिकों को धूल में मिला सकता हूँ"। राजा रामानु बश्शेरा के बेटे सिंघा की ये बात सुनकर क्रोधाग्नि में जल उठे। राजा रामानु इतना क्रोधित हुये कि उन्होंने पास खड़े सेनापति किवाड़ से कहा - "सेनापति इसे इसके दुर्व्यवहार की सजा देनी होगी, सैनिकों की खास टुकड़ी बुलाओ और अब ये जहाँ भागे वहाँ तक इसके पीछे जाओ, हम अपने देव के मंदिर जा रहे हैं, अब इन जानवरों से किसी तरह की संधि नहीं रखनी"। सिंघा बेपरवाह होकर राजा रामानु की बातों को सुनता रहा लेकिन सेनापति किवाड़ कुछ घबरा गया और अपने एक घुटने को जमीन पर टिकाकर याचना करते हुए बोला - "महाराज इस एक उद्दंड जानवर की सजा बाँकी जानवरों को देना ठीक नहीं, अगर आपने देव मंदिर जाके कठोर तप से उत्पन्न हुआ वो 'दिव्यांग' कवच धारण कर लिया तो इसमें कोई संदेह नहीं कि आप अपराजित हो जायेंगे लेकिन इस समय आप बहुत क्रोध में हैं, इस कारण से आप सच कहीं दुब्रास की सारी जानवर प्रजाति का विनाश न कर दें महाराज"। राजा रामानु सेनापति की इस बात को सुनकर कुछ शांत तो हुये लेकिन सिंघा को सजा देने की बात पुनः कहकर महल की छत से नीचे चले गये। राजा रामानु सीढ़ियों से उतरे ही थे कि सिंघा ने महल के छत के किनारे खड़े एक स्तंभ पर अपनी पूँछ हिलाकर वार किया। चट्टान से बना वो

स्तंभ एक झटके में टुकड़ों में बिखर गया। ये देखकर सेनापति किवाड़ ने अपने भीतर के क्रोध को एक क्षण भी न दबाया और अपनी कमर में बँधे शंख को निकालकर एक खास तरह की ध्वनि को बजाया। शंख से निकली इस खास ध्वनि की आवाज इतनी तेज थी कि दुब्रास की प्रजा जो महल के सामने बने झरनों के तालाब के दूसरी तरफ रहती है, वो अपने-अपने घरों से बाहर निकलकर महल की ओर देखने लगी। शंख की इस खास ध्वनि का अर्थ था उन सौ खास घुड़सवार सैनिकों को संदेशा भेजना, जो सारे सैनिकों से बलशाली होते हैं और हवा में उड़ने में माहिर पंखों वाले घोड़ो में बैठकर युद्ध करते हैं। शंख की इस खास ध्वनि की आवाज जंगल मे जानवरों के बीच में बैठे जानवरों के सरदार बश्शेरा को भी सुनाई दी और वो भी ये ध्वनि सुनते ही अपनी जगह से उठ खड़ा हुआ और अपने सामने खड़े जानवरों से बोला - "जरूर महल में कोई घटना घटी है, ये खास तरह की ध्वनि उन सौ सैनिकों के लिये सूचना है जो राजा रामानु की सेना का विशिष्ट अंग हैं"। बश्शेरा ने कुछ पल कुछ सोच-विचार किया और फिर वहीं पर खड़े एक बंदर से कहा - "जाओ और देखो महल में हुआ क्या है और इसकी खबर जल्द से जल्द मुझे लौटकर दो"। बंदर बश्शेरा के आदेश पर एक पेड़ से दूसरे पेड़ में छलांग मारता हुआ जंगल से दुब्रास के नगर के लिये निकल गया। इधर महल में सेनापति किवाड़ के शंख की विशिष्ट ध्वनि के निकलते ही मुख्य महल के बिल्कुल सामने बनी दो बड़ी-बड़ी हवेलियों से उड़ने वाले घोड़ों में सवार राजा रामानु के विशिष्ट सौ सैनिकों का दल बाहर निकला। सेनापति किवाड़ लगातार शंख से विशिष्ट ध्वनि निकाल रहे हैं। हवेली से बाहर निकलते ही घोड़ों पर

सवार सैनिकों ने अपने-अपने घोड़ों को उड़ने का आदेश दिया। घोड़े शंख से निकली ध्वनि का पीछा करते हुए तुरंत महल की छत के ऊपर उड़कर पहुँच गये और स्थिर होकर उड़ने लगे। बश्शेरा का बेटा सिंघा जो अभी तक निश्चिन्त होकर महल की छत पर खड़ा था अब उड़ने वाले घोड़ो में सवार होकर आये सौ सैनिकों को देखकर थोड़ा गंभीर जरूर हो गया। सेनापति किवाड़ ने विशिष्ट सैनिकों के पहुँचते ही शंख बजाना बंद कर दिया और ऊपर घोड़ो के साथ उड़ रहे सैनिकों की तरफ देखकर बोला - "सैनिकों दुब्रास की सेना की तुम शान हो और इस उद्दंड जंगल के जानवर ने संधि का उलंघन किया है, साथ ही साथ महाराज रामानु का अपमान भी किया है। महाराज के आदेश पर मैंने तुम सब को बुलाया है ताकि इस जानवर को इसकी सजा दी जा सके।"। सेनापति किवाड़ की बात सुनते ही सौ सैनिकों ने महल की छत पर खड़े सिंघा के चारों तरफ दुब्रास के चट्टानों वाले आसमाँ में ही घेरा बना दिया। तब सिंघा ने कुछ दूर पर सामने खड़े सेनापति किवाड़ से कहा - "सेनापति अपने इन सैनिकों का भला चाहते हो तो इन्हें वापस जमीन पे उतार लो"। तब सेनापति किवाड़ ने तलवार को कुछ दूर खड़े सिंघा की ओर करते हुये जोर से चिल्लाते हुये कहा - "आक्रमण"। सेनापति इतना कहकर तलवार लिये सिंघा की तरफ दौड़ पड़ा। हवा में घोड़ों के साथ उड़ रहा सैनिकों का दल भी एक साथ चारों तरफ से सिंघा की तरफ आने लगा। सिंघा ने अपनी लंबी पूँछ से सेनापति किवाड़ पर वार किया लेकिन सेनापति किवाड़ नीचे झुक गये और सिंघा के और पास आ गये। अब सिंघा ने अपने पंखों को फैलाया और महल की छत से ऊपर उठकर उड़ने लगा। विशिष्ट सैनिक जब चारो तरफ से अपने-अपने घोड़ों में उड़ते

हुये सिंघा के और पास पहुँच गये तभी सिंघा ने अपने पास के दो सैनिकों पर एक साथ अपने पंजो से वार किया। सैनिकों ने भी अपनी तलवारों को चलाया लेकिन तलवारों की धार इतनी तेज नहीं थी कि विशालाकार सिंघा के मजबूत पंजो की चमड़ी काटकर रक्त की कुछ बूंदे भी निकाल सकें। सिंघा ने दोनों सैनिकों पर फिर अपने पंजो से वार किया और इस बार सैनिक अपने उड़ने वाले घोड़ों से गिरकर महल की छत पर आ गिरे और मारे गये। अब बाँकी सैनिकों में से कुछ सैनिकों ने सिंघा पर धनुष-बाण का उपयोग किया। सैनिकों ने दूर से ही सिंघा पर तीरों की बौंछार कर दी लेकिन ये सब बेअसर था। महल की छत पर खड़े सेनापति किवाड़ दुब्रास के चट्टानों के आसमान में चल रही इस लड़ाई को चुपचाप खड़े देख रहे थे और समझ रहे थे कि शायद विशिष्ट सैनिक भी सिंघा को हरा न सकेंगे। इधर दुब्रास की सारी प्रजा अपने-अपने घरों से महल की तरफ चल पड़ी ये सोचकर कि राजा रामानु किसी मुश्किल में हैं और उन्हें उनकी मदद करनी चाहिये। इधर जंगल के सरदार बश्शेरा का गुप्तचर बंदर भी जंगल के किनारे दुब्रास के नगर पहुँच गया और नगर के किनारे-किनारे एक पेड़ से दूसरे पेड़ में छलांग लगाता हुआ राजा रामानु के महल के पास पहुँच गया। महल की छत पर सिंघा और उड़ने वाले घोड़ों पर सवार विशिष्ट सैनिकों के बीच लड़ाई तो जारी थी लेकिन अभी तक सिंघा को कोई नुकशान नहीं पहुँचा था बल्कि राजा रामानु के सौ विशिष्ट सैनिकों में से कई सैनिक मारे जा चुके थे।

बश्शेरा के गुप्तचर बंदर ने जैसे ही ये लड़ाई देखी वैसे ही उसने वापस जंगल की तरफ छलांग लगाकर भागना चालू कर दिया। इधर राजा रामानु अपने कक्ष में बैठे हुये हैं और

उस संधि के उचित होने न होने के बारे में सोच रहे हैं जो बश्शेरा और उनके बीच हुई थी।

रामानु अब भी सिंघा की उद्दंडता की वजह से क्रोध में हैं लेकिन उन्हें विश्वास था कि उनके विशिष्ट सैनिक सिंघा को जरूर हरा देंगे। इधर महल की छत में खड़े सेनापति किवाड़ की ऊर्जा कुछ ठंडी पड़ चुकी है और जैसे-जैसे विशिष्ट सैनिक सिंघा के पंजों और पूँछ के वार से टकराकर उड़ने वाले घोड़ों से नीचे गिर रहे हैं वैसे-वैसे उनका विश्वास कमजोर होता जा रहा है। तभी एक सैनिक अपने उड़ने वाले घोड़े को सिंघा की नजरों से बचाकर पीछे की तरफ ले गया। सिंघा इस बात से बेखबर अपने सामने और आजू-बाजू के सैनिकों से आसमानी लड़ाई लड़ रहा था कि तभी सिंघा के पीछे गया सैनिक अपने उड़ने वाले घोड़े से कूदा। सैनिक सीधा सिंघा की पीठ पर आ खड़ा हुआ और तलवार से सिंघा के पंखों पर वार करने लगा। इधर सिंघा अपनी पीठ पर सैनिक के उतरते ही हड़बड़ा गया और सैनिक को पीठ से नीचे गिराने के लिये कभी तेजी से दायें घूमता तो कभी बायें घूमता। सैनिक ने एक हाँथ से सिंघा के गर्दन वाले बालों को पकड़ लिया और लगातार सिंघा के बड़े-बड़े पंखों में वार करता रहा। तलवार के इतने वार के बाद अब जाके सिंघा का एक पंख कुछ घायल हुआ लेकिन दर्द के एहसास से सिंघा और गुस्से में आ गया। सिंघा खुद को और ऊँचाई पर ले जाने लगा। कुछ ही देर में दुब्रास का चट्टानों वाला आसमान पास आ गया। सिंघा अपने पीठ पर खड़े सैनिक को ऊपर की चट्टानों से टकराकर मारना चाहता था। सैनिक के पास भी अब कोई रास्ता बचा नहीं था। सिंघा के चट्टानों से टकराने के एक क्षण पहले ही सैनिक ने नीचे की तरफ छलांग लगा दी। सैनिक तेजी से जमीन की ओर

गिरने लगा लेकिन तभी उसका उड़ने वाला घोड़ा उड़ता हुआ आया और वो सैनिक सीधा घोड़े की पीठ पर जा गिरा। सैनिक घोड़े की पीठ पर खुद को कुछ सम्हालता उसके पहले ही सिंघा तेजी से ऊपर से नीचे आया और एक जोरदार पंजा सैनिक को मारा। सैनिक इस बार सम्हल न पाया और सीधा जमीन पर गिरकर मारा गया। बाँकी विशिष्ट सैनिकों ने सिंघा पर हमला जारी रखा। सिंघा सैनिकों से लड़ते-लड़ते अब महल के सामने तीनों झरनों के गिरने से बने बड़े तालाब के ऊपर आ गया। तीनों झरनों से समंदर का पानी दुब्रास मे गिर रहा है और सिंघा उन झरनों के चारो तरफ उड़ता हुआ अब पूरे क्रोध में राजा रामानु के सैनिकों पर वार कर रहा है। कभी कोई सैनिक पंजे के वार से अपने उड़ने वाले घोड़े के साथ तालाब के बाहर गिरता तो कभी कोई सैनिक ऊपर से गिर रहे झरने से टकराकर तेजी से नीचे तालाब में गिर जाता। दुब्रास की प्रजा जो अपने घरों से महल की ओर निकली थी अब तालाब के पास पहुँच चुकी थी। दुब्रास के तीनों बड़े झरने तालाब में गिर रहे थे और उनके साथ-साथ राजा रामानु के विशिष्ट सैनिक भी एक-एक करके गिरे जा रहे थे। सेनापति किवाड़ महल की छत से नीचे उतरकर महल के बाहर आये और तालाब के किनारे से ही आसमानी लड़ाई को देखने लगे। सेनापति किवाड़ समझ गये कि अब महाराज रामानु को इसकी खबर देनी होगी। सेनापति किवाड़ ने एक क्षण की भी देरी न की और तुरंत महल के अंदर आ गये और महाराज रामानु के कक्ष की ओर जाने लगे। सेनापति महाराज के कक्ष में जाते उससे पहले ही महाराज रामानु स्वयं अपने कक्ष से बाहर आ गये। सेनापति किवाड़ ने राजा रामानु के सामने सर झुकाया और फिर बोला - "महाराज

हमारे विशिष्ट सैनिक भी बश्शेरा के बेटे सिंघा को नहीं हरा पायेंगे, इसीलिये अब आपको देव के वरदान से मिला 'दिव्यांग' कवच धारण ही करना होगा। सेनापति किवाड़ की बातों को अब तक चुपचाप सुन रहे राजा रामानु ने कहा - "हमने पहले ही कहा था सेनापति कि इस उद्दंड को और इसकी सारी जाति को इसके अपमानजनक व्यवहार की सजा देनी जरूरी है"। राजा रामानु सेनापति किवाड़ से इतना कहकर महल में बने देव के मंदिर की ओर जाने लगे जहाँ वो शक्तिशाली और अद्भुत 'दिव्यांग' कवच था। इधर गुप्तचर बंदर तेजी से एक पेड़ से दूसरे पेड़ में छलांग मारता हुआ जंगल के सरदार बश्शेरा के पास पहुँच गया। बश्शेरा अपनी बड़ी सी गुफा की चट्टान पर बैठा गुप्तचर बंदर के लौटने का ही इंतजार कर रहा था। गुप्तचर बंदर ने अपनी आँखों देखी सारी कहानी सरदार बश्शेरा को बता दी। बश्शेरा ने जैसे ही अपने बेटे सिंघा और राजा रामानु के सैनिकों के लड़ने की खबर सुनी वैसे ही चट्टान पर एक दम से खड़ा हो गया और जोर से दहाड़ने लगा। बश्शेरा की दहाड़ सुनते ही जंगल के सारे जानवर डर गये और इधर-उधर भागने लगे। तभी गुप्तचर बंदर ने डरते हुये सरदार बश्शेरा से कहा - "सरदार आपको सिंघा की चिंता करने की संभवतः आवश्यकता नहीं है, वो तो राजा रामानु के सैनिकों को बड़ी आसानी से मार रहा है"। तब बश्शेरा ने गुफा की चट्टान से नीचे की तरफ छलाँग लगाई और गुप्तचर बंदर के पास आ गया। गुप्तचर बंदर डर गया और जमीन में सर लगाकर दुबक गया। तब सरदार बश्शेरा ने कहा - "सिंघा ने संधि को तोड़कर सारे जंगल के जानवरों के जीवन को संकट में डाल दिया है, अगर मैंने दुब्रास में जाकर ये सब नहीं रोका तो राजा रामानु खुद को

ज्यादा देर तक नहीं रोक पायेंगे"। बश्शेरा ने इतना कहकर अपने पंख खोले और जंगल से दुब्रास के नगर की तरफ उड़ चला। इधर राजा रामानु महल में स्थित देव के मंदिर में प्रवेश कर गये और दिव्यांग कवच को धारण करने के लिये ईष्ट देव की पूजा करने लगे। सेनापति किवाड़ वापस महल के बाहर आ गये और तालाब के ऊपर तीनों झरनों के बीच सिंघा और विशिष्ट सैनिकों के बीच चल रही लड़ाई को एक असहाय की तरह देखने लगे। इतने में ही जंगल का सरदार बश्शेरा दुब्रास के चट्टानों वाले आसमान में उड़ता हुआ नगर के नजदीक आ गया। सेनापति किवाड़ ने दूर से जंगल के सरदार को पहचान लिया। इधर सिंघा ने लगभग सभी विशिष्ट सैनिकों को मार गिराया था बस दो-तीन सैनिक ही उसके चारों तरफ अपने उड़ने वाले घोड़ो में घूम रहे थे। सिंघा अपने पास आ रहे एक विशिष्ट सैनिक को पंजा मारने ही वाला था कि तभी अचानक बश्शेरा ने अपने पंजे से सिंघा के वार को रोंक दिया। सिंघा अपने पिता को अचानक अपने सामने देखकर हैरान रह गया। सेनापति किवाड़ भी ये देखकर असमंजस में पड़ गया क्योंकि वो तो सोच रहा था कि बश्शेरा अपने बेटे की सहायता के लिये जंगल से उड़ता आया होगा लेकिन हुआ उसके विपरीत। सिंघा ने अपने पिता बश्शेरा से कहा - "मेरी लड़ाई के बीच मे मत पड़िये आप, मैं अकेला इस राजा रामानु की सेना को मार सकता हूँ और फिर इस राजमहल पर भी आप राज करेंगे"। तब क्रोध से उबल रहे बश्शेरा ने एक जोरदार दहाड़ लगाई मानो सिंघा को अपनी नाराजगी जाहिर करना चाह रहा हो। बश्शेरा ने अपने बेटे सिंघा से कहा - "तुम केवल अपने बारे में सोचते हो सिंघा, मैंने तुम्हें कितनी बार जंगल की संधियों का पालन करने को

कहा लेकिन तुम माने नहीं, फिर भी वो बात जंगल तक थी पर अब तुमने सारी सीमाओं का उलंघन कर दिया है जिससे सारे जानवरों पर संकट आ गया है"। अपने पिता की बात का सिंघा ने तुरंत जवाब दिया और बोला - "कैसा संकट, शायद आपने देखा नहीं मैंने राजा के लगभग सारे विशिष्ट सैनिकों को मार दिया है बस एक-दो और हैं आप हट जाइये मैं इन्हें भी अभी मार के इसी झरनों के तालाब में गिराये देता हूँ"। सिंघा इतना कहके अपने बगल में उड़ने वाले घोड़े पर सवार एक विशिष्ट सैनिक पर हमला करने के लिये झपटा लेकिन बश्शेरा ने अपने मजबूत जबड़ो से सिंघा की पूँछ को पकड़ लिया और हवा में घुमा कर सिंघा को कुछ दूर धकेल दिया। सिंघा ऊपर तृतीय पथ से गिर रहे झरने से टकराते-टकराते बचा। सिंघा अब अपने पिता से भी क्रोधित हो उठा लेकिन फिर भी उसने अपने आप को काबू में रखा और फिर तेजी से द्वितीय पथ के झरने के पास खड़े विशिष्ट सैनिक की ओर लपका। विशिष्ट सैनिक ने भी अपने उड़ने वाले घोड़े को तेजी से सिंघा की तरफ बढ़ने का आदेश दिया। विशिष्ट सैनिक की तलवार सिंघा के बड़े पंजे से टकराती उससे पहले ही बश्शेरा फिर तेजी से उड़ता हुआ बीच मे आ गया। बश्शेरा ने इस बार अपने पंजे से सिंघा के पंजे को रोका और जोर से दहाड़ता हुआ बोला -"सिंघा मुझे मजबूर मत कर कि बाँकी जानवरों और जंगल के नियमों की रक्षा के लिये मुझे तुझे मारना पड़े"। अपने पिता से ये बात सुनकर सिंघा ने अपने आपको थोड़ा पीछे किया और सर झुकाकर कुछ सोचने लगा। बश्शेरा अब अपने पंखों को आराम से फड़फड़ाता हुआ सिंघा के पास जाने लगा लेकिन बश्शेरा जैसे ही सिंघा के करीब पहुँचा वैसे ही बश्शेरा के चेहरे पर सिंघा

ने एक जोरदार पंजा मारा। अपने पुत्र के वार से बश्शेरा हवा में कुछ दूर पीछे चला गया और पंख फड़फड़ाना छोड़ दिया। ऐसा लगा मानो सिंघा के एक पंजे ने ही बश्शेरा को मूर्छित कर दिया हो। बश्शेरा तेजी से नीचे गिर रहे प्रथम पथ के झरने के साथ तालाब में गिरने लगा। सिंघा अब विशिष्ट सैनिकों की तरफ बढ़ने के लिये सोच ही रहा था कि तभी नीचे तालाब की ओर गिर रहे जंगल के सरदार बश्शेरा ने अपने सिकुड़े हुये दोनों पंखों को फैला लिया। पंख फैलाते ही बश्शेरा के लिये हवा जमीन बन गई और वो तालाब से कुछ ऊपर ही ठहर गया। अब बश्शेरा ने दहाड़ते हुये तेजी से सिंघा को देखा। सिंघा भी दहाड़ सुनकर तेजी से दहाड़ते हुये अपने पिता बश्शेरा की तरफ पंख फैलाये हुये आने लगा। बश्शेरा की दहाड़ तो बस सिंघा को रोकने के लिये थी लेकिन सिंघा नहीं समझा। अब क्या था बश्शेरा ने भी अपने पंखों को तेजी से फड़फड़ाया और ऊपर से उड़ते हुये नीचे आ रहे सिंघा की तरफ जाने लगा। जो विशिष्ट सैनिक अब बचे हुये थे वो अब अपने-अपने उड़ने वाले घोड़ों में बैठे हुये बश्शेरा और सिंघा के बीच हो रही लड़ाई को देख रहे थे। बश्शेरा और सिंघा के बीच मे तालाब के ऊपर और चट्टानों वाले आसमान के नीचे भयंकर लड़ाई होने लगी। दुब्रास की प्रजा तालाब के एक किनारे और सेनापति किवाड़ महल के सामने तालाब के दूसरे किनारे खड़े होकर इस लड़ाई को गौर से देख रहे हैं। तभी सेनापति किवाड़ को ध्यान आया कि महाराज रामानु तो देव मंदिर में 'दिव्यांग कवच' धारण करने के लिये पूजा कर रहे हैं। सेनापति तेजी से महल के अंदर गये और देव मंदिर की ओर जाने लगे। महल में दीवारों के किनारे खड़े सैनिक सेनापति को देखते ही आदर में सर झुका देते थे। कदमों को

तेजी से बढ़ाते हुये सेनापति किवाड़ देव मंदिर के अंदर गये ही थे कि उसी समय राजा रामानु ने 'दिव्यांग कवच' को अपने हाँथों में ले रखा था और धारण ही करने वाले थे। तभी सेनापति किवाड़ ने कहा - 'महाराज रुक जाइये'। राजा रामानु सेनापति किवाड़ की बात सुनकर कुछ क्रोधित होते हुये बोले - 'सेनापति हम देख रहे हैं तुम सिंघा और जंगल के जानवरों के पक्ष में ज्यादा हो'। तभी सेनापति किवाड़ ने कहा - 'महाराज मुझ पर संदेह न करें, मैं तो दुब्रास के हित के लिये ही कह रहा हूँ'। तब राजा रामानु ने अपने हाथों में रखे कवच को देखते हुये कहा - "बताओ, अब किस बात के लिये तुम मुझे कँवच धारण करने से रोक रहे हो'। तब सेनापति ने बश्शेरा और सिंघा के बीच हो रहे युद्ध की सारी कहानी महाराज रामानु को बता दी। सब कुछ सुनकर राजा रामानु ने सेनापति किवाड़ की ओर देखा और कहा - 'सेनापति बश्शेरा सत्य ही जंगल का सरदार है अन्यथा आज हम सारी संधियाँ तोड़कर सिंघा के साथ-साथ बाँकी जानवरों को भी जीवित नहीं छोड़ते'। राजा रामानु ने इतना कहकर दिव्यांग कवच को प्रणाम करते हुये उसे वापस उसकी जगह में रख दिया और सेनापति किवाड़ के साथ देव मंदिर से बाहर निकलकर तालाब की ओर आने लगे। सातो ज्वालामुखियों से निकलने वाली रौशनी अब कम होती जा रही थी, दुब्रास में रात होने वाली थी। राजा रामानु महल से बाहर निकलकर आसमान में झरनों के बीच चल रही लड़ाई को देखते हुये तालाब के किनारे आ पहुँचे। लेकिन दूर से राजा रामानु पहचान ही नहीं पा रहे थे कि बश्शेरा कौन है और सिंघा कौन है! तब राजा रामानु ने अपने बगल में खड़े सेनापति से कहा - "सेनापति ये दोनों तो एक जैसे दिख रहे हैं इनमें से बश्शेरा

कौन है?। तब सेनापति किवाड़ ने राजा रामानु से कहा - "महाराज वो जिसके गर्दन के बाल ज्यादा लंबे हैं"। तब राजा रामानु ने कहा - "सेनापति ये दोनों बब्बर शेर हैं, दोनो की गर्दन में लंबे बाल है"। सेनापति किवाड़ राजा रामानु की बात का कुछ जवाब देने वाला था कि तभी चट्टानों वाले आसमान में लड़ रहे पंखों वाले दो शेरों में से एक सीधा नीचे राजा रामानु के सामने आ गिरा। तब सेनापति किवाड़ ने कहा - "महाराज यही है सिंघा, लगता है बश्शेरा ने हरा दिया इसे"। राजा रामानु दो कदम आगे बढ़े तभी सामने गिरे बब्बर शेर ने कहा - "महाराज सिंघा की गलती की सजा बाँकी जानवरों को मत दीजियेगा"। जमीन पर गिरने वाला शेर बश्शेरा था। राजा रामानु और सेनापति किवाड़ दोनों अचंभित रह गये कि सिंघा अपने पिता से लड़ाई में जीत रहा है। महाराज रामानु को सेनापति किवाड़ पर क्रोध आया क्योंकि उसने तो महाराज से कहा था कि बश्शेरा सिंघा को रोक रहा है। सेनापति किवाड़ ने सर नीचे झुका लिया। बश्शेरा के जमीन में गिरने के बाद चट्टानों वाले आसमान में बचे हुये तीन विशिष्ट सैनिकों ने सिंघा के साथ युद्ध शुरू कर दिया। राजा रामानु अपने सामने गिरे हुये बश्शेरा के पास गये और बोले - "बश्शेरा हम अब नहीं चाहते कि दुब्रास में ही रहने वाले किसी जीव के खिलाफ हमें अपने दिव्यांग कवच का उपयोग करना पड़े इसीलिये तुम्हें सिंघा को रोकना होगा और तुम्हारा बेटा तुमसे शक्तिशाली नहीं है। हम जानते हैं कि तुम उसके पिता हो इसीलिये अपनी पूरी शक्ति का उस पर प्रयोग नहीं कर रहे हो"। राजा रामानु की बात सच थी बश्शेरा ने सिंघा के खिलाफ अपनी पूरी शक्ति का प्रयोग नहीं किया था आखिर वो अपने पुत्र के विरूद्ध ही लड़ाई लड़ रहा था। जंगल का

सरदार बश्शेरा लड़खड़ाता हुआ वापस अपने पैरों में खड़ा हो गया। तब राजा रामानु ने फिर कहा - "बश्शेरा तुम्हें हमारे बीच की संधि के लिये सिंघा को परास्त करना होगा, नहीं हमें अपनी प्रजा की रक्षा के लिये कड़ा कदम उठाना ही होगा"। बश्शेरा ने राजा रामानु की बात को चुपचाप सुना और फिर अपने पंखों को फैलाकर दो कदम पीछे गया और एक क्षण में ही वहाँ से ओझल हो गया। अपने पंखों को तेजी से फड़फड़ाता हुआ बश्शेरा चट्टानों के आसमान से गिर रहे तीनों झरनों के बीच से उड़ता हुआ सीधा फिर से सिंघा के सामने जा पहुँचा। इस बीच सिंघा ने बचे हुये तीनों विशिष्ट सैनिकों को भी मार गिराया था। अहंकार से चूर सिंघा कुछ समझ पाता उससे पहले ही बश्शेरा ने अपने दोनों पंजो से सिंघा की गर्दन को पकड़ा और उड़ता हुआ ऊपर की तरफ जाने लगा। सिंघा ने अपनी गर्दन को बश्शेरा के दोनों पंजो से छुड़ाने के लिये पूरा जोर लगा दिया लेकिन असफल रहा। बश्शेरा अब भूल गया कि सिंघा उसका अपना पुत्र है और सिंघा के बाद उसके वंश का कोई भी शेष बचा नहीं था। बश्शेरा ने सिंघा को ऊपर ले जाकर दुब्रास के आसमान की चट्टानों में दे मारा। सिंघा के विशाल शरीर के टकराने से चट्टानों के आसमान से एक चट्टान का कुछ हिस्सा टूट गया और सीधे तालाब में नीचे जाकर गिरा। इधर सिंघा ने अपने आप को सम्हालते हुये अपने पिता बश्शेरा का मुकाबला करने की कोशिश की लेकिन असफल रहा। कुछ ही देर में बश्शेरा ने सिंघा को नीचे लाकर राजा रामानु के कदमों में पटक दिया। सिंघा अपने पिता बश्शेरा से परास्त हो चुका था, जीवित था लेकिन अब उसकी हिम्मत उसके कदमों में खड़े होने की भी नहीं थी। राजा रामानु ने तब सिंघा से कहा - "सिंघा हमने कहा था

तुम्हारी उद्दंडता का दंड तुम्हे मिलेगा"। राजा रामानु कुछ और कहते उसके बीच मे ही सेनापति किवाड़ ने कहा - 'क्षमा कीजियेगा महाराज लेकिन सिंघा की साँसे अभी चल रही हैं'। राजा रामानु सेनापति किवाड़ की ओर देखने लगे। तभी जमीन पर लगभग मूर्छित पड़े सिंघा के पास खड़े उसके पिता बश्शेरा ने कहा - "महाराज जंगल के सरदार का कर्तव्य तो मैंने निभा दिया लेकिन अब एक पिता आपसे एक विनती करना चाहता है"। तब राजा रामानु ने बश्शेरा की नम आँखों मे देखते हुये कहा - 'हाँ कहो बश्शेरा क्या कहना चाहते हो?'।

तब बश्शेरा ने धीमे शब्दों में कहा - "महाराज, मैं चाहता हूँ कि सिंघा को म्रत्यु दंड न दिया जाये, इसकी जगह उसे आजीवन कारागार में बंद कर दिया जाये, वो कम से कम जीवित तो रहेगा और शायद कभी उसे उसकी गलतियों का एहसास हो जाये"। राजा रामानु कुछ कहते कि बीच मे सेनापति किवाड़ ने कहा - "नहीं, ये उचित नहीं होगा आखिर तुम्हारे बेटे ने हमारे सौ विशिष्ट सैनिकों को मारा है और इसकी सजा मृत्युदंड ही होनी चाहिये"। बश्शेरा सेनापति किवाड़ की बात सुनकर जमीन में असहाय और घायल पड़े हुये अपने बेटे सिंघा को देखने लगा। तभी राजा रामानु ने बश्शेरा से कहा - "ठीक है बश्शेरा, हम दुब्रास के प्रति तुम्हारी निष्ठा के कारण तुम्हारे बेटे को मृत्युदंड की जगह कारागार में कैद रखने की सजा देते हैं"। जंगल के सरदार बश्शेरा को राजा रामानु की इस बात ने कुछ ढाढस दिया और वो वापस अपने जंगल के लिये वहाँ से उड़ चला। इधर तालाब के दूसरी ओर आसमानी लड़ाई देख रही दुब्रास कि प्रजा भी अब वापस अपने-अपने घरों की ओर लौट गई। सिंघा को एक जाल में

बाँधकर सैनिक घसीटते हुये महल के पीछे बने एक विशेष और विशाल कारागार में ले गये।

(कहानी वापस अपने वर्तमान में पहुँचती है)

कारागार से निकाला गया सिंघा दरबार मे बस अपने पिता बश्शेरा को देख रहा था। मानो तीन साल पहले की सारी बातें याद कर रहा हो। तभी सिंघा के शरीर से बँधी हुई मोटी और बड़ी जंजीर को सैनिकों ने आगे की तरफ खींचा। सिंघा ने अपने पिता से नजरें हटा लीं। सिंघा को दरबार के बीचों-बीच ले जाया गया। राजा रामानु के दरबार मे बैठे कुछ मंत्री तो सिंघा से इतने डरे हुये थे कि अपनी-अपनी गद्दियों से चिपक के बैठे थे। तभी राजा रामानु जो अपने सिंघासन में बैठे थे, उन्होंने कहा - "दुब्रास में आने वाली बड़ी और गंभीर समस्या को दूर करने के लिये जंगल के सरदार बश्शेरा ने हमारी सहायता की, और प्रथम पथ के झरने का दरवाजा अपनी शारीरिक शक्ति का उपयोग करके बंद कर दिया"। तभी बीच मे राजा रामानु के एक मंत्री ने कहा - "महाराज हमें जंगल के सरदार बश्शेरा की किसी सहायता की आवश्यकता ही क्या थी आप 'दिव्यांग' कवच को धारण करके स्वयं भी दुब्रास की रक्षा कर सकते थे"। तब राजा रामानु ने सवाल पूँछ रहे मंत्री से कहा - "महामंत्री हम तुम्हारी बात से सहमत हैं लेकिन दिव्यांग कवच का प्रयोग केवल युद्ध के समय मे ही उपयुक्त है"। तब महामंत्री ने फिर कहा -"महाराज अगर जंगल के सरदार बश्शेरा को दिया हुआ वचन आपने निभाया तो इसमें कोई संदेह नहीं कि उसका बेटा सिंघा फिर हमारे सैनिकों पर आक्रमण करेगा"। महामंत्री इतना कहकर चुप ही हुये थे कि तभी सब कुछ चुप होकर सुन रहा बश्शेरा

जोर से दहाड़ा। पूरा राजमहल बश्शेरा की दहाड़ से गूँज उठा, महारानी जानसी जो अपने कक्ष में विश्राम कर रही थीं वो घबरा गईं और पास ही खड़ी अपनी दासी सुमिधा से बोलीं - "सुमिधा ये कैसी आवाज आई है महल में, पता करो दरबार मे कुछ हुआ है क्या?"। दासी सुमिधा ने महारानी के कक्ष से निकलकर एक सैनिक को खबर लाने के लिये भेज दिया। इधर दरबार मे दहाड़ने के बाद बश्शेरा ने राजा रामानु से कहा - "महाराज मैं आपके पास नहीं आया था, आप आये थे और तब मैंने बदले में अपने पुत्र को मुक्त कराने का वचन माँगा था, इसीलिये अगर मेरे साथ अन्याय हुआ तो मेरे प्राण जाने तक दुब्रास की आपकी सेना को मुझसे लड़ना होगा"। सरदार बश्शेरा ने उत्तेजित होकर राजा रामानु से इतना कहा ही था कि तभी महाराज के सिंघासन से थोड़े नीचे बैठा सेनापति किवाड़ क्रोध में जल उठा और अपनी तलवार को म्यान से निकालते हुये बोला - "बश्शेरा तुम हमें इतना दुर्बल मत समझो, तुम्हारे जबड़े के दाँत हमारी तलवारों की धार से तेज नहीं होंगे"। बश्शेरा ने सेनापति की इस बात को चुनौती समझ लिया और दो कदम तेजी से आगे बढ़ा ही था कि तभी महाराज रामानु एकदम से अपने सिंघासन से उठे और जोर से चिल्लाते हुये बोले - "बश्शेरा"। बश्शेरा-बश्शेरा की आवाज पूरे दरबार में गूँज उठी। बश्शेरा भी राजा रामानु के सिंघासन से खड़े होते ही रुक तो गया लेकिन उसके चेहरे में अब भी क्रोध था। तभी राजा रामानु की ओर देखते हुये सेनापति किवाड़ ने कहा - "क्षमा करियेगा महाराज लेकिन कोई दरबार मे आकर दुब्रास की वीर सेना को चुनौती दे ये दुब्रास की सेना के गौरव का अपमान है महाराज"। तब राजा रामानु ने सेनापति किवाड़ की ओर देखा और

कहा - "सेनापति अगर हमने बश्शेरा को दिया हुआ वचन तोड़ दिया तो क्या इसमें दुब्रास की सेना का गौरव बढ़ेगा!"। राजा रामानु की ये बात सुनकर हर उस मंत्री और दरबार के सदस्य ने अपनी गर्दन झुका ली जो सिंघा को स्वतंत्र करने के विरोध में था। कुछ समय के लिए दरबार मे सन्नाटा छा गया मानो किसी को बोलने की अनुमति ही न हो। तब राजा रामानु ने अब भी गुस्से में खड़े हुये बश्शेरा से कहा - "बश्शेरा आज से तुम्हारा बेटा सिंघा आजाद है मगर याद रहे अगर इस बार इसने हमारे बीच की संधियों का उलंघन किया तो इसका दंड केवल मृत्युदंड होगा"। बश्शेरा ने राजा रामानु के सामने सर झुकाया और उन्हें विश्वास दिलाया कि सिंघा अब से किसी संधि का उल्लंघन नहीं करेगा। राजा रामानु के आदेश पर सिंघा के पंखों और पैरों में बँधी मजबूत जंजीरों को खोल दिया गया। सिंघा अभी तक चुप था और सब कुछ सुन रहा था पर जंजीरों के खुलते ही उसने अपने कदम राजा रामानु की तरफ बढ़ाये। सेनापति किवाड़ ने अपनी तलवार में अब भी हाँथ रखा हुआ था कि तभी सिंघा ने राजा रामानु की ओर देखते हुये कहा - "महाराज आपने मुझे मुक्त किया, आपका ये उपकार अवश्य चुकाऊंगा"। कुछ ही देर में बश्शेरा और सिंघा महल से बाहर निकले और तालाब के ऊपर से उड़ते हुये तीनों झरनों के बीच से जंगल की ओर चले गये। इधर समाचार मिलते ही दासी सुमिधा ने महारानी जानसी को दरबार मे घटी सारी घटना की जानकारी दे दी। तब महारानी जानसी ने दासी सुमिधा से कहा - "सुमिधा न जाने क्यूँ कल से हमारा मन घबरा रहा है और पेट मे पीड़ा भी हो रही है"। महारानी गर्भ से थीं इसीलिये दासी सुमिधा ने तुरंत जाकर राजवैद्य को इसकी जानकारी दे दी। इधर दुब्रास

के ऊपर धरती में राजा सुरपांस समंदर में अपने जहाज पर खड़ा द्वितीय पथ के मुहाने पर बने भवँर पर अपने सैनिकों के जहाजों को भेजने के हठ में था। सुरपांस का सेनापति कुम्भी अपने राजा के डर से कुछ भी नहीं बोल रहा था और अपने सैनिकों को लगातार समंदर में भँवर के और समीप जाने का आदेश दे रहा था। सुरपांस के आठों जहाज एक-एक करके द्वितीय पथ के मुहाने पर बने भवँर के पास जाते ही पानी में असंतुलित होकर पलटकर समंदर में डूब गये। सुरपांस अब भी दूरबीन से भवँर की ओर देख रहा था। तब सेनापति कुम्भी ने कहा - "महाराज अब तो हमारे सैनिकों के सारे जहाज डूब चुके हैं, आप क्या देख रहे हैं"। तब सुरपांस ने कहा - "सेनापति हमें इसका कोई न कोई हल निकालना होगा, हमारी माँ राजमाता मंदिरा चाहती हैं कि हमारे सौतेले भाई रामानु को उसकी माता सिल्या के साथ कारागार में रखा जाये"। तब सेनापति कुम्भी ने कहा - "लेकिन महाराज अब तो ये रास्ता फिर लगभग एक वर्ष के पश्चात ही खुलेगा"। सुरपांस ने सेनापति कुम्भी की ओर देखा और फिर वापस जहाज को समंदर के किनारे ले चलने का आदेश दिया। इधर समंदर में प्रथम पथ पर बने भँवर के पास खड़े सुरपांस के सैनिकों ने अपने जहाजों को भँवर से दूर ही रखा।

वहीं दूसरी ओर दुब्रास में जलने वाले सातों ज्वालामुखियों की रौशनी अब कम हो रही है। शाम होने वाली है। जंगल का सरदार बशशेरा अपने बेटे सिंघा के साथ जंगल पहुँच गया। सभी जानवर सिंघा को देखकर बहुत खुश हुये। हाँ कुछ जानवरों को सिंघा का आना अच्छा न लगा क्योंकि अब सिंघा फिर जंगल के नियम तोड़कर उनका शिकार करेगा। जंगल में आने के बाद से बशशेरा और सिंघा दोनों चुप हैं।

दोनो किसी गहरी सोच में डूबे हैं। ज्वालामुखियों की रौशनी अब पूरी तरह से उनके भीतर समा गई और रात हो गई। बश्शेरा अपनी गुफा में आराम करने के लिये चला गया। सिंघा अकेला एक ऊँचे पेड़ के नीचे बड़ी सी चट्टान पर बैठा है। 12 घंटो के बाद जैसे ही कल ज्वालामुखी दोबारा जलेंगे वैसे ही समंदर के ऊपर तीनों झरनों के मुहानों में बने भँवर रुक जायेंगे। सुरंग में तीनों पथों में खड़े राजा रामानु के सैनिक ज्वालामुखियों के जलते ही तुरंत दरवाजों को खोल देंगे क्योंकि देर करने पर समंदर से गिरते पानी के तेज प्रवाह से झरनों के दरवाजे टूट सकते हैं।

प्रथम पथ का दरवाजा अब ठीक है लेकिन फिर भी जंगल के सरदार बश्शेरा को संदेश भेजा गया है कि कल वो प्रथम पथ के दरवाजे को खोलने के लिये सुरंग में मौजूद रहे। बश्शेरा इसके लिये तैयार था आखिर राजा रामानु ने अपना वचन पूरा किया था। सुरंग में जलती मशालों की रौशनी में प्रथम पथ के झरने के दरवाजे के पास बैठे सैनिक आपस में आज घटी घटना की चर्चा कर रहे हैं। एक सैनिक ने तभी अपने पास बैठे दूसरे सैनिक से कहा - "महाराज ने अगर जंगल के सरदार को न बुलाया होता तो हम तो ये दरवाजा बंद ही न कर पाते क्यूँ?"। तभी दूसरे सैनिक ने कहा - "तुम्हारी बात बिल्कुल ठीक है लेकिन सुरपांस जितना खतरनाक बश्शेरा का बेटा सिंघा भी है और महाराज ने उसको अब मुक्त कर दिया है!"। तभी दूसरा सैनिक आगे कुछ बोलता कि सुरंग की चट्टानों के छोटे-छोटे पत्थर नीचे गिरने लगे और धम्म-धम्म की आवाज सुनाई दी। मानो सुरंग के भीतर कोई पर्वत आगे बढ़ रहा हो। तभी बश्शेरा का बेटा सिंघा प्रथम पथ के दरवाजे की सुरक्षा में लगे सैनिकों के सामने आकर खड़ा हो गया।

सैनिक सिंघा को देखकर उठ खड़े हुये और घबराते हुये अपने हाँथ के हथियारों, तलवारों और भालों को आगे कर दिया। तभी सिंघा ने कहा - "तुम्हें क्या लगता है तुम मुट्ठी भर सैनिक मुझे रोक सकते हो!"। तभी घबराते हुये एक सैनिक ने कहा - "सिंघा तुम यहाँ आये किसलिये हो? क्या तुम्हें पता नहीं सुरंग में प्रवेश बिना राजा रामानु की अनुमति के वर्जित है"। तभी सिंघा ने एक कदम आगे बढ़ाते हुये सैनिकों से कहा - "मुझे किसी की अनुमति की जरूरत नहीं है"। सिंघा की बात सुनकर एक सैनिक ने हौंसला दिखाते हुये एक कदम आगे बढ़ाया और कहा - "सिंघा लेकिन जब तक हम हैं तुम्हें यहाँ से एक पग भी आगे बढ़ने की अनुमति नहीं देंगे। तुम सुरंग से बाहर चले जाओ"। सैनिक की बात सुनकर सिंघा एक कदम और आगे बढ़ा। राजा रामानु के सारे सैनिक पीछे हट गये और प्रथम पथ के दरवाजे के स्तंभ से टिक गये लेकिन अकेला एक सैनिक अपनी तलवार को ताने हुये आगे खड़ा रहा। सिंघा ने उस सैनिक के पास अपना विशाल मुख किया, ऐसा लगा मानो अभी खा ही जायेगा। सिंघा ने उस सैनिक को अपने सर की एक ठोकर से दूसरी ओर सुरंग की चट्टानों में फेंक दिया। सैनिक मूर्छित हो गया। राजा रामानु के बाँकी सैनिक भयवश प्रथम पथ के दरवाजे से और पीछे चले गये। सिंघा सुरंग में प्रथम पथ का दरवाजा खोलने आया था ताकि वो दुब्रास से बाहर धरती की दुनिया में जा सके। सिंघा ने झरने के बंद दरवाजे के स्तम्भ में अपना सर लगाया और एक झटके में दरवाजे को खोल दिया। सिंघा ने एक नजर राजा रामानु के सैनिकों को देखा और मुस्कुराया। राजा रामानु के सैनिक चुपचाप झरने के दरवाजे और सिंघा से दूर खड़े थे। सिंघा ने अब अपने पंख फैलाये और नीचे से ऊपर की तरफ

उड़ चला। प्रथम पथ के रास्ते से उड़ता हुआ सिंघा दुब्रास से बाहर धरती की ओर जाने लगा। सिंघा के वहाँ से जाते ही दो सैनिक राजा रामानु के महल की तरफ खबर देने के लिये अपने घोड़े लेकर भागे। इधर प्रथम पथ के मुहाने में समंदर पर बने भँवर के पास अब भी राजा सुरपांस के सैनिकों के दो जहाज खड़े थे। समय रात का था। सुरपांस के सैनिकों के जहाज मशालों के उजालों से रौशन थे। सभी सैनिक अभी आधी नींद में थे बस समंदर की लहरें जाग रही थीं। तभी समंदर में बने भँवर के बीच से सिंघा किसी तेज तीर की तरह बाहर निकला। समंदर के ऊपर आते ही अंधेरे आसमान में उड़ते हुये सिंघा ने जोरदार दहाड़ लगायी। सिंघा की दहाड़ ऐसी थी मानो कोई बादल जोर से गरजा हो। सुरपांस के सभी सैनिक जो समंदर की लहरों में खड़े जहाजों में सो रहे थे तुरंत जाग उठे। सिंघा भँवर के ऊपर आसमान में उड़ रहा था, उसे अब समझ नहीं आ रहा था कि जाना कहाँ है? लेकिन सिंघा एक बात जानता था, जो वो बचपन में अपने पिता बश्शेरा के मुँह से सुनता था कि धरती का कोई राजा सुरपांस है जो दुब्रास का शत्रु है। इधर लहरों में तैरते जहाज पर सुरपांस के सभी सैनिकों ने अपनी-अपनी तलवारें निकाल लीं, कुछ ने तीर-कमान थाम लिये लेकिन कोई ये समझ नहीं पा रहा था कि ये है कौन?। एक तो रात का अंधेरा था, चाँद आधा समंदर के एक कोने में था। सिंघा बस एक बड़े पँखों वाली परछाई की तरह समंदर के भँवर के ऊपर उड़ता हुआ दिखाई दे रहा था। सैनिकों ने अपने दोनों जहाजों को भँवर के थोड़ा पास ले जाने की कोशिश की लेकिन असफल हुये। विशाल भँवर जहाजों को अपनी तरफ खींचने लगा था, सैनिकों ने जहाजों को वापस पीछे कर लिया। सिंघा वहाँ से

उड़ चला और समंदर से दूर जाने लगा। सुरपांस के सैनिक भी सुरपांस को खबर देने के लिये अपने-अपने जहाज लेकर योध्यानगर की तरफ चल पड़े। इधर सारे दुब्रास में खबर फैल गई कि सिंघा ने प्रथम पथ का दरवाजा खोल दिया है और धरती की ओर चला गया है।

राज्यद्रोही

राजा रामानु ने जंगल के सरदार बश्शेरा को बुलावा भेजा और प्रथम पथ के दरवाजे के पास पहुँचने का संदेश दिया। राजा रामानु सेनापति किवाड़ के साथ सेना की एक टुकड़ी लेकर सुरंग की तरफ चल पड़े। इधर राजमहल में अपने कक्ष में विश्राम कर रहीं रानी जानसी के पेट की पीड़ा बढ़ती जा रही थी। राजवैद्य ने महारानी की अवस्था देखकर बता दिया कि अगले चौबीस घंटों में शिशु का जन्म हो जायेगा। महारानी जानसी की सेविका सुमिधा ने कुछ और दासियों को रानी की सेवा के लिये बुला लिया। इधर राजा रामानु सुरंग के अंदर गये ही थे कि तभी सेनापति किवाड़ ने कहा - "महाराज इतनी विकट परिस्थित में भी सरदार बश्शेरा ने कोई शीघ्रता नहीं दिखाई आखिर उनके पुत्र सिंघा के कारण ही तो ये संकट उत्पन्न हुआ है"। तब राजा रामानु ने सेनापति किवाड़ से कहा - "सेनापति इसमें कोई संदेश नहीं कि परिस्थिति गंभीर है लेकिन हमें धैर्य नहीं खोना चाहिये, सरदार बश्शेरा आता ही होगा"। राजा रामानु और सेनापति किवाड़ सेना की टुकड़ी के साथ सुरंग में मशालों की रौशनी में चलते-चलते कुछ ही देर में प्रथम पथ के दरवाजे के पास पहुँच गये। प्रथम पथ के पास पहुँचते ही सेनापति किवाड़ राजा रामानु की ओर देखने लगा और राजा रामानु मुश्कुराने लगे। जंगल का सरदार बश्शेरा पहले ही प्रथम पथ पर आ चुका था और सिंघा के द्वारा खोले गये पथ के दरवाजे को उसने बंद भी कर दिया था। जंगल के सरदार बश्शेरा ने राजा रामानु के सामने सर झुकाया और कहा - "महाराज मुझे क्षमा कीजिये कि मेरे बेटे सिंघा के कारण दुब्रास में संकट उत्पन्न हुआ"। तब राजा रामानु ने कहा - "इसमें तुम्हारा कोई दोष नहीं बश्शेरा, बल्कि हम तो तुम्हारा फिर से धन्यवाद करना चाहेंगे

क्योंकि जितनी शीघ्रता आपने यहाँ आकर झरने के दरवाजे को बंद करने में दिखायी है उतनी तो हम भी नहीं कर सके"। तभी सेनापति किवाड़ ने कहा - "महाराज अब कुछ ही देर में सातों ज्वालामुखी फिर से जल उठेंगे और हमें फिर से समंदर का पानी गिरने से पहले दरवाजे को खोलना होगा"। राजा रामानु सेनापति किवाड़ से कुछ कहते उससे पहले ही सरदार बश्शेरा ने कहा - "महाराज आप चिंता न करें मैं यही हूँ जब तक सातों ज्वालामुखी जल नहीं जाते, मैं इस दरवाजे को समंदर के पानी के गिरने से पहले ही खोल दूँगा"। राजा रामानु सरदार बश्शेरा की कार्यनिष्ठा देख कर बहुत प्रशन्न हुये और वापस सेनापति किवाड़ के साथ राजमहल में लौट आये। दुब्रास की सारी प्रजा राजमहल के बाहर जमा हो गई थी। प्रजा को इस बात का समाचार मिल चुका था कि रानी जानसी आज कभी भी बच्चे को जन्म दे सकती हैं। महल के बाहर खड़े लोग आपस मे ही भविष्यवाणी करने लगे। कोई कहता पुत्री होगी तो कोई कहता पुत्र होगा। राजा रामानु भी महारानी के कक्ष के बाहर किसी द्वारपाल की तरह यहाँ से वहाँ घूम रहे हैं। सेनापति किवाड़ महल को सजाने की तैयारियों में लगे हुये हैं। कुछ ही देर में सातों ज्वालामुखी जलने लगे और उनके जलते ही महल के अंदर से शिशु की किलकारियाँ सुनाई देने लगीं। महल के बाहर व्याकुल खड़ी प्रजा उत्साह से उछलने लगी। तभी रानी जानसी की सेविका सुमिधा कक्ष से बाहर निकली और उत्साह से भरे हुये कुछ परेशान टहल रहे राजा रामानु से बोली - "महाराज बधाई हो, राजकुमार ने जन्म लिया है और महारानी जी ने आपको कक्ष में बुलाया है"। ये संदेश सुनकर राजा रामानु की आँखों से आँसू छलक पड़े। राजा रामानु महारानी के कक्ष में आ गये।

महारानी विशेष आसन में लेटी हुई थीं और उनके बगल में लेटा शिशु अपने हाँथ-पाँव ऊपर-नीचे करके किलकारियाँ मार रहा था। राजा रामानु धीरे-धीरे चलते हुये शिशु के चेहरे को एकटक देखते हुये महारानी जानसी के पास आकर बैठ गये। रानी जानसी मुश्कुराने लगी और बोलीं - "महाराज आपका पुत्र बिल्कुल आप पर गया है"। राजा रामानु तो बस शिशु को देखे जा रहे थे। शिशु की आँसुओ से भरी चमकती आँखें इतनी सुंदर लग रही थीं कि नजर हटाना ही मुश्किल था। इधर जंगल के सरदार बशशेरा ने ज्वालामुखियों के जलते ही झरने के पानी के गिरने से पहले ही प्रथम पथ के दरवाजे को बंद कर दिया। समंदर में बने ये तीनों विशाल भँवर अब लुप्त हो चुके थे लेकिन योध्यानगर में हलचल मची हुई थी। कोई यहाँ भाग रहा था तो कोई वहाँ छुप रहा था। दरअसल सिंघा जो दुब्रास से प्रथम पथ के दरवाजे को खोलकर भागा था अब सुरपांस के राज्य योध्यानगर में आ गया। सुरपांस को उसके सेनापति कुम्भी ने संदेश दिया कि एक उड़ने वाला विशाल बब्बर शेर पूरे नगर में घूम रहा है। सुरपांस ये समाचार सुनकर सेनापति कुम्भी के साथ अपने महल की छत पर आया और उड़ते हुये सिंघा को देखकर हैरान रह गया। तभी राजमाता मंदिरा भी महल की छत पर आ पहुँची और सिंघा को देखते ही सुरपांस से बोलीं - "पुत्र ये दुब्रास से आया है हम इसके बारे में जानते हैं"। तब सुरपांस ने अपनी माता से कहा - "माँ आप, आप इसके बारे में कैसे जानती हैं"। तब राजमाता मंदिरा ने कहा - "पुत्र जब तुम्हारे पिता महाराज दसनाथ जीवित थे तब हम उस रामानु की माँ सिल्या के साथ कुछ समय के लिये दुब्रास गईं थीं और तभी वहाँ इस विशाल शेर को देखा था, पुत्र इसका नाम बशशेरा है"। तब

सुरपांस ने कहाँ - "माँ तो ये हमारा शत्रु है यही न"। तब राजमाता मंदिरा से कहा - "हाँ पुत्र ये बश्शेरा दुब्रास के जंगल का सरदार है और वहाँ के राजा का वफादार"। तब सुरपांस के पीछे खड़े सेनापति कुंभी ने कहा -" महाराज लेकिन हम इसे पकड़ेंगे कैसे, इसे काबू में कैसे करेंगे"। तब सुरपांस ने कहा - "इसे काबू करने से ज्यादा मारना आसान होगा, सेनापति तुम सर्वश्रेष्ठ धनुर्धरों की एक टुकड़ी को तैयार करो और दुब्रास के इस जानवर का तीरों से स्वागत करो"। सेनापति कुम्भी ने सुरपांस की आज्ञा का पालन किया और विशिष्ट धनुर्धरों की एक टुकड़ी को सिंघा से युद्ध के लिये भेजा। सुरपांस के सेना की विशेष टुकड़ी ने जैसे ही सिंघा पर तीरों से वार करना चालू किया वैसे ही आसमान में नीचे उड़ रहे सिंघा ने अपने ऊँचाई बढ़ा ली। सुरपांस के सैनिकों के तीर अब खाली ही ऊपर जाकर नीचे गिरने लगे। ये देखकर राजमहल की छत पर खड़े राजा सुरपांस ने वहीं खड़ी राजमाता मंदिरा से कहा - "माँ ये योजना तो किसी काम की नहीं और इसके अलावा हम कर क्या सकते हैं"। सेनापति कुम्भी वापस महाराज के पास ये खबर देने आये कि उनकी योजना विफल हो गई है। राजमाता मंदिरा सुरपांस से कुछ कहने वाली थीं कि तभी सिंघा योध्यानगर के प्रजा के घरों के पास से तेजी से उड़ता हुआ राजमहल के ऊपर आकर उड़ने लगा। सेनापति कुम्भी तो सिंघा को इतनी पास देखकर एक बार नीचे बैठ गया लेकिन जब सुरपांस ने उसे आँख दिखाई तो वापस खड़ा हो गया। सुरपांस को कोई और योजना सूझती उससे पहले ही आसमान में उड़ रहे सिंघा ने कहा - "क्या तुम ही योध्यानगर के राजा सुरपांस हो?"। सिंघा के बोलते ही सेनापति कुम्भी ने सुरपांस से कहा - "महाराज एक तो ये ऐसा शेर है जो उड़

रहा है और ऊपर से मनुष्यों जैसा बोल भी रहा है, मुझे तो ये कोई जादूगर लगता है"। तब सुरपांस ने ऊपर सिंघा की ओर देखते हुये कहा - "हाँ, हम ही यहाँ के राजा सुरपांस हैं, तुम बिना अनुमति के हमारे राज्य में आये हो, तो हम तुम्हें दंड दे, उससे पहले हमें बताओ कि तुम चाहते क्या हो?।

तब आसमान में उड़ रहा सिंघा सुरपांस के एक दम सामने छत पर उतर गया और बोला - "कुछ चर्चा करनी है आपसे"। तभी सुरपांस के बगल में खड़ी राजमाता मंदिरा ने कहा - "तुम दुब्रास के जंगल के सरदार बश्शेरा हो न!"। तब सिंघा ने राजमाता मंदिरा से कहा - "नहीं...... मैं जंगल के सरदार बश्शेरा का पुत्र सिंघा हूँ"। सिंघा अपना परिचय दे ही रहा था कि तभी सुरपांस ने सिंघा से कहा - "सिंघा तुम भले ही हमारे शत्रु के राज्य से आये हो लेकिन हमारी मेहमान नवाजी कहती है तुम्हें एक बार मित्रता का अवसर दिया जाये"। तभी सिंघा ने राजा सुरपांस से कहा - "महाराज सुरपांस, मैं आपसे मित्रता के लिये ही दुब्रास से योध्यानगर आया हूँ"। महाराज सुरपांस ने तब सेनापति कुम्भी से कहा - "सेनापति कुम्भी हमारे मित्र सिंघा के स्वागत के लिये महल में तैयारी की जाये"। सेनापति कुम्भी राजा सुरपांस के इस आदेश का विरोध करना चाहता था लेकिन साहस न कर पाया और सिंघा की ओर देखता हुआ स्वागत की तैयारी के लिये महल की छत से नीचे चला गया। कुछ देर बाद राजमाता मंदिरा के साथ सुरपांस अपने नये मित्र सिंघा को लेकर महल के भव्य स्वागत कक्ष में आ गया।

इधर धरती के भीतर दुब्रास में विशाल उत्सव की तैयारियाँ हो रही हैं। राजा रामानु और सारी प्रजा राजकुमार के जन्म का उत्सव मना रही है। सुरंग में बने प्रथम पथ, द्वितीय

पथ और तृतीय पथ से गिरते झरनों में अलग-अलग रंग मिलाये जा रहे हैं। झरने रंगीन होकर नीचे तालाब में गिर रहे हैं। दुब्रास के बाजार में एक मेला लगाया गया है, बड़े-बड़े झूले खड़े हैं लोगों की भीड़ है। शाम को महल में दुब्रास की प्रजा को भी निमंत्रण दिया गया है और वहीं राजकुमार का नामकरण भी होगा। इधर अभी महल के अंदर हर एक व्यक्ति बहुत व्यस्त है, बस महाराज रामानु सुबह से रानी जानसी के कक्ष में किलकारी मार रहे राजकुमार के पास बैठे हैं। राजा रामानु ने राज ज्योतिषी को बुलावा भेजा है ताकि ग्रहों की स्थिति के हिशाब से शिशु का नाम निर्धारित कर लिया जाये। राज ज्योतिषी कुछ ही समय मे महारानी जानसी के कक्ष में पहुँच गये। राजा रामानु ने उन्हें प्रणाम किया। राज ज्योतिषी ने शिशु को पालने से उठाकर अपनी गोद मे लिया और गौर से उसके मस्तक की महीन रेखाओं को देखने लगे। तभी उनकी नजर शिशु के गले में गयी और बस वहीं ठहर गई। राज ज्योतिषी को इतना शांत देखकर, वहीं आसन पर लेटी हुई महारानी जानसी उठकर बैठने की कोशिश करने लगीं। तब बगल में खड़ी उनकी दासी सुमिधा ने महारानी से लेटे रहने का आग्रह किया। राज ज्योतिषी अब भी नये राजकुमार के गले को ही देख रहे थे। तब राजा रामानु ने राज ज्योतिषी से कहा - "गुरुदेव आप कुछ बोल नहीं रहे है, क्या कोई चिंता का विषय है?"। तब गुरुदेव ने राजा रामानु की ओर देखा और कहा - "राजन तुम्हारे मन की जितनी भी चिंताये हैं, ये बालक उन सभी चिंताओं को दूर कर देगा"। राजा रामानु और रानी जानसी राजज्योतिषी की बातें सुनकर मुश्कुराने लगे। तभी राजा रामानु ने राज ज्योतिषी से कहा - "गुरुदेव सब आपका आशीर्वाद है"। तब

राज ज्योतिषी ने मुश्कुराते हुये कहा - "राजन इस बालक पर उसका आशीर्वाद है जो सर्वशक्तिशाली है"। राजा रामानु को राज ज्योतिषी की बात पूरी समझ नहीं आई। तभी राज ज्योतिषी ने कहा - "राजा रामानु तुम्हारे बालक के गले मे देखो, महादेव के अलौकिक त्रिशूल का चिन्ह अंकित है, जिसका अर्थ है कि ये कोई आम बालक नहीं है"। तब राजा रामानु ने राजकुमार के गले की ओर देखा और फिर राज ज्योतिषी से कहा - "गुरुदेव, हमे अब भी कुछ समझ नहीं आया?"। तब राज ज्योतिषी ने बालक को वापस पालने में सुलाते हुये कहा - "राजन तुम्हारे इस बालक में अद्भुत दैवीय शक्तियाँ होंगी लेकिन उनका पता तुम्हें, मुझे और तुम्हारे बालक को एक उपयुक्त समय मे ही चलेगा"। राज ज्योतिषी ने ग्रहों की स्थिति देखकर राजकुमार का नाम भी निर्धारित कर लिया, जिसकी घोषणा शाम के समय दुब्रास की सारी प्रजा के सामने नामकरण समारोह में होगी।

इधर योध्यानगर में राजा सुरपांस ने सिंघा के स्वागत में कोई कमी नही रखी और एक से एक व्यंजनों को सिंघा के सामने परोस दिया। सिंघा भी प्रसन्न था और मजे से अलग-अलग पकवान खाये जा रहा था, तभी कुछ ही देर में उसकी आँखों के सामने अँधेरा सा छाने लगा और सारे चित्र ओझल से होने लगे। सुरपांस को दुब्रास के जीव की मित्रता पर संदेह था इसी कारण से उसने बड़ी चतुरता से स्वागत के लिए बने व्यंजनों में मूर्छित करने वाली दवा को डलवा दिया था। सिंघा अगले कुछ ही पलों में पूरी तरह से मूर्छित होकर जमीन पर गिर पड़ा। सुरपांस ने शीघ्रता से सेनापति कुम्भी को आदेश दिया कि सिंघा को रानी सिल्या के कारागार के बगल वाले कारागार में बंद कर दिया जाये। सेनापति कुम्भी ने पचास

सैनिकों की एक टुकड़ी को बुलाया और लोहे की मोटी-मोटी जंजीरों से सिंघा को बाँध दिया। सैनिक सिंघा को जंजीरों से पकड़कर धरती में घसीटते हुये ले गये और रानी सिल्या के बगल वाले कारागार में बंद कर दिया।

इधर दुब्रास में सातों ज्वालामुखियों की रौशनी के कम होते ही सारी प्रजा राजा रामानु के महल के बाहर युवराज के नामकरण समारोह को देखने के लिये एकत्रित हो गई। राजा रामानु राज ज्योतिषी के जाने के बाद से रानी जानसी के कक्ष में बैठे हुये बस युवराज के गले को देख रहे हैं। युवराज के गले में बना अलौकिक त्रिशूल का निशान राजा रामानु को खुशी भी दे रहा था लेकिन निशान को लेकर कई संदेह भी उनके मन में उठ रहे थे।

राजा रामानु किसी विचार में डूबे हुये थे कि तभी सेनापति किवाड़ 'महाराज की जय हो' बोलते हुये रानी जानसी के कक्ष में आ गये और बताया कि युवराज के नामकरण की तैयारियाँ पूरी हो गई हैं और दुब्रास कि सारी प्रजा भी महल के बाहर समारोह को देखने के लिये एकत्रित हो चुकी है। राजज्योतिषी के अनुसार सातों ज्वालामुखियों की रौशनी के बुझने के पहले युवराज का नामकरण हो जाना चाहिये। राजा रामानु सेनापति किवाड़ के साथ रानी जानसी के कक्ष से बाहर आ गये। दासी सुमिधा रानी जानसी को समारोह के लिये तैयार करने लगी।

कुछ समय के बाद सभी महल के ठीक सामने और झरनों के तालाब के पहले बने बाग में एकत्रित हो गये। राजा रामानु और रानी जानसी प्रज्जवलित यज्ञ के पास पूजा में बैठे हुये हैं। राज ज्योतिषी विधि-विधान से पूजन करवा रहे हैं। दुब्रास

की सारी प्रजा रानी जानसी की गोद मे लेटे हुये युवराज के चेहरे को देख रही है। कुछ की धुँधली-धुँधली नजर युवराज के गले पर बने त्रिशूल के निशान पर भी पड़ी। राजा रामानु ने जंगल के सरदार बश्शेरा को भी नामकरण समारोह में शामिल होने के लिये आमंत्रण भेजा था लेकिन अभी तक वो आया नहीं था।

इधर महारानी जानसी की गोद में लेटा दुब्रास का युवराज चारो तरफ खड़ी भीड़ को अपनी छोटी-छोटी आँखों से देख रहा था। तभी युवराज की नजर दुब्रास के चट्टानों वाले आसमान को देखने लगी। चट्टानों को देखते-देखते अचानक युवराज की आँखें एक जगह ठहर गईं। जंगल का सरदार बश्शेरा आ चुका था और ऊपर ही एक जगह पर उड़ते हुये युवराज के नामकरण समारोह को देख रहा था। छोटा सा युवराज काफी देर तक एकटक बस उड़ते हुये बश्शेरा को ही देखता रहा। तभी राजज्योतिष ने यज्ञ में आहूतियाँ देना चालू किया। राजा रामानु और रानी जानसी हवन करने लगे।

सेनापति किवाड़ सारी व्यवस्था पर नजर बनाये हुये थे। यज्ञ में हवन के बाद राज ज्योतिष ने राजा रामानु और महारानी जानसी के साथ-साथ दुब्रास की प्रजा को संबोधित करते हुये कहा - "महाराज रामानु, महारानी जानसी और दुब्रास की प्रजा के सामने मैंने युवराज का नाम ग्रह स्थितियों के अनुसार निर्धारित किया है। युवराज दुब्रास का गौरव होंगे। इनमें मानसिक से लेकर शारीरिक क्षमतायें अपार होंगी। तो सभी जन स्वागत कीजिये दुब्रास के युवराज, दुब्रास के योद्धा युवराज 'अंगक' का। अंगक नाम सुनते ही दुब्रास की प्रजा उत्साह में जयघोष करने लगी। 'युवराज अंगक की

जय, युवराज अंगक की जय' की आवाज सारे दुब्रास में गूँज उठी।

राजा रामानु ने रानी जानसी की गोद में लेटे हुये अपने पुत्र की ओर बड़े गौरव से देखा और मन ही मन कहा - 'अंगक मेरा पुत्र'। तभी बश्शेरा भी चट्टानों के आसमान से जमीन पर उतर आया। राजा रामानु ने बश्शेरा को देखकर कहा - "आओ बश्शेरा तुम भी हमारे पुत्र अंगक को अपना आशीर्वाद दो, ताकि वो तुम जैसा शक्तिशाली बन सके"। तब बश्शेरा महाराज के समीप आते हुये बोला - "महाराज मेरा आशीर्वाद तो युवराज अंगक के साथ है, इष्टदेव युवराज पर अपनी कृपा रखें"। बश्शेरा इतना कहकर रानी जानसी की गोद में लेटे युवराज अंगक के पास ही आ गया। युवराज बश्शेरा को देखकर खिलखिलाने लगे, मानो कोई खिलौना मिल गया हो। युवराज अंगक ने बश्शेरा के गले के बालों को अपने छोटे-छोटे हाँथों से पकड़ लिया। बश्शेरा भी ये देखकर मुस्कुराया और फिर पीछे मुड़ा, लेकिन मुड़ न पाया, ऐसा लगा किसी रस्सी से बाँध दिया गया हो। युवराज अंगक बश्शेरा के गले के बालों को पकड़े हुये थे और इतने छोटे से बालक की पकड़ तो स्वाभाविक ही बश्शेरा के पलटते ही आसानी से छूट जानी चाहिये थी लेकिन ऐसा हुआ नहीं। बाँकी सभी लोग ये देखकर हैरान रह गये। कोई कुछ और सोचता उससे पहले रानी जानसी ने युवराज अंगक का हाँथ पकड़ा और पीछे कर लिया। बश्शेरा हैरान था लेकिन फिर भी युवराज अंगक की तरफ देखकर एक बार और मुस्कुराते हुये वहाँ से जंगल की ओर उड़ गया। नामकरण समारोह का समापन सारी प्रजा के भोज के साथ संपन्न हुआ। सातों ज्वालामुखियों की रौशनी उनके भीतर समाहित हो चुकी थी। दुब्रास की सारी प्रजा

अपने-अपने घरों में युवराज अंगक की ही चर्चा कर रही है। कोई युवराज की सुंदरता के बारे में कह रहा था तो कोई, युवराज की आँखों की चमक की बातें कर रहा है। कुछ लोग जिन्होंने युवराज को गौर से देखा था वो युवराज के गले में बने त्रिशूल के निशान की चर्चा कर रहे थे। इधर महल में राजा रामानु खाली दरबार में अकेले सिंघासन में बैठे हुये किसी गहरी बात पर विचार करते हुये मालूम होते हैं। तभी सन्नाटे से भरे दियों की रौशनी से जगमगाते दरबार में कदमों के चलने की आहट आई। सेनापति किवाड़ राजा रामानु के पास आ रहे थे। सेनापति किवाड़ ने राजा रामानु को प्रणाम किया और बोले - "महाराज आप खाली दरबार में इस समय अकेले बैठकर किस बात पर विचार कर रहे हैं!"। तब राजा रामानु ने सेनापति से कहा - "सेनापति किवाड़ आप हमसे उम्र और तजुर्बे में बहुत बड़े हैं, आप ने हमे भी अपनी गोद मे खिलाया है"। तब सेनापति किवाड़ ने कहा - "महाराज रामानु ये तो मेरा सौभाग्य था कि महारानी सिल्या ने मुझे अपना विश्वासपात्र समझा और संकट की उस घड़ी में आपको मुझे सौंपकर योध्यानगर से दुब्रास भेज दिया"। इतना कहकर सेनापति किवाड़ चुप हो गये लेकिन जब राजा रामानु कुछ बोले नहीं तो सेनापति ने फिर कहा - "महाराज क्षमा करियेगा लेकिन आज आप किसी बात पर गहराई से विचार करते दिखाई देते हैं अगर मैं कुछ जान सकूँ तो संभवतः आपका मन कुछ हल्का हो जाये"। तब राजा रामानु ने कहा - "सेनापति हमे न जाने क्यूँ युवराज को लेकर चिंता हो रही है, आज जिस तरह से उन्होंने बश्शेरा के गले के बालों को अपने छोटे हाँथों से पकड़ रखा था और जब बश्शेरा ने मुड़ना चाहा तो वो मुड़ न पाया, ये सब कुछ बहुत ही अकल्पनीय

सी घटना है"। तब सेनापति ने महाराज की आज्ञा लेकर अपना आसन ग्रहण किया और बोले- "महाराज राज ज्योतिषी ने भी कहा था कि आपका बालक असीमित मानसिक और शारीरिक क्षमता वाला है लेकिन मुझे भी आश्चर्य है कि अभी तो युवराज का जन्म हुआ है और अगर अभी इतना बल उनमे है तो भविष्य में वो अपनी शक्ति को कैसे सम्हालेंगे"। दुब्रास की ये रात इसी चर्चा के साथ बीत गई।

- पाँच वर्ष के बाद -

अभी-अभी सातों जवालामुखियों ने जलना शुरू किया था और दुब्रास में दिन की शुरुआत हुई थी लेकिन राजकुमार अंगक बहुत रो रहे हैं, राजा रामानु और रानी जानसी उन्हें चुप कराने में लगी हुई हैं। तभी राजा रामानु ने सेनापति किवाड़ से कहा - "सेनापति जाओ देखो सरदार बश्शेरा आया या नहीं!"। सेनापति किवाड़ महल से बाहर की ओर चले गये लेकिन युवराज अंगक रोये जा रहे हैं। दरसअल बीते पाँच सालों में राजा रामानु और जंगल के सरदार बश्शेरा में बहुत घनिष्टता बढ़ गई थी। इसी कारण से युवराज अंगक और बश्शेरा के बीच भी एक भिन्न लेकिन आत्मीय संबंध बन चुका था। बश्शेरा जब जंगल से राजा रामानु से मिलने महल में आता तो युवराज अंगक के साथ खेलने लगता। साथ ही राजा रामानु जब दुब्रास के महल से जंगल की तरफ जाते तो युवराज अंगक को जरूर ले जाते। जंगल के सभी जानवर युवराज अंगक को अच्छी तरह से जानते थे और उनके जंगल मे आते ही साथ-साथ खेलने लगते थे। आज बश्शेरा को युवराज अंगक के साथ खेलने के लिये महल में आना था लेकिन अभी तक वो आया नहीं था। यही कारण

था कि युवराज अंगक रोये जा रहे थे। तभी अचानक युवराज के जोर-जोर से रोने का अंदाज धीमी-धीमी सिसकियों में बदल गया। बश्शेरा सेनापति किवाड़ के साथ महल के अंदर आ गया था। बश्शेरा जैसे-जैसे युवराज अंगक के पास आता गया वैसे-वैसे अंगक की सिसकियाँ कम होती गई और आँखों से बहते आँसू रुक गये। ये देखकर राजा रामानु ने कहा - "देखा बश्शेरा हम इन्हें कब से शांत होने के लिये मना रहे थे लेकिन ये शांत होने का नाम ही नहीं ले रहे थे और अब देखो तुम्हारे आते ही कैसे चुप हो गये हैं"। तब सरदार बश्शेरा ने राजा रामानु की जय कहते हुये युवराज अंगक से कहा - "तो अंगक चले, आज हम तुम्हें अपने साथ जंगल में अकेले ले जायेंगे"। तब युवराज अंगक ने बश्शेरा से बड़ी धीमी और आश्चर्य भरी आवाज में कहा - "लेकिन बिना रथ के हम आपके पीछे कैसे चल पायेंगे?"। तब जंगल के सरदार बश्शेरा ने कहा - "आज आपका रथ हम बनेंगे युवराज, और दुब्रास का ये चट्टानों वाला आसमान आपका रास्ता बनेगा"। इतना कहके बश्शेरा जमीन में बैठ गया और युवराज अंगक को अपनी पीठ में बैठने के लिये बोला। तब वहीं खड़ी रानी जानसी ने कुछ चिंतित होते हुये बश्शेरा से कहा - "लेकिन अंगक आपकी पीठ से गिर न जाये, छोटा है न ये अभी"। रानी जानसी कुछ और कहतीं उससे पहले ही युवराज अंगक ने बश्शेरा के गले के बालों को पकड़ा और उसकी पीठ पर बड़ी तेजी से चढ़कर बैठ गये। तब बश्शेरा ने रानी जानसी से कहा - "महारानी आपका पुत्र जरूर पाँच वर्ष का है पर इसकी शक्ति मैंने तभी देख ली थी जब इसका नामकरण हो रहा था, इसीलिये आप चिंता मत कीजिये और फिर मैं हूँ ही युवराज के साथ"। इतना कहकर जंगल के सरदार ने राजा

रामानु और रानी जानसी से जाने की आज्ञा ली और युवराज अंगक को अपनी पीठ पर बैठाकर चलता हुआ महल से बाहर झरनों के तालाब के किनारे आकर खड़ा हो गया। तब बश्शेरा की पीठ पर बैठे हुये युवराज अंगक ने कहा -'बश्शेरा दादा हमें उधर से ले चलो न'। युवराज अंगक का ईशारा तालाब में गिर रहे तीनों झरनों की ओर था। तब बश्शेरा ने हल्का मुश्कुराकर युवराज अंगक से कहा -'ठीक है युवराज आप हमे अच्छे से पकड़कर बैठना'। इतना कहकर बश्शेरा ने अपने बड़े पंखों को खोला और आराम से जमीन से ऊपर उठने लगा। युवराज अंगक ये देखकर उत्साहित हो गये और बोले- 'बश्शेरा दादा और ऊपर, और ऊपर'। बश्शेरा ने अब पंख तेजी फड़फड़ाये और तालाब के ऊपर गिर रहे तीनों झरनों के बीच में पहुँच गया। महल के बाहर सुरक्षा में खड़े सैनिक अपनी आँखे बड़ी करके ये द्रश्य देख रहे थे। बश्शेरा ने कुछ देर युवराज अंगक को तीनों झरनों के चारो ओर घुमाया और फिर वहाँ से अपने जंगल की तरफ उड़ चला। जंगल के पक्षियों ने युवराज अंगक के आने की खबर पूरे जंगल में फैला दी। सभी जानवर उत्साहित हो गये और सरदार बश्शेरा की गुफा के बाहर बड़ी सी चट्टान के नीचे एकत्रित होने लगे। बश्शेरा उड़ता हुआ जैसे ही जंगल के करीब आया वैसे ही कुछ पक्षी तो पहले से ही बश्शेरा के आजू-बाजू और उसकी पीठ पर बैठे युवराज अंगक के पास उड़ने लगे। एक छोटा पक्षी तो युवराज अंगक के कंधे में जाकर बैठ गया। बश्शेरा जैसे ही अपनी गुफा के बाहर बनी चट्टान पर उतरा वैसे ही युवराज अंगक को देखने के लिये एकत्रित हुये सभी जानवर उत्साह में उछलने कूदने लगे। सभी बंदर एक पेड़ से दूसरे पेड़ पर कूदने लगे तो हिरण के छोटे-छोटे बच्चे चट्टान के

ऊपर चढ़ने की कोशिश करने लगे। मोरों का झुंड अपने पंख फैलाकर नाचने लगा। युवराज अंगक बश्शेरा की पीठ से नीचे उतरे और सभी जानवरों को एकत्रित देखकर बोले- 'बश्शेरा दादा मुझे इन सबके साथ खेलना है'। तब बश्शेरा ने युवराज से कहा - 'अच्छा ठीक है रुको मैं तुम्हे चट्टान से नीचे उतार देता हूँ'। बश्शेरा कुछ और कहता या करता उससे पहले ही पाँच वर्ष के युवराज अंगक ने अपने कदम बढ़ाये और बड़ी चट्टान से नीचे की ओर छलाँग लगा दी। बश्शेरा ने भी घबराकर तुरंत युवराज को पकड़ने के लिये चट्टान से नीचे की तरफ छलाँग लगाई लेकिन बश्शेरा युवराज को पकड़ न सका। युवराज अंगक सीधा चट्टान से नीचे आये और अपने दोनों पैरों में जमीन पर खड़े हो गये। जंगल के जानवर ये देखकर आश्चर्यचकित रह गये पर सरदार बश्शेरा को ज्यादा आश्चर्य नहीं हुआ क्योंकि उन्हें युवराज की क्षमताओं का आभास था। युवराज अंगक सभी जानवरों के साथ जंगल के और अंदर खेलने के लिये चले गये। सरदार बश्शेरा ने दो बाघों को युवराज के देखरेख की जिम्मेदारी दी।

पाँच वर्ष का युवराज अंगक हिरणों के साथ-साथ दौड़ रहा था, कभी उछल कर किसी हिरण की पीठ पर बैठ जाता तो कभी उछल कर वापस जमीन पर दौड़ने लगता। हिरणों के झुंड के पीछे दर्जनों मोर आ रहे थे। मोर के पीछे हाथियों का एक झुंड और जंगली घोड़े भी थे। ऊपर बहुत सारे पक्षी अंगक के सर से थोड़ा ही ऊपर उड़ रहे थे। जंगल का लगभग हर जानवर युवराज अंगक के साथ खेलना चाहता था। सरदार बश्शेरा के भेजे हुये दो बाघ अंगक की सुरक्षा पर दूर से ही नजर रखे हुये थे। दुब्रास के सातों ज्वालामुखी जल रहे हैं और दुब्रास की प्रजा के नागरिक और किसान

अपने-अपने कामों में लग गये हैं। कुछ नागरिकों को राजा रामानु ने झरनों के तालाब की साफ-सफाई के काम पर लगाया था, जो नावों में चढ़कर ऊपर से गिरते तीनों पथों के झरनों के इधर-उधर से होते हुये तालाब में उगी बेलों को साफ कर रहे थे। एक नागरिक अपनी कुल्हाड़ी कँधों पर रखे हुये 'भोले बड़े ही भोले हैं' गीत गुनगुनाता हुआ दुबास के महल के पीछे पाँचवे ज्वालामुखी के पास के जंगलों में लकड़ी काटने चला जा रहा था। कुछ देर चलने के बाद वो नागरिक पाँचवे ज्वालामुखी के पास पहुँच गया और सीधे खड़े विशाल पर्वत के नीचे एक सूखे पेड़ को काटने लगा। वो लकड़हारा लकड़ी काटते हुये 'भोले बड़े भोले हैं' का गाना गाये जा रहा था। पेड़ का तना काफी मोटा था लेकिन लकड़हारे ने काफी मेहनत करके आधे से ज्यादा तना काट दिया था और बस आधा ही बचा हुआ था। पसीने से तर-बतर नागरिक थोड़ी देर के लिये वहीं एक दूसरे पेड़ के नीचे बैठकर आराम करने लगा। आराम करते-करते उसकी आँख लग गई। तभी वो आधा कटा बड़ा सा सूखा पेड़ जमीन पर जोरदार धड़ाम की आवाज के साथ नीचे गिरा। पेड़ के गिरते ही नागरिक तुरंत नींद से जाग गया और अपनी कुल्हाड़ी को दोनों हाँथों में पकड़कर खड़ा हो गया। पेड़ के गिरने से उठी धूल जब हटी तो नागरिक ने अपनी नजरें इधर-उधर दौड़ाई लेकिन उसे कुछ नजर नहीं आया। नागरिक तब धीरे-धीरे नीचे गिरे सूखे पेड़ के पास आने लगा कि तभी सामने पहाड़ की चट्टान का एक बड़ा हिस्सा धड़ाम से नीचे गिरा। लकड़हारा दो कदम और पीछे हट गया। अब नागरिक समझ गया कि हो सकता है इससे पहले भी पहाड़ की चट्टान इस पेड़ के ऊपर गिरी हो जिससे पेड़ टूटकर नीचे गिर गया

हो। नागरिक कुछ और सोचता कि धड़ाधड़ पहाड़ के ऊपरी हिस्से की चट्टानें टूटकर नीचे गिरने लगीं। नागरिक घबरा गया और अपनी कुल्हाड़ी और काटी हुई लकड़ियाँ सब वहीं छोड़कर नगर की तरफ भागने लगा। राजा रामानु अपने सेनापति किवाड़ के साथ राजदरबार में बैठकर गंभीर चर्चा कर रहे थे। एक महीने बाद फिर से वही दिन आने वाला था जब समंदर के ऊपर खुलने वाले तीनों पथों के झरनों का पानी रुक जायेगा। राजा रामानु तीनों पथों के दरवाजों की मजबूती और उनकी स्थिति की के बारे में सेनापति किवाड़ से पूँछ रहे थे। तभी एक सैनिक दौड़ते हुये दरबार मे आया और हाँफते हुये बोला - "महाराज की जय हो, महाराज एक लकड़हारा जो पाँचवे ज्वालामुखी के पहाड़ के पास लकड़ी काटने गया था, महल के बाहर खड़ा है और कह रहा है कि वहाँ के पहाड़ की बड़ी-बड़ी चट्टानें टूटकर नीचे गिर रही हैं"। राजा रामानु और सेनापति किवाड़ ने जैसे ही ये बात सुनी वैसे ही अपने-अपने आसनों से खड़े हो गये और एक दूसरे की तरफ देखने लगे। तभी सेनापति किवाड़ ने राजा रामानु से कहा - "महाराज दुब्रास का वो चौथा रास्ता जो बंद करवाया गया है, वो पाँचवे ज्वालामुखी के पास वाले पहाड़ पर ही खुलता है न"। तब राजा रामानु ने बहुत गंभीरता से कहा -" सेनापति समय बिल्कुल नहीं है, तुम सेना की दो बड़ी टुकड़ियाँ तैयार करो और हमारे सौ विशिष्ट सैनिकों को भी संदेश भेज दो कि वो तैयार रहें और हाँ तुम वहाँ पहुँचते ही हमें भी संदेश भेजो की आखिर घटना क्या है!"। सेनापति किवाड़ राजा रामानु की बात सुनकर दरबार से निकलकर सौ विशिष्ट सैनिकों के विश्राम गृह में गये और उन्हें तैयार रहने का आदेश दिया। इसके बाद सेनापति किवाड़ अपने

साथ सेना की दो बड़ी टुकड़ियाँ लेकर अपने रथ से पाँचवे ज्वालामुखी की तरफ निकल गये।

इधर युवराज अंगक जंगल में जानवरों के साथ खेलते-खेलते जंगल की एक सुंदर नदी के किनारे आ गये थे।

घने जंगल के बीच मे इस नदी का पानी सातों ज्वालामुखियों के जलने पर सुनहरा ओर चमकता हुआ दिखाई देता है।

युवराज अंगक अब एक बड़े पेड़ के नीचे बैठ गये। सारे जानवर जो उनके साथ अब तक खेल रहे थे, वो भी वहीं आसपास बैठ गये। ऊपर उड़ते पक्षियों के झुंड भी उस पेड़ पर बैठने के लिये एक दूसरे से धक्का-मुक्की करने लगे जिस पेड़ के नीचे युवराज अंगक बैठे थे। इधर सेनापति किवाड़ अपने रथ में सवार सेना की दो टुकड़ियों के साथ पाँचवे ज्वालामुखी की ओर जा रहे थे, जिनमे से कुछ सैनिक अपने हाथों में तलवार लिये दौड़ रहे थे तो कुछ भाले और ढाल लिये घोड़ों पर सवार थे। कुछ देर के बाद सेनापति पाँचवे ज्वालामुखी के सामने पहुँच गये और अपने रथ से उतरकर उस पहाड़ के नीचे कुछ दूर खड़े हो गये जहाँ से लकड़हारे ने बड़ी-बड़ी चट्टानों के गिरने की खबर दी थी। सेनापति किवाड़ अपने रथ से नीचे उतरे और ऊपर पहाड़ की तरफ देखने लगे। कुछ देर यूँही देखते रहे लेकिन कोई चट्टान या पत्थर ऊपर से नीचे नहीं गिरा। सेनापति किवाड़ आगे पहाड़ की ओर पैदल बढ़ने लगे। सेनापति के पीछे सैनिक भी आने लगे। सेनापति किवाड़ ने कुछ कदम आगे बढ़ाये ही होंगे कि तभी पहाड़ की चट्टान का बड़ा सा टुकड़ा जोर के धमाके के साथ नीचे आ गिरा। सेनापति ने अपने कदम तो रोक दिये लेकिन उनकी धड़कन बढ़ गई, बाँकी सभी सैनिक भी

अचानक चट्टान के गिरने से घबरा गये। सेनापति किवाड़ कुछ और सोचते उससे पहले ही पहाड़ के भीतर से बश्शेरा का बेटा सिंघा जो दुब्रास से भागा था और जिसे योध्यानगर के राजा सुरपांस ने योध्यानगर में कैद कर लिया था वो अपने पंख फड़फड़ाता हुआ निकला। सेनापति किवाड़ ने जैसे ही सिंघा को ऊपर उड़ता हुआ देखा वैसे ही अपनी तलवार को म्यान से निकाल लिया और लड़ाई के लिये भौंहे चढ़ाकर तैयार हो गये। सिंघा ऊपर से पंख फड़फड़ाता हुआ नीचे जमीन पर सेनापति किवाड़ के सामने उतरा। तब सेनापति किवाड़ ने सिंघा को आँख दिखाते हुये कहा -"सिंघा ये तुमने ठीक नहीं किया, वर्षों से बंद दुब्रास के चौथे रास्ते को खोलकर तुमने अपनी मृत्यु को बुलाया है"। सेनापति किवाड़ की बात को बड़ी शांति से सुनने के बाद सिंघा ने कहा - "सेनापति मेरी म्रत्यु तुम कमजोरों के हाँथों से हो सकती तो मुझे अपने पिता बश्शेरा की तरह राजा रामानु का गुलाम बनकर रहने में कोई परेशानी नहीं होती"। तब सेनापति किवाड़ ने कहा - "सिंघा अब तुम दुब्रास से जीवित नहीं जा पाओगे"। तब सिंघा ने सेनापति किवाड़ से कहा - "सेनापति मैं यहाँ से जीवित जाने के लिये नहीं यहाँ जीवन भर राज करने के लिये आया हूँ"। सेनापति किवाड़ कुछ और कहते कि तभी सिंघा ने एक जोरदार दहाड़ लगाई। सिंघा की दहाड़ से सेनापति किवाड़ के पीछे खड़े सैनिक काँप उठे। देखते ही देखते ऊपर पहाड़ में जहाँ से चट्टान गिरने के बाद चौथा पथ खुला था वहाँ से बड़ी संख्या में सौनिक पहाड़ से नीचे उतरने लगे। ये देखकर सेनापति किवाड़ की आँखे खुली की खुली रह गईं।

तब सिंघा ने एक कदम आगे बढ़ाते हुये अपनी पीठ के पंखों को फैलाते हुये कहा - "सेनापति ये सेना तुम्हारे शत्रु राजा

सुरपांस की है जो अब मेरा मित्र है"। इतना कहके सिंघा हँसने लग गया। उधर पहाड़ से सैनिक बड़ी संख्या में नीचे उतरने लगे थे। तभी सेनापति किवाड़ ने अपनी कमर में बंधे संख को निकाला और विशिष्ट सैनिकों को बुलाने वाला संखनाद कर दिया। संखनाद कि ध्वनि सारे दुब्रास में गूँजने लगी। महल में राजा रामानु ने लकड़हारे की बात सुनकर पूर्वानुमान लगा लिया था कि हो न हो वर्षों से बंद चतुर्थ पथ को किसी न किसी ने खोलने की कोशिश की है।

संखनाद की ध्वनि दुब्रास के जंगल में भी पहुँची और सरदार बश्शेरा जो अपनी गुफा में विश्राम कर रहा था तुरंत गुफा से बाहर निकल आया। बश्शेरा समझ गया कि दुब्रास के राजमहल में कोई न कोई संकट आया है। बश्शेरा ने अपने पंख फैलाये और जंगल मे जानवरों के साथ खेल रहे राजकुमार अंगक को ढूंढने निकल पड़ा। जंगल में दुब्रास के आसमान की चट्टाने कई जगहों पर पेड़ो से बहुत करीब थीं। बश्शेरा फिर भी तेजी से उड़ता हुआ दुब्रास के जंगल के उस इलाके में पहुँच गया जहाँ नदी किनारे युवराज अंगक जानवरों के साथ पेड़ के नीचे बैठे हुये थे। सरदार बश्शेरा को उड़कर आते हुये देखकर सभी जानवर खड़े हो गये। युवराज अंगक पेड़ के तने से चिपककर सो गये थे। बश्शेरा नदी के किनारे पर उतरा और बोला - "सभी जानवर अपनी-अपनी महफूज जगहों पर चले जायें और अगर किसी तरह की आवश्यकता मुझे पड़ी तो मेरी पुकार का इंतजार करें। सभी जानवर बश्शेरा का आदेश मानकर वहाँ से जाने लगे बस दो बाघ जिन्हें बश्शेरा ने युवराज अंगक की सुरक्षा के लिये लगाया था वहीं खड़े रहे। तब सरदार बश्शेरा ने कहा - "तुम दोनों जल्दी मेरी गुफा के बाहर पहुँचों, मैं युवराज अंगक

को लेकर जाता हूँ"। दोनो बाघ बश्शेरा के आदेश के अनुसार वहाँ से गुफा के लिये निकल गये। बश्शेरा ने सो रहे युवराज अंगक को आराम से अपने पंजों से उठाया और नदी किनारे से अपनी गुफा की तरफ उड़ चला। इधर पाँचवे ज्वालामुखी के पास चतुर्थ पथ के पहाड़ के नीचे सेनापति किवाड़ अपने सैनिकों के साथ सिंघा और उसके साथ आई राजा सुरपांस की सेना से युद्ध प्रारंभ कर चुके थे। सिंघा के सामने सेनापति किवाड़ अपनी सेना की इन दो टुकड़ियों के साथ ज्यादा देर तक टिक नहीं सकते थे। सिंघा अपने पंजों के एक-एक वार से राजा रामानु के कई सैनिकों को मृत्यु दे रहा था। कोई सैनिक दूर पहाड़ की चट्टान से टकराकर माँस के टुकड़े की तरह बिखर रहा था तो कोई पेड़ से टकराकर इधर-उधर गिर रहा था। सेनापति किवाड़ भी समझ गये कि सिंघा को रोकना अब उनके बस का नहीं है। सेनापति ने अपनी कमर से संख फिर निकाला और बजाने ही वाले थे कि तभी सिंघा के पंजे के एक वार ने उन्हें दूर फेंक दिया। सेनापति किवाड़ लगभग मूर्छित से हो गये, वो उठने की कोशिश तो कर रहे थे लेकिन असमर्थ थे। सेनापति किवाड़ के नीचे गिरते ही राजा रामानु के बाँकी बचे कुछ सैनिक वापस राजमहल की तरफ भागने लगे। सिंघा ने अपने साथ आये राजा सुरपांस के सौनिकों को भाग रहे राजा रामानु के सैनिकों के पीछे जाने का आदेश दिया। सिंघा अब वहाँ से उड़ा और राजमहल की ओर जाने लगा। सिंघा इस लड़ाई को आज ही समाप्त कर देना चाहता था लेकिन सातों ज्वालामुखियों के बुझने मे अब केवल कुछ घंटे ही शेष थे। इधर सिंघा राजमहल के और करीब पहुँचता उससे पहले ही राजा रामानु के सौ विशिष्ट सैनिकों ने अपने उड़ने वाले घोड़ो के साथ आसमान में सिंघा का रास्ता रोक

लिया। सिंघा कुछ साल पहले भी इस तरह की एक टुकड़ी को परास्त कर चुका था। राजा रामानु के ये नये विशिष्ट सैनिक सिंघा को हरा तो नहीं सकते थे लेकिन हां काफी देर तक उसे राजमहल जाने से रोक सकते थे। तभी चतुर्थ पथ से राजा सुरपांस भी अपने सेनापति कुंभी और एक और विशाल सेना के साथ दुब्रास मे आने लगा। अब संकट पूरी तरह से राजा रामानु और दुब्रास पर बढ़ चुका था। सिंघा अकेला सौ विशिष्ट सैनिकों से आसमान मे युद्ध कर रहा था और एक-एक करके उन्हें नीचे जमीन की ओर उड़ने वाले घोड़ों के साथ गिरा रहा था। राजा सुरपांस अगुवाई करते हुये अपने रथ में सेनापति कुम्भी और बाँकी सेना के साथ राजा रामानु के राजमहल की ओर बढ़ चला। इधर राजमहल में राजा रामानु ने खुद सेना का मोर्चा सम्हाला और सैनिकों को युद्ध के लिये तैयार रहने को कहा। राजा रामानु के पास अपनी और दुब्रास की रक्षा करने का केवल एक ही रास्ता था। ईष्टदेव से मिला 'दिव्यांग' कवंच ही अब उन्हें युद्ध मे विजय दिला सकता था। राजा रामानु युद्घ के लिये तैयार होकर राजमहल में बने देव मंदिर में प्रवेश कर गये। राजा रामानु ने ईष्टदेव से दिव्यांग कवंच को धारण करने का आशीर्वाद माँगा, क्योंकि कँवच का प्रयोग पहली बार राजा रामानु युद्ध में करने जा रहे थे। ईष्टदेव को प्रणाम करके राजा रामानु ने दिव्यांग कवंच अपने शरीर मे धारण कर लिया।

कवंच धारण करके राजा रामानु ईष्टदेव के मंदिर से बाहर निकले ही थे कि तभी रानी जानसी अपनी सेविका सुमिधा के साथ तेज कदमों में दौड़ते हुये आईं और महाराज से बोलीं - "महाराज- महाराज हमने सुना है दुब्रास में आक्रमण हुआ है!"। तब राजा रामानु ने रानी जानसी को ढाढ़स बंधाते हुए

कहा - "आप शांत हो जाइए महारानी, हम हैं न!"। तब रानी जानसी ने कहा - "महाराज लेकिन हमारा पुत्र अंगक तो अभी राजमहल में नहीं है, हमें बहुत चिंता हो रही है"। इतना कहके रानी जानसी रोने लगीं, उनकी आँखों से आँसू बहने लगे। तब राजा रामानु ने दो कदम आगे बढ़ाते हुये कहा - "महारानी युवराज अंगक इस समय राजमहल से ज्यादा दुब्रास के जंगल में सरदार बश्शेरा के पास सुरक्षित हैं, हमें आषा है कि बश्शेरा ने भी दुब्रास मे आये खतरे की खबर लगा ली होगी, वैसे हमने सारी घटना की जानकारी देने के लिये दो सौनिकों को भेजा है"। इतना कहकर राजा रामानु राजमहल से बाहर निकल आये और सामने खड़ी अपनी सेना का मनोबल बढ़ाने वाले शब्द कहने लगे। इधर सरदार बश्शेरा ने युवराज अंगक को अपनी गुफा में सुला दिया और एक बड़ी चट्टान से गुफा के दरवाजे को बंद कर दिया। तभी राजा रामानु के दो सैनिक घोड़ों पर सवार होकर वहाँ पहुँचे तब सरदार बश्शेरा ने कहा - "क्या हुआ! महाराज सकुशल तो हैं!"। तब एक सैनिक ने महाराज का दिया हुआ संदेश सुनाते हुये बश्शेरा से कहा - "सरदार बश्शेरा दुब्रास में संकट आन पड़ा है, तुम्हारे बेटे सिंघा ने हमारे शत्रु और धरती के योध्यानगर के राजा सुरपांस के साथ मिलकर चतुर्थ पथ खोल दिया है। हमें तुमसे आषा है कि हर परिस्थिति में तुम हमारे पुत्र अंगक की रक्षा करोगे"। सरदार बश्शेरा ने शंखनाद सुनकर ये अंदाजा तो लगा लिया था कि कोई न कोई अनहोनी हुई है पर उन्हें इसकी आशंका नहीं थी जिसकी खबर अभी-अभी राजा रामानु के सैनिकों ने उसे दी है"। सरदार बश्शेरा ने राजा रामानु के सैनिकों से राजा के लिये संदेशा भेजा और कहा - "महाराज को कहना कि वो युवराज अंगक की चिंता

बिल्कुल न करें और अगर युद्ध मे मेरी जरूरत पड़े तो मुझे बस एक बार आदेश देंगे”। राजा रामानु के सैनिक सरदार बश्शेरा को प्रणाम करके जंगल से वापस लौट गये। सरदार बश्शेरा अपनी गुफा के सामने ही चट्टान पर बैठ गया। इधर राजा सुरपांस अपनी सेना की विशाल टुकड़ी के साथ महल के एकदम पास आ पहुँचा। दिव्य कवंच धारण किये हुये राजा रामानु भी अपने सैनिकों की अगुवाई करते हुये तीन सफेद घोड़ों वाले रथ में सवार होकर युद्ध के लिये निकल पड़े। राजा रामानु सेना के साथ महल के कुछ दूर पहुँचे ही थे कि राजा सुरपांस और उसकी सेना महल की ओर आते हुये नजर आ गई। सुरपांस ने जैसे ही राजा रामानु को सेना के साथ आते हुये देखा वैसे ही उसने अपने रथ के सारथी को रथ रोकने के लिये कहा। सुरपांस के रथ के रुकते ही उसके पीछे आ रही सेना भी ठहर गई। राजा रामानु ने भी अपने रथ के सारथी को रथ रोक देने को कहा। राजा रामानु और सुरपांस अब कुछ ही दूरी पर एक दूसरे के आमने-सामने थे। एक ही पिता के पुत्र अब युद्ध के लिये खड़े थे। सुरपांस तो कब से इस युद्ध की तलाश में था। सातों ज्वालामुखी की रौशनी अब धीरे-धीरे ज्वालामुखियों के अंदर जाने लगी।

अंधेरा धीरे-धीरे चारो तरफ फैलने लगा। सुरपांस ने पहली बार दुब्रास की इस दुनियाँ का ये द्रश्य देखा था। युद्ध के नियमो के अनुसार अँधेरा होने के बाद युद्ध को विराम देना चाहिये लेकिन यहाँ वो सम्भव ही नहीं लग रहा था। राजा रामानु जानते थे कि अगर उन्होंने युद्ध के नियमों का पालन किया तो सुरपांस उन नियमों को तोड़कर पीठ पीछे से हमला कर सकता है। राजा रामानु ने मर्यादा और एक सच्चे राजा के गुणों का परिचय देते सुरपांस से कहा - “सुरपांस मैं

जानता हूँ तुम्हारी नजर हमारी इस छोटी सी दुनियाँ में बहुत समय से है, लेकिन तुम्हें पहले यहाँ आने का रास्ता ही नहीं मिला, अगर अब तुम विश्वासघाती सिंघा की मदद से यहाँ पहुँच गये हो! तो ये कभी मत सोचना कि तुम्हारी विजय निश्चित है, हाँ तुम्हारी म्रत्यु जरूर निश्चित हो सकती है"। राजा रामानु की बात को सुरपांस ने बहुत हल्के मन से सुना और बोला - "राजा रामानु, हम वैसे तो एक ही पिता के पुत्र हैं लेकिन हमारी मातायें अलग हैं और हमारी माँ मंदिरा कहती हैं कि राजा वही जो राज करे, शासन करे, राज्य की सीमायें बढ़ाये और अब जब हमनें इस खूबसूरत दुब्रास की दुनियाँ को देख लिया है तो मौत भी तुम्हारी ही देखेंगे भ्राता श्री"।

राजा रामानु और सुरपांस के बीच मे बातों की जोर आजमाइस चल रही थी लेकिन वहीं से कुछ दूर सिंघा दुब्रास के सौ विशिष्ट सैनिकों से आसमानी युद्ध लड़ रहा था। सिंघा ने पचास से ज्यादा विशिष्ट सैनिकों को वीरगति दे दी थी और बचे हुये विशिष्ट सैनिकों से युद्ध कर रहा था। राजा रामानु के नये विशिष्ट सैनिक पुराने विशिष्ट सैनिकों से युद्ध कौशल में ज्यादा अच्छी तरह से निपुण थे। अपने उड़ने वाले घोड़ों में सवार होकर विशिष्ट सैनिक सिंघा पर पूरे जोर से वार कर रहे थे। सिंघा की पीठ पर तलवार की कुछ चोटें भी आईं थीं लेकिन वो घाव इतने गहरे नहीं थे कि विशिष्ट सैनिकों को जीत दिला सकें। सातों ज्वालामुखियों की रौशनी अब लगभग पूरी तरह से ज्वालामुखियों के भीतर जाने को थी। सिंघा इस बात से खुश था कि अँधेरे का फायदा उठाकर वो बाँकी बचे विशिष्ट सैनिकों को जल्दी ही खत्म कर देगा। जैसे ही ज्वालामुखियों से निकलने वाली ज्वाला पूरी तरह से उनके भीतर गई वैसे ही सारे दुब्रास में अंधेरा

छा गया। दुब्रास के चट्टानों वाले आसमान में उड़ने वाले जुगनुओं से एक धुँधली-धुँधली रौशनी हर ओर फैल जाती थी। आज भी वैसा हुआ जुगनुओं की धुँधली-धुँधली नीली रौशनी ज्वालामुखियों की रौशनी के जाते ही सारे दुब्रास में फैल तो गई लेकिन ये रौशनी इतनी काफी नहीं थी कि युद्ध किया जा सके। इस बात का फायदा केवल सिंघा उठा सकता था आखिर वो रात में भी साफ-साफ देख सकता है, सिंघा ने विशिष्ट सैनिकों पर तेजी से आक्रमण करना शुरू कर दिया।

तभी दुब्रास के सारे आसमान में फैली धुँधली रौशनी सिमटने लगी और तेज होने लगी। सारे जुगनू जो अभी तक सारे दुब्रास के आसमान में उड़ रहे थे अब युद्ध क्षेत्र के ऊपर इकट्ठा होने लगे। देंखते ही देखते धुँधली रौशनी एक चमकते हुये बड़े नीले सूरज की तरह युद्ध क्षेत्र के ऊपर जलने लगी। ऐसा लगा मानो जुगनुओं को भी दुब्रास में आये संकट का पता चल गया हो! अब क्या था विशिष्ट सैनिकों ने भी फिर से पूरा जोर लगाकर सिंघा पर फिर से आक्रमण कर दिया। इधर सुरपांस जुगनुओं के नीले सूरज को देखकर बड़ा खुश हो रहा था, उसने ऐसे नजारे पहले कभी नहीं देखे थे। राजा रामानु ने सुरपांस को कई बार वापस लौट जाने के लिये कहा लेकिन सुरपांस कहाँ कोई बात सुनने को तैयार था। सुरपांस और राजा रामानु के बीच जुगनुओं के बनाये हुये सूरज की रौशनी में ही युद्ध शुरू हो गया।

सैनिकों के सर धड़ से अलग गिरने लगे। रात में तलवारों के टकराने की आवाजें सारे दुब्रास में सुनाई दे रही थीं। दुब्रास की प्रजा को भी खबर लग चुकी थी कि उनके राज्य में धरती के योध्यानगर के शासक ने आक्रमण कर दिया है। प्रजा

घबराई हुई थी, इधर राजमहल में रानी जानसी की घबराहट अब और बढ़ चुकी थी। रानी जानसी को युवराज अंगक की चिंता हो रही थी, वो बार-बार अपनी सेविका सुमिधा से कह रहीं थीं कि 'न जाने मेरा पुत्र क्या कर रहा होगा, कहाँ होगा, सरदार बश्शेरा उसकी रक्षा कर पायेंगे या नहीं"। रानी जानसी के पुत्र मोह ने उनके मन में डर को बैठा दिया था, वो तो यही सोच रहीं थीं कि अगर राजा रामानु युद्ध मे पराजित हो गये तो उनके पुत्र अंगक का क्या होगा?। सेविका सुमिधा रानी जानसी को समझाते जा रही थी कि राजा रामानु की हार असंभव है, उन्होंने दिव्यांग कवंच पहना हुआ है। रानी जानसी के मन मे भी विस्वास और डर के बीच युद्ध चल रहा था। इधर जंगल में सरदार बश्शेरा की परेशानी अब बढ़ चुकी थी। युवराज अंगक जो कुछ देर पहले तक सो रहे थे अब जाग चुके थे। सरदार बश्शेरा ने युवराज को अपनी गुफा में सुलाकर, उसके बाहर से एक बड़ी चट्टान को रख जरूर दिया था लेकिन युवराज अंगक के रोने की आवाज बाहर आ रही थी। सरदार बश्शेरा ने जैसे ही युवराज अंगक के रोने की आवाज सुनी वैसे ही अपनी गुफा के और पास आ गया और बोला - "क्या हुआ युवराज अंगक, रो क्यूँ रहे हो, सो जाओ हम आपके महल में कल सुबह चलेंगे ठीक है! तब गुफा के भीतर से रोते हुये युवराज अंगक ने कहा - "नहीं हमें अभी अपने महल जाना है, अभी जाना है, ये गुफा का दरवाजा खोलो न!"। सरदार बश्शेरा के बहुत मनाने पर भी जब युवराज अंगक माने नहीं तो बश्शेरा ने युवराज को मनाना ही छोड़ दिया और वापस गुफा के सामने अपनी चट्टान पर आकर बैठ गया। सरदार बश्शेरा को जुगनुओं का बनाया हुआ सूरज जंगल से दिखाई दे रहा था और युद्ध मे लड़ रहीं तलवारों की आवाजें भी सुनाई दे रहीं थीं।

तभी बश्शेरा को अपने पीछे से कोई आवाज सुनाई दी, युवराज अंगक के रोने की आवाज भी नहीं आ रही थी। बश्शेरा ने तेजी से पलटकर देखा तो हैरान रह गया। बश्शेरा ने अपनी गुफा को जिस बड़ी चट्टान से बंद किया था, वो चट्टान हिल रही थी। बश्शेरा धीरे-धीरे चलता हुआ अपनी गुफा के और पास आने लगा। बश्शेरा ने युवराज अंगक को आवाज लगाते हुये कहा - "युवराज क्या कर रहे हो आप?"। तब भीतर से युवराज अंगक की आवाज आई, उन्होंने कहा - "हम इस चट्टान को हटा रहे हैं, हमें हमारे महल जाना है अभी, हमारी माता परेशान होंगी, बश्शेरा दादा"। तब बश्शेरा ने कहा - "युवराज तुम्हारी माँ का ही संदेशा आया था कि आप आज हमारे पास ही रुक जायें इसीलिये आप अकारण परेशान मत हों, हम कल सातों ज्वालामुखियों के जलते ही राजमहल चलेंगे"। युवराज अंगक बहुत मनाने के बाद बश्शेरा कि बात मान गये और गुफा की चट्टान को धक्का देना छोड़कर, वापस सो गये। दुब्रास की सारी प्रजा अपने-अपने घरों में डरी सहमी सी बैठी थी, तीनों पथों से गिरने वाले झरनों की आवाज से ज्यादा तलवारों के एक दूसरे से टकराने की आवाज आ रही थी। राजा रामानु के सेनापति किवाड़ जो चतुर्थ पथ के पास सिंघा के साथ लड़ाई में घायल हो गये थे उन्हें अब तक होश नहीं आया था। म्रत्यु उनके पास खड़ी थी अगर थोड़ी ही देर में उन्हें उपचार सहायता नहीं मिली तो निश्चित ही उनके शरीर से बहता खून उनके प्राण भी अपने साथ बहाकर ले जायेगा। दुब्रास के आसमान में जुगुनुओं का बना सूरज लगातार चमक रहा था, जिसकी रौशनी में युद्ध क्षेत्र में थोड़ी-थोड़ी दूरी पर दो युद्ध चल रहे थे। बचे हुये विशिष्ट सैनिक अब और भी कम बचे थे, कोई संदेह नहीं था कि कुछ ही

देर में सिंघा आसमान में चल रही इस लड़ाई को जीतकर आगे बढ़ जायेगा और फिर राजा रामानु को सुरपांस के साथ-साथ सिंघा से युद्ध करना होगा। इधर राजा रामानु जो दिव्यांग कवंच पहने हुये थे पूरी तरह से सुरपांस और उसकी सेना पर हावी हो रहे थे। सुरपांस ने दिव्यांग कवंच के बारे में सिंघा से सुना था और आज राजा रामानु जब अकेले ही उनके दर्जनों सैनिकों को तीरों की बौछार से मार रहे थे तब उसकी आँखें खुली की खुली रह गईं। सुरपांस ने अपने धनुष से कई तीर राजा रामानु पर छोड़े लेकिन कोई तीर राजा रामानु के खून का स्वाद न ले सका। राजा रामानु अब अपने रथ से नीचे उतर गये। राजा रामानु ने अपने दोनों हाँथों में गदा ली हुई थी और क्रोध से उबल रहे थे। सुरपांस के सैनिकों के सर जब राजा रामानु की दोनों गदाओं के बीच मे आते थे तब किसी बादलों के फटने सी आवाज आती थी, और दोनों गदायें आपस में टकराकर बिजली सी चमक जातीं थीं। जुगनू लगातार अपने राज्य के राजा की मदद के लिये सूरज के आकार में युद्ध क्षेत्र में एकत्रित होकर चमक रहे थे। सुरपांस अब राजा रामानु से भयभीत हो गया, उसके माथे से पसीने की बूँदें छूट पड़ीं। सुरपांस ने अपने रथ के पास खड़े एक घुड़सवार सैनिक से कहा - "जाओ और सिंघा को सीघ्र यहाँ पर आने के लिये कहो"। सैनिक सुरपांस का आदेश मिलते ही अपने घोड़े के साथ पीछे की तरफ लौट पड़ा जहाँ सिंघा आसमान में विशिष्ट सैनिकों से युद्ध कर रहा था। बुलाने जा रहा सैनिक दूर से ही आसमान में लड़ रहे सिंघा और विशिष्ट सैनिकों को देख सकता था। इधर जंगल का सरदार बशशेरा अब व्याकुल हो उठा, वो युवराज अंगक को न तो छोड़कर जा सकता था और न ही उससे चुपचाप बैठा जा रहा था।

सरदार बशशेरा को कोई रास्ता ही नहीं सूझ रहा था कि आखिर किया क्या जाये। बशशेरा अगर युवराज अंगक को महल लेकर गया तो वहाँ भी संकट है, क्योंकि युद्ध का परिणाम बिना युद्ध के अंत के बता पाना या सोचना कठिन था। बेचैन बशशेरा ने अंततः फैंसला किया कि वो युवराज अंगक को लेकर महल जायेगा और फिर युद्ध में राजा रामानु की मदद करेगा। सरदार बशशेरा ने अपनी गुफा की चट्टान को हटाया। युवराज अंगक घाँस के बने बशशेरा के आसन पर आराम से सो रहे थे। बशशेरा बड़े धीमे-धीमे कदमों से युवराज अंगक के पास गया और फिर युवराज को अपने जबड़ों में आराम से पकड़कर गुफा के बाहर लेकर आ गया। युवराज अंगक अभी भी नींद में थे। बशशेरा ने गुफा के बाहर युवराज अंगक को नीचे रखा और फिर उन्हें अपने सामने के पंजो से उठाकर राजमहल की ओर उड़ चला। इधर सुरपांस का संदेशा लिये घुड़सवार सैनिक उस स्थान पर पहुँच गया जहाँ ऊपर आसमान में सिंघा अब कुछ बचे हुये विशिष्ट सैनिकों से युद्ध कर रहा था। संदेशा लेकर आये सैनिक ने उड़ रहे सिंघा को आवाज लगाई लेकिन कोई असर न पड़ा, सिंघा तक कोई आवाज नहीं पहुँची। सैनिक चिल्ला-चिल्लाकर थक गया लेकिन सिंघा तक उसकी कोई आवाज नहीं पहुँची। तभी सिंघा के पंजे के वार से एक विशिष्ट सैनिक अपने उड़ने वाले घोड़े के साथ नीचे आ गिरा। सुरपांस का संदेशा लेकर आया सैनिक बिना देरी किये अपने घोड़े से उतरकर विशिष्ट सैनिक के घोड़े पर आकर चढ़ गया। विशिष्ट सैनिक का घोड़ा भी घायल था लेकिन जब सुरपांस के सैनिक ने उसकी लगाम को थामा और घोड़े को उड़ने के लिये विवश करने लगा तो घायल घोड़ा फिर से उड़ चला। सिंघा अब पूरे आक्रोश में था उसने बचे

हुये विशिष्ट सैनिकों पर अपने पंजों से इतना जोरदार प्रहार किया कि एक-एक वार में ही बचे हुये विशिष्ट सैनिक अपने उड़ने वाले घोड़ों के साथ जमीन पर आ गिरे। सभी विशिष्ट सैनिकों को मारने के बाद जोश से भरे सिंघा ने जोरदार दहाड़ लगाई। सिंघा की दहाड़ सारे दुब्रास में गूँज उठी। तभी सुरपांस का भेजा हुआ सैनिक जो विशिष्ट सैनिक के उड़ने वाले घोड़े पर सवार था अचानक सिंघा के सामने आया, सिंघा ने आव देखा न ताव और तुरंत उस सैनिक पर अपना एक जोरदार पंजा धर दिया। सैनिक के मुँह से कोई संदेश तो नहीं निकला, हाँ मृत्यु के पहले की चींख जरूर निकली। सिंघा अब वहाँ से उड़ चला और कुछ ही पलों में उस युद्ध क्षेत्र में पहुँच गया जहाँ राजा रामानु और सुरपांस थे। राजा रामानु बड़ी तेजी से शत्रु के सैनिकों को मारकर सुरपांस की ओर बढ़ रहे थे। इधर सुरपांस ने जैसे ही सिंघा को देखा तो चिल्लाते हुये कहा - "सिंघा, इस रामानु को रोकों नहीं तो ये कुछ ही देर में हमारी सेना को खत्म कर देगा"। सिंघा ने चुपचाप सुरपांस की बात को सुना और फिर आसमान से सीधा उड़ता हुआ बड़ी तेजी से राजा रामानु की ओर आने लगा। सिंघा जैसे ही राजा रामानु के पास पहुंचा वैसे ही गदा का एक वार उसके चेहरे पर लगा और वो जमीन में घिसटता हुआ, रास्ते मे आ रहे सैनिकों से टकराकर कुछ दूर चला गया। राजा रामानु की गदा के एक वार ने सिंघा को लगभग मूर्छित ही कर दिया था। सिंघा ने अपने आप को सम्हाला और सर को झटकता हुआ वापस खड़ा हुआ। तब सुरपांस अपना रथ लिये सिंघा के पास आया और बोला - "तुमने हमें जिस कवंच के बारे में बताया था लगता है उसी की शक्ति से ये रामानु इतना शक्तिशाली हो गया है, तुम्हें इसे रोकना ही होगा सिंघा"। तब

सिंघा ने एक जोर की दहाड़ लगाई और फिर जमीन में ही तेजी से दौड़ता हुआ राजा रामानु की ओर जाने लगा। सिंघा अपने रास्ते मे आ रहे हर सैनिक को अपने जबड़ो में दबाकर कभी दायें कभी बायें फेंके जा रहा था। सिंघा इतने क्रोध में था कि उसे ये समझ ही नहीं आ रहा था कौन सुरपांस का सैनिक है और कौन राजा रामानु का सैनिक है। सिंघा को तो बस राजा रामानु ही दिखाई दे रहे थे, वो रामानु को अपने जबड़े में दबाकर मार डालने के लिये व्याकुल हो रहा था। राजा रामानु ने गदा को दोनों हाथों से पकड़ लिया और भौहों को सिकोड़ते हुये अपनी तरफ आ रहे सिंघा की ओर कदम बढ़ाने लगे। सिंघा तेजी से दौड़ता हुआ राजा रामानु के एक दम समीप आ गया। राजा रामानु ने जैसे ही सिंघा को मारने के लिये गदा घुमाई वैसे ही सिंघा ने छलांग लगा दी और राजा रामानु के पीछे आकर खड़ा हो गया। राजा रामानु पीछे खड़े सिंघा की ओर पलटे ही थे कि तभी सिंघा ने एक जोरदार पंजा राजा रामानु के सीने पर मारा, पंजे के वार से राजा रामानु भी दो- तीन कदम पीछे जाकर गिरे। वहाँ से कुछ दूर खड़े सुरपांस ने जब राजा रामानु को गिरा हुआ देखा तो बहुत प्रसन्न होने लगा। सुरपांस ने अपने रथ के सारथी से कहा - "सारथी देखा तुमने देखा, कैसे राजा रामानु सिंघा के पंजे के वार से दूर जाकर गिरा है"। सारथी ने पलट के सुरपांस को देखा और कहा - "देखा महाराज"। अब सातों ज्वालामुखियों के जलने में बस कुछ ही वक्त बाँकी था। दुब्रास के सारे जुगनू जो इकट्ठा होकर युद्ध क्षेत्र को रौशन कर रहे थे अब थक चुके थे। जुगनू एक-एक करके नीचे गिरने लगे। ऐसा लगा मानो चमकते हुये जुगनुओं की बारिश हो रही हो! धीरे-धीरे युद्ध क्षेत्र में अंधेरा छाने लगा। राजा रामानु जो सिंघा के

वार से जमीन पर गिर गये थे अब वापस खड़े हुये और सिंघा से बोले - "देशद्रोही अब मेरी गदा को सम्हालना क्योंकि अब तेरे प्राण लेकर ही ये रुकेगी"। इतना कहकर राजा रामानु सिंघा की ओर दौड़ पड़े। सिंघा भी फुर्ती से राजा रामानु की ओर झपटा। युद्ध क्षेत्र में उजाला कर रहे जुगुनू लगातार आसमान से नीचे गिरे जा रहे थे, लेकिन अब बस कुछ ही देर में सातों ज्वालामुखी भी जलने वाले थे। इधर बश्शेरा अपने जंगल से उड़ता हुआ युवराज अंगक को अपने पंजों में थामकर दुब्रास के महल की छत पर आ गया। महल में रणनीति के तहत अँधेरा कर दिया गया था, बस कहीं-कहीं पर मशालें जल रही थीं। बश्शेरा ने युवराज अंगक को आराम से महल की छत पर पंजो से नीचे रखा और फिर अपने जबड़ो में बड़ी सुविधा से पकड़कर सीढ़ियों से महल के नीचे आने लगा। बश्शेरा अँधेरे में भी साफ-साफ देख पा रहा था लेकिन ये नहीं पता था कि महारानी जानसी का कक्ष कौन सा है। सीढ़ियों से उतरकर बश्शेरा जैसे ही नीचे के तल पर पहुँचा, वैसे ही सिपाही जो महल की सुरक्षा के लिये कुछ-कुछ दूरी पर खड़े थे बश्शेरा के चलने की आहट सुनकर इधर-उधर नजरें घुमाकर देखने लगे। एक सिपाही ने कुछ दूर महल की दीवार पर जल रही मशाल को जाकर निकाला और अपने साथ दो सिपाहियों को लेकर कदमों की आवाज का पीछा करते हुये बश्शेरा की ओर आने लगा। बश्शेरा युवराज अंगक को अपने जबड़ो के बीच में दबाये हुये सैनिकों की तरफ ही चला आ रहा था। मशाल की आग अपने चारों तरफ पंद्रह-बीस कदमों तक साफ उजाला कर रही थी। सैनिक आँखों को सामने की तरफ केंद्रित किये हुये चला ही आ रहा था कि तभी अचानक अँधेरे में युवराज अंगक को लेकर चला आ रहा

बश्शेरा मशाल की रौशनी में सैनिकों के आगे आ गया। दो सैनिक तो लड़खड़ा जमीन पर गिर गये और जो सैनिक मशाल लिये आगे-आगे चल रहा था उसके हाँथ से मशाल नीचे गिर गई। जमीन पर गिरी मशाल किसी ने नहीं उठाई वो जलती रही, हाँ उसकी रौशनी जरूर कुछ कम हो गई। गिरे हुये सैनिक हड़बड़ा कर वापस अपने पैरों पर खड़े हुये और अपनी कमर में बंधी म्यान से तलवारें निकालने लगे। इतने में जब सरदार बश्शेरा दो कदम और आगे आया तो एक सैनिक अपनी आँखों को बड़ी करते हुये बोला - "अरे ये तो हमारे युवराज अंगक हैं"। इतना सुनकर बगल में खड़ा दूसरा सैनिक बोला - "हाँ और ये जंगल के सरदार बश्शेरा हैं"। सैनिकों के सामने खड़ा बश्शेरा सैनिकों की बात पर ज्यादा गौर नहीं कर रहा था, वो तो महल को ऊपर नीचे देख रहा था। तभी तीसरे सैनिक ने बश्शेरा की ओर तलवार तानते हुये कहा - "सरदार बश्शेरा अपने बेटे सिंघा की तरह क्या तुम भी दुब्रास से द्रोह कर रहे हो!"। तब बश्शेरा ने युवराज अंगक को अपने जबड़ों से नीचे जमीन पर रखा और बोला - "पहले तुम लोग तलवारें म्यान में रखो और कोई नीचे पड़ी मशाल को वापस उठाओ"। बश्शेरा की बात सुनकर एक सैनिक घबराते हुये तलवार को बश्शेरा की तरफ करते हुये बोला - "क्यूँ!क्यूँ!क्यूँ! तलवार म्यान में क्यूँ रखें? पहले तुम बताओ तुमने हमारे युवराज को अपने जबड़ों में ऐसे क्यूँ पकड़ रखा था? और हमारे युवराज कुछ बोल क्यूँ नहीं रहे हैं?"। तब बश्शेरा ने सैनिकों से कहा - "युवराज मेरे पास ही थे सुबह से, तुम सब समय व्यर्थ मत करो, युवराज अभी सो रहे हैं और इनके जागने से पहले मुझे इन्हें रानी जानसी को देना है ताकि मैं भी महाराज रामानु की युद्ध मे सहायता कर

सकूँ"। तीनों सैनिक बश्शेरा की बात सुनकर एक दूसरे की तरफ देखने लगे। तभी एक सैनिक ने अपनी तलवार को म्यान में रखा और नीचे गिरी मशाल को हाँथों में लेकर बश्शेरा से बोला - "ठीक है तो आप हमारे पीछे-पीछे आइये जल्दी, हमारे राजा रामानु को युद्ध मे आपकी आवश्यकता होगी"। सैनिक मशाल लेकर रानी के कमरे की ओर जाने के लिये मुड़े कि तभी बश्शेरा ने सैनिकों से कहा - "अरे कोई युवराज को तो गोद में उठा लो"। सैनिक वापस बश्शेरा की तरफ मुड़े और एक सैनिक ने कहा - "हाँ, संभवतः आपके दाँतों में दर्द हो गया होगा इतनी देर उठाये हुये!"। एक सैनिक डरते-डरते बश्शेरा के पास आया और आराम से युवराज अंगक को अपनी गोद में उठाकर बश्शेरा से बोला - "अच्छा चलिये अब जल्दी, रानी जानसी के कक्ष की ओर चलते हैं"। सैनिक मशाल की रौशनी को लिये रानी के कक्ष की ओर जाने लगे। सरदार बश्शेरा भी उनके पीछे-पीछे आ रहा था। इधर सातों ज्वालामुखियों में से रौशनी ने धीरे-धीरे निकलना शुरू कर दिया था। युद्ध क्षेत्र को रौशन कर रहे आधे से ज्यादा जुगुनू लगातार उड़ने और जलने से मृत होकर नीचे गिर चुके थे लेकिन जैसे ही सातों ज्वालामुखियों की रौशनी सारे दुब्रास में फैली वैसे ही जुगुन वापस अलग-अलग हो गये और उड़ते हुये वहाँ से चले गये। राजा रामानु और सिंघा के बीच मे चल रहा युद्ध अब लगभग खत्म होने को था, सिंघा बहुत घायल हो चुका था। कुछ देर पहले तक जो सिंघा राजा रामानु की ओर झपट रहा था, अब वही सिंघा रामानु की गदा से बचने के लिये कदम पीछे भी कर रहा है। सुरपांस का सेनापति कुम्भी भी अपने रथ में चढ़ा धनुष और बाण से युद्ध कर रहा था परंतु जब उसने सिंघा को पराजित होते हुये देखा तो रुक

गया और चल रहे युद्ध में सुरपांस की ओर देखने लगा। सिंघा की स्थिति देखकर सुरपांस भी घबरा गया। इतने में सुरपांस के सारथी ने पीछे मुड़कर देखा और कहा - "महाराज सिंघा तो बुरी तरह से घायल हो चुका है, आपको उसकी रक्षा करनी चाहिये महाराज"। अपने सारथी की बात सुनकर सुरपांस ने कहा - "अच्छा! उसकी रक्षा करनी चाहिये?"। तब सारथी ने वापस जमीन पर गदा का प्रहार खाकर गिरे सिंघा की ओर देखा और दोबारा सुरपांस की ओर मुड़कर कहा - "महाराज आप कहें तो मैं रथ को राजा रामानु की ओर ले चलूँ"। तब सुरपांस ने आँखे बड़ी करते हुये सारथी पर क्रोधित होते हुये कहा - "सारथी राजा रामानु ने जब तक उस कवंच को पहना हुआ है तब तक उसे हरा पाना नामुमकिन है, अभी तुम रथ को वापस चतुर्थ द्वार की तरफ ले चलो, यहाँ कुछ देर और ठहरना ठीक नहीं"। सुरपांस की बात से सारथी कुछ चकित हुआ और बोला - "महाराज ये कायरता नहीं होगी, युद्धभूमि को बिना लड़े छोड़ना कायरता है महाराज"। अब राजा सुरपांस ने क्रोध में सारथी से कहा - "सारथी, तुम्हें वीरता देखनी हैं तो बोलो, तुम्हारी गर्दन अभी अपनी तलवार की भेंट चढ़ा दूँ!"। सारथी सुरपांस को क्रोध में देखकर डर गया और बोला - "महाराज क्षमा कीजिये मुझे, मैं रथ को वापस चतुर्थ पथ की ओर ले चलता हूँ"। तब सुरपांस जो अब तक रथ में खड़ा होकर राजा रामानु और सिंघा के बीच मे चल रहे युद्ध को देख रहा था, बैठ गया। सारथी ने रथ को घुमाया और चतुर्थ पथ की ओर जाने लगा। सुरपांस के रथ को चतुर्थ पथ की ओर जाता हुआ देखकर उसकी सेना के सैनिकों का मनोबल भी गिर गया और सुरपांस के सभी सैनिक भी युद्धक्षेत्र छोड़कर सुरपांस के रथ का पीछा करते हुये भागने लगे।

सेनापति कुम्भी भी सुरपांस के पीछे-पीछे अपने रथ पर चल दिया। ये द्रश्य देखकर राजा रामानु के सभी सैनिक उत्साह में जोर-जोर से राजा रामानु की जय का उद्घोष करने लगे। दुब्रास में तीन पथों से गिरने वाले झरनों की आवाज भी सैनिकों की आवाज के साथ मिलकर मानों "राजा रामानु की जय" का उद्घोष कर रही थी। इधर जंगल का सरदार बश्शेरा भी महल से उड़ता हुआ युद्धक्षेत्र में आ गया। घायल सिंघा जमीन में पड़ा हुआ था, शरीर मे गहरे जख्म थे, चेहरा खून से भीगा हुआ था। राजा रामानु सिंघा के पास ही खड़े थे, वो अगर गदा का एक और वार कर दें तो निश्चित ही सिंघा के प्राण छूट जायेंगे। सरदार बश्शेरा ने आते ही राजा रामानु को प्रणाम किया और बोला - "महाराज आप रुकिये मत और इस देशद्रोही पर थोड़ी दया भी मत कीजिये, इसे अभी इसी क्षण मृत्यु दंड दे दीजिये महाराज"।

राजा रामानु ने तब सैनिकों को आदेश दिया कि सिंघा को जंजीरों में जकड़ दिया जाये और राजदरबार में इसके जीवन का निर्णय किया जायेगा। सैनिकों ने राजा की आज्ञानुसार सिंघा को जंजीरों में जकड़ दिया। राजा रामानु अब युद्धक्षेत्र से वापस महल की ओर लौटने के लिये कुछ दूर पर खड़े अपने रथ की ओर जाने लगे। अपने सैनिकों के मृत शव देखकर राजा रामानु की आँखों मे आसूँ भर आये तब बगल में चल रहे सरदार बश्शेरा ने कहा - "महाराज यही तो युद्ध का परिणाम होता है, चाहे विजय सत्य की ही हो लेकिन युद्ध घाव तो सबको देता है"। आगे-आगे राजा रामानु और सरदार बश्शेरा चल रहे थे, उनके पीछे वो सैनिक चल रहे थे जो सिंघा को जंजीरों में जकड़े हुये थे और बाँकी सैनिक पीछे-पीछे आ रहे थे। कुछ सैनिकों को वीरगति को प्राप्त हुये

सैनिकों के मृत शरीरों को युद्धक्षेत्र से उठाकर महल ले चलने के कार्य पर लगाया गया। राजा रामानु ने आदेश दिया था कि सभी सैनिकों के शव महल ले जाने हैं चाहे वो शत्रु पक्ष का ही सैनिक क्यूँ न हो! राजा रामानु अपने रथ में चढ़े ही थे कि उन्हें अपने सेनापति किवाड़ का विचार आया। राजा रामानु कुछ घबरा गये और रथ से नीचे उतरकर सरदार बश्शेरा से बोले - "बश्शेरा हमारे सेनापति किवाड़ ने कल संध्या को सबसे पहले सुरपांस की सेना का सामना चतुर्थ पथ के पास किया था फिर उसके बाद युद्ध विराम तो हुआ नहीं कि हम उनकी कोई खबर ले सकें"। राजा रामानु की बात पर बश्शेरा कुछ कहता उससे पहले एक सैनिक जो बश्शेरा के पीछे सिंघा को जकड़ी हुई जंजीरों के एक छोर को पकड़े हुये खड़ा था बोला - "महाराज क्षमा कीजिये मैं बिना अनुमति के बोल रहा हूँ परंतु सेनापति किवाड़ कल युद्ध करते समय इस सिंघा के वार से बुरी तरह घायल होकर अचेत हो गये थे, मैं और कुछ बचे सैनिक तब वहाँ से भागकर इस युद्धक्षेत्र में आये थे लेकिन हम जब तक खुद को बचाते हुये यहाँ पहुँचे तब तक आपके और राजा सुरपांस के बीच में युद्ध शुरू हो चुका था"। तब राजा रामानु ने क्रोधित होते हुए कहा - "सैनिक तुमने अपराध किया है, एक सैनिक का कर्तव्य होता है राजा तक हर आवश्यक सूचना किसी भी परिस्थिति में पहुँचाये"। तब सैनिक ने कहा - "क्षमा महाराज, क्षमा, आपको तब क्रोध में देखकर हम सैनिक आपसे कुछ कहने का साहस नहीं कर पाये"। राजा रामानु ने इस बार सैनिक को आँखे बड़ी करके क्रोध में देखा लेकिन कुछ कहा नहीं। कुछ देर के लिये वहाँ सन्नाटा सा पसर गया बस तीनों झरनों के तालाब में गिरने की आवाज

ही आ रही थी। राजा रामानु वापस रथ में चढ़े और सारथी से रथ को चतुर्थ पथ की ओर ले चलने को कहा। सारथी ने आज्ञानुसार घोड़ों की लगाम को खींचा और रथ को चतुर्थ पथ की ओर मोड़ने लगा। राजा रामानु का रथ अभी पूरी तरह से मुड़ा भी नहीं था कि तभी तीनों झरनों के पानी के गिरने की आवाज कम हो गई और घोड़ों के दौड़ने की तेज आवाज दुब्रास में गूँजने लगी। ऐसा लगा कोई विशाल पर्वत लुढ़कता हुआ आ रहा हो। राजा रामानु, बश्शेरा और सभी सैनिक उस दिशा की ओर देखने लगे जहाँ से ये आवाज लगातार पास आ रही थी। कुछ ही पलों में राजा सुरपांस का रथ और उसके पीछे बड़ी विशाल सेना दिखाई दी। राजा रामानु को इसकी आशा बिल्कुल नहीं थी, उन्होंने तो सोचा था कि सुरपांस अब कभी दुब्रास में आने का प्रयास भी नहीं करेगा। सरदार बश्शेरा ये देखकर क्रोध में जल उठा और अपने पंख फैलाते हुये राजा रामानु से बोला - "महाराज आप आज्ञा दीजिये मैं सुरपांस की आधी सेना को अपने जबड़ों से अभी मरोड़ देता हूँ"। राजा रामानु ने तब सरदार बश्शेरा को हाँथों के ईशारे से वहीं रुके रहने के लिये कहा और एकटक, दौड़ते हुये आ रहे सुरपांस के रथ को देख रहे थे। कुछ ही देर में सुरपांस का रथ राजा रामानु के सामने कुछ दूरी पर आके खड़ा हो गया और उसके पीछे उसकी नई सेना खड़ी हो गई। तब सुरपांस ने मुस्कुराते हुये राजा रामानु से कहा - "क्या हुआ रामानु इतने अचंभित क्यूँ हो तुम "! तब राजा रामानु ने कहा - "मैं अचंभित हूँ क्योंकि कायर को पहली बार युद्ध मे लौटते हुये देख रहा हूँ"। तब राजा सुरपांस ने रामानु से कहा - "रामानु जिसे तुम कायरता कहते हो, असल में उसे बुद्धिमानी कहते हैं"। तब राजा रामानु ने अपने रथ

की गद्दी से गदा को वापस अपने हाँथ में उठाया और कहा - "अगर युद्धक्षेत्र से भागना तुम्हारी बुद्धिमानी थी सुरपांस, तो युद्धक्षेत्र में दोबारा आना तुम्हारी मूर्खता है क्योंकि अब तुम्हें फिर बुद्धिमानी दिखाने का अवसर नहीं दूँगा मैं"। राजा रामानु की बात सुनकर सुरपांस जोर-जोर से हँसने लगा। राजा रामानु, क्रोध में उबल रहा सरदार बशशेरा और उनके सारे सैनिक चुपचाप खड़े थे। कुछ क्षणों के बाद राजा रामानु ने गुंजयमान आवाज के साथ कहा - "सुरपांस.............तैयार हो जाओ......अब तुम्हारी म्रत्यु तुमसे युद्ध करेगी"। तब सुरपांस ने रामानु से कहा - "रामानु तुमने मुझे फिर गलत समझा... इस बार मैं युद्ध करने नहीं बल्कि व्यापार करने आया हूँ"। सुरपांस की इस बात से राजा रामानु थोड़े हैरान से हो गये और बोले - "व्यापार! कैसा व्यापार? तब सुरपांस ने अपने रथ के पीछे खड़े एक रथ से सेनापति किवाड़ को लाने के लिये सैनिकों को आदेश दिया। सुरपांस के सैनिक आदेशानुसार रामानु के सेनापति किवाड़ को जो मूर्छा से बाहर आ चुके थे, सामने लेकर आये। सेनापति को सुरपांस की कैद में देखकर राजा रामानु गदा को हाँथ में पकड़े हुये छलांग मारते हुये अपने रथ से नीचे कूदे और सुरपांस की ओर जाने लगे। तभी सुरपांस ने राजा रामानु से कहा - "रुको राजन, रुको, इतने व्याकुल न हो, हम तुम्हारे सेनापति को तो वैसे ही तुम्हें सौंपने के लिये ही लाये हैं, बेचारा असहाय पड़ा था तो सोचा इसे तुम तक पहुँचा दें"। इतना कहकर सुरपांस ने अपने सैनिकों को कहा कि रामानु के सेनापति को छोड़ दें और जाने दें। सुरपांस के सैनिकों ने आज्ञानुसार सेनापति किवाड़ को छोड़ दिया। सेनापति किवाड़ जिनका चेहरा खून और धूल से मिला हुआ था, बाल चेहरे पर आ रहे थे,

लड़खड़ाते-लड़खड़ाते हुये राजा रामानु की ओर आने लगे। तब राजा रामानु ने अपने दो सैनिकों को ईशारा किया कि सेनापति किवाड़ को सहारा देकर लाया जाये। सैनिक राजा रामानु की आज्ञानुसार दौड़ते हुये गये और सेनापति किवाड़ को सहारा देकर अपनी ओर ले आये। राजा रामानु अब तक अपने सेनापति किवाड़ की ओर देख रहे थे। तभी सुरपांस ने कहा - "राजा रामानु अब इसके स्थान पर हमें क्या दोगे!"। सभी चुपचाप थे और गौर से राजा रामानु को देख रहे थे। तभी राजा रामानु ने कहा - "सुरपांस धन की आवश्यकता तो तुम्हें है नहीं, अगर हमारे पास तुम्हे देने के लिए कुछ है तो वो है शत्रुता की जगह हमारी और दुब्रास की प्रजा की मित्रता"। राजा रामानु की ये बात सुनकर सभी चकित रह गये। सरदार बश्शेरा जो अब तक क्रोध में था और लड़ने को तैयार खड़ा था एक दम से शांत हो गया और आश्चर्यचकित होकर राजा रामानु की ओर देखने लगा। तभी सुरपांस राजा रामानु की बात सुनकर जो कुछ क्षणों के लिये चुप था जोर-जोर से हँसने लगा। ऐसा लगा मानो सुरपांस को भी राजा रामानु की बात पर विस्वास न आया हो! कुछ देर हँसने के बाद सुरपांस ने अचानक अपनी हँसी को रोका और अपनी भौंहों को सिकोड़ते हुये बोला - "रामानु मित्रता का मोल मेरी नजरों में कुछ नहीं है, मुझे तो इस दुब्रास का शाषन चाहिये"। सुरपांस ने जैसे ही ये बात कही वैसे ही राजा रामानु ने अपने हाँथ की गदा को जमीन पर इतनी जोर से मारा की वहाँ की मिट्टी अंदर धस गई। राजा रामानु फिर क्रोध में उबल पड़े और बोले - "सुरपांस हमारे मित्रता के प्रस्ताव को हमारी विवशता समझने की भूल मत करना, अगर विवशता समझोगे तो बहुत बड़ी भूल कर बैठोगे और ये भूल तुम्हारी

मृत्यु का कारण बनेगी"। तब सुरपांस ने राजा रामानु से कहा - "रामानु हमें पता था कि एक सेनापति के बदले तुम हमारे सामने सर नहीं झुकाओगे लेकिन इसके बदले क्या करोगे?। इतना कहते ही सुरपांस ने अपने रथ के पीछे खड़े एक दूसरे रथ को आगे बुलाया, जिस पर एक लकड़ी का बड़ा संदूख रखा हुआ था, जिसमें हवा के लिये ऊपर कई सुराख बनाये गये थे!। सुरपांस ने सपने सैनिकों से बड़े संदूख को खोलने के लिये कहा। आज्ञानुसार सुरपांस के सैनिकों ने संदूख को खोला और जैसे ही संदूख खुला वैसे ही महारानी सिल्या घबराहट में हाँफते हुये उससे बाहर निकलीं"। महारानी सिल्या के ऊपर जैसे ही राजा रामानु की नजर पड़ी वैसे ही उनके हाँथ से गदा छूट गई और वो जमीन में नीचे घुटनों के बल बैठते हुये धीमे शब्दों में लड़खड़ाती आवाज में बोले - "माँ..."। इस शब्द के बाद राजा रामानु न तो कुछ बोले और न ही फिर उठे, बस अपनी माँ सिल्या के मुरझाये और बूढ़े चेहरे को देखते रह गये। राजा रामानु ने तो सोचा था कि शायद उनकी माँ को अब तक मार दिया गया होगा और उन्हें अपनी माँ से बचपन के बाद कभी दोबारा मिलने का कोई मौका नहीं मिलेगा लेकिन आज जब महारानी सिल्या इस अवस्था में इस तरह उनके सामने लाई गईं तो वो भीतर से कमजोर और असहाय पड़ गये। सुरपांस ने भाँप लिया कि यही सही मौका है अपनी माँगों को मनवाने का, तभी उसने राजा रामानु से कहा - "रामानु हमें तुम्हारा कवंच और दुब्रास चाहिये उसके बदले में हम तुम्हें और तुम्हारे परिवार को आजादी दे देंगे, महारानी सिल्या को भी तुम्हें सौंप देंगे और तुम चाहो तो अपनी प्रजा के बीच ही यहाँ दुब्रास में रह सकते हो लेकिन तुम्हें हमारी आधीनता स्वीकार करनी होगी और

आम नागरिक बनकर ही रहना पड़ेगा"। राजा रामानु की आँखों से लगातार आँसू बह रहे थे, उन्हें सुरपांस ने एक तरीके से भावनात्मक जंजीरों में कैद कर लिया था। काफी देर तक न तो राजा रामानु ने कुछ बोला और न सुरपांस ने कुछ कहा। इधर महारानी सिल्या जो इतने सालों से सुरपांस की कैद में थीं वो मानसिक तौर पर अस्थिर हो चुकी थीं, उन्हें न तो अपनों की पहचान थी और न परायों की, हाँ जब सुरपांस उनके शरीर को कष्ट देता तो चींख देती थीं, नहीं तो बस चुपचाप योध्यानगर के कारागार में पड़ी रहती थीं। कुछ देर के सन्नाटे के बाद सुरपांस ने कहा - "रामानु हमारे पास वक़्त कम है, अपना निर्णय हमें बताओ कि तुम्हें इतने सालों बाद मिली माँ चाहिये या इतने सालों से तुम्हारे पास रहा दुब्रास का सिंघासन"। तब राजा रामानु ने खुद को सम्हालते हुये एक नजर फिर अपनी लाचार माँ को देखा और घुटनों से पैरों में खड़े होते हुये बोले - "सुरपांस मुझे सिंघासन नहीं मेरी माँ चाहिये"। तब सुरपांस अपने रथ से नीचे उतरा और राजा रामानु से बोला - "राजा अब तुम घुटनों पर ही रहो, क्योंकि इस जमीन पर पैर केवल अब हमारे चलेंगे"। सुरपांस ने जैसे ही ये कहा वैसे ही पीछे रथ के पास खड़ा बश्शेरा जोर से दहाड़ा लेकिन बश्शेरा की दहाड़ दुब्रास में गूँजती उससे पहले ही राजा रामानु भी जोर से चिल्लाते हुये बोले - "नहीं बश्शेरा......"। राजा रामानु की आवाज युद्ध क्षेत्र में गूँज उठी। बश्शेरा को रोकने के बाद राजा रामानु वापस सुरपांस की ओर देखते हुये, अपनी नजर को अपनी माँ की ओर ले गये जो रथ के ऊपर रखे लकड़ी के बड़े संदूख पर ही सर टिकाकर सबकुछ चुपचाप देख रही थीं। राजा रामानु अपने पैरों से घुटनों में आ गये और तब सुरपांस ने अपने

कदम आगे बढ़ाये और बोला - "अगर राजा घुटनों पर है तो उसकी सेना पैरों पर क्यूँ खड़ी है?"। राजा रामानु के सभी सैनिक अपनी-अपनी तलवारें छोड़कर घुटनों में आ गये लेकिन बश्शेरा अपने पैरों में खड़ा रहा। तब सुरपांस जो अब राजा रामानु के ठीक पास आ चुका था बोला - "क्या तुम रामानु के सिपाही नहीं हो, क्या तुम भी अपने मूर्छित पड़े पुत्र सिंघा की तरह एक देशद्रोही हो?"। सुरपांस की इतनी बात सुनकर बश्शेरा ने भी अपने पिछले पैरों के घुटनों को जमीन पर टिका दिया। अब सुरपांस ने राजा रामानु के चेहरे को हाँथ लगाया और गर्दन को ऊपर उठाया। रामानु की आँखों के बाहर निकले आँसू तो सूख चुके थे लेकिन पलकों के भीतर बूँदे ठहरी हुई थीं।

अब सुरपांस ने अपना हाँथ रामानु के शरीर की शोभा बढ़ा रहे कवंच कि तरफ बढ़ाया और उसे निकालने लगा। सुरपांस ने कवंच निकालने की पहली कोशिश तो ऐसे की जैसे कोई वस्त्र निकाल रहा हो। कवंच राजा रामानु की छाती से ऐसे चिपका हुआ था मानो उनके शरीर का कोई अंग ही हो जिसे अलग करना नामुमकिन है। पहले प्रयास में असफल होने के बाद सुरपांस ने दूसरा प्रयास किया जिसमें उसने शरीर का पूरा बल लगा दिया, फिर भी वो असफल रहा। तब राजा रामानु ने अपने हाँथों को घुटनों से हटाया और कवंच को तुरंत गले से किसी वस्त्र की तरह ही निकाल दिया। राजा रामानु ने कवंच को सामने खड़े सुरपांस की तरफ दोनों हाँथों से बढ़ाया और सर वापस झुका लिया। सरदार बश्शेरा, गंभीर रूप से घायल सेनापति किवाड़ एकटक इस दृश्य को देखते रहे। सुरपांस ने तुरंत कवंच को अपने हाँथों में ले लिया और हँसते हुये कवंच को देखते हुये बोला - "अब मैं विश्व का

सबसे शक्तिशाली शाषक हूँ"। सुरपांस की ये हँसी दुब्रास के आने वाले दुख भरे दिनों का कारण बनने वाली थी। सुरपांस ने अब राजा रामानु से कहा - "जाओ अब तुम अपनी माँ से मिल सकते हो लेकिन जाना घुटनों के भल ही है राजन"। राजा रामानु बिना कुछ और सोचे तुरंत अपनी माँ महारानी सिल्या की ओर घुटनों के भल चलने लगे। राजा रामानु जमीन के पत्थरों और कंकडों को अपने घुटनों से दबाते हुए उस रथ के पास पहुँच गये जिसमें महारानी सिल्या संदूख में किसी पत्थर की मूरत की तरह बैठी थीं। हाँ अंतर इतना था कि महारानी सिल्या दुब्रास को नजरें घुमा-घुमा कर देख रहीं थीं। ऐसा लगा कि जैसे मानसिक अस्थिरता में भी दुब्रास को उनकी आँखें पहचान रही हैं। राजा रामानु घुटनो से चलते हुये रथ के पास तो आ गये थे लेकिन माँ को मिलने के लिये उन्हें खड़ा होना था। राजा रामानु ने जैसे पैरों पर खड़े होने के लिये एक पैर को उठाया वैसे ही पीछे से सुरपांस कवंच को हाँथ में लिये हुये आया और बोला - "रामानु अब आगे का मिलाप तुम महल में करना, जब तुम्हारी आखिरी विदाई की जायेगी"। राजा रामानु जो अब भी भावनाओं की कैद में थे वापस दोनों घुटनों पर हो गये। अब सुरपांस ने अपने सैनिकों को आदेश दिया कि रामानु के सभी सैनिकों को चारो तरफ से घेर लें और सबको दुब्रास के महल तक घुटनों के भल ही ले चलें। ये दृश्य दुब्रास के लिये भयावह था। राजा रामानु सबसे आगे घुटनों पर चल रहे थे और उनके पीछे अपना रथ लिये सुरपांस था जिसके चेहरे पर हँसी और हाँथ में छीना हुआ शक्तिशाली दिव्यांग कवंच था। रामानु की बाँकी सेना सुरपांस के रथ के पीछे घुटनों के बल चल रही थी, जंगल का सरदार बश्शेरा भी उनमें शामिल था लेकिन उसे पैरों पर

चलने की इजाजत थी। सुरपांस ने घायल सिंघा को एक दूसरे रथ में रखवाया था। दुब्रास अब गुलाम हो चुका था। सुरपांस, बस चारो तरफ की खूबसूरती देख रहा था, कभी तीन पथों से गिरने वाले विशाल झरनों को देखता, तो कभी दुब्रास के चट्टानों वाले आसमान को देखता। सबसे बड़ा अचंभा तो सुरपांस को दुब्रास में रोशनी फैलाने वाले सातों ज्वालामुखियों को देखकर हो रहा था। संभवतः दुब्रास को रौशन करने वाले ये सातों ज्वालामुखी भी राजा रामानु और उसके सैनिकों को इस अवस्था मे देखकर हैरान हो रहे होंगे। रानी जानसी अपने महल में अकेली थीं तथा सेविका सुमिधा को उसके घर दुब्रास के नगर में भेज दिया गया था और साथ मे युवराज अंगक को भी भेजा गया था। ये योजना सरादर बश्शेरा की थी कि अगर युद्ध का परिणाम विपरीत भी होता है, फिर भी युवराज अंगक को सुरक्षित रखना होगा। महल के बाहर खड़े कुछ सैनिकों में से एक सैनिक की नजर जब दूर से आ रही भीड़ पर पड़ी तो बिना ध्यान दिये वो रानी जानसी के कक्ष की ओर भाग पड़ा। सैनिक को आभाष ही नहीं था कि युद्ध में क्या घटना घटी है और परिणाम क्या निकला है! सैनिक दौड़ता-हाँफता हुआ रानी जानसी के कक्ष के बाहर पहुँचा। रानी के कक्ष के बाहर खड़े सैनिक ने रानी को जाकर संदेश दिया कि एक सैनिक कोई खबर लाया है। तब रानी जानसी ने उस सैनिक को भीतर कक्ष में भेजने की अनुमति दी। रानी व्याकुल तो थी हीं अब और व्याकुल हो गईं। संदेशा लेकर पहुँचे सैनिक ने रानी को बताया कि "महारानी मुझे हमारी सेना वापस महल की ओर लौटते दिखाई दी है, निश्चित ही हम युद्ध मे विजयी हो चुके हैं"। व्यक्ति जब परेशान हो और कहीं से परेशानी के हल की आश लगाकर बैठा हो, तब हर

एक स्थिति को अपनी अपेक्षाओं के अनुरूप देखता है फिर चाहे स्थिति वैसी हो ही न जैसी वो सोच रहा होता है। रानी जानसी भी सैनिक का संदेश सुनकर बहुत प्रसन्न हो गई और सैनिक को उपहार में मोतियों का एक बहुमूल्य हार दे दिया। सैनिक भी मोतियों का हार पाकर प्रसन्न हो गया और वापस महल के बाहर आ गया। इधर रानी जानसी ने अन्य सेविकाओं को आदेश दिया कि स्वागत के लिये आरती की थाली शीघ्र तैयार की जाये। रानी का आदेश पाते ही कुछ ही समय मे आरती की थाली तैयार हो गई, जिसमे सुंदर-सुंदर गुड़हल और गुलाब के फूल रखे हुये थे, एक दीपक भी अपनी लौ को जलाते हुये चमक रहा था। रानी जानसी आरती की थाली लेकर अपनी सेविकाओं के साथ महल के द्वार पर आ गईं। इधर जिस सैनिक ने रानी को राजा रामानु के लौटने की खबर दी थी वो अब दूर से आ रही भीड़ को गौर से देख रहा था। रानी जानसी ने भी उसी सैनिक से जाकर कहा - "तुमने कहा था महाराज की सेना लौट रही है पर हमें तो दिखाई नहीं दे रही है"। तब सैनिक ने रानी जानसी की ओर बिना देखे बोला - "रानी जी आप अंदर जाइये, वो देखिये ऐसा लगता है हमारी सेना नहीं बल्कि शत्रु की सेना महल की ओर आ रही है"। रानी जानसी जो आरती की थाली लिये खड़ी थीं अचानक शत्रु के आने की बात सुनकर अचंभित हो गईं और सहसा दो कदम पीछे चली गईं। सैनिक ने एक बार फिर रानी जानसी से कहा - "महारानी आप अंदर जाइये हम बचे हुये सैनिक अपनी अंतिम साँस तक आपके प्राणों और दुब्रास की लाज के लिये लड़ेंगे"। रानी जानसी की निर्णय लेने की शक्ति मजधार में फँस गई थी और जब तक वो स्वयं को सामान्य स्थिति में लाने का प्रयास कर पातीं, तब तक दूर

दिख रही भीड़ इतने पास आ गई कि सारी तस्वीर ही साफ हो गई। रानी जानसी की नजर जैसे ही घुटनों के भल चले आ रहे राजा रामानु पर पड़ी वैसे ही उनके हाँथों से आरती की थाल छूट गई और उसमें रखे पुष्प पल भर में धरती पर बिखर गये, जल रहा दीपक भी बुझ गया। रानी जानसी वहाँ से राजा रामानु की ओर दौड़ पड़ीं, महल की रक्षा के लिये खड़े सैनिक भी रानी को रोकने के लिये दौड़े परंतु वो रानी को रोकते उससे पहले ही आसमान से तीरों की बारिश हुई और रानी के पीछे दौड़ रहे सारे सैनिक धरासाई हो गये। ये तीर सुरपांस ने अपने कमान से छोड़े थे। तीर छोड़ने के बाद सुरपांस ने दौड़ती हुई रानी जानसी को देखते हुये कहा - "एक सुंदरी हमारी ओर दौड़ते हुये आ रही है और ये दुष्ट सैनिक उन्हें रोकने का दुःसाहस कर रहे हैं, मूर्ख"। राजा रामानु जो अब तक अपनी माता सिल्या के मोह के कारण भावनात्मक कैद में थे अब कुछ जागे, जैसे ही उनकी दृष्टि दौड़ते हुये आ रहीं रानी जानसी पर पड़ी उन्होंने वापस पैरों पर खड़े होने का प्रयास किया परंतु जैसे ही राजा रामानु ने खड़े होने के लिये एक पैर उठाया वैसे ही पीछे से एक तीर आया और रामानु के बगल में जमीन पर धंस गया। रामानु ने पलटकर पीछे देखा तो हाँथ में कमान लिया सुरपांस मुश्कुरा रहा था। तब रामानु ने सुरपांस से कहा - "सुरपांस तुम्हे दुब्रास चाहिये था हमने दिया, तुम्हें हमारा दिव्यांग कँवच चाहिये था, हमने दिया लेकिन अब तुम्हें तुम्हारा वचन पूरा करना होगा हमें हमारे परिवार के साथ मुक्त करना होगा"। तब सुरपांस ने मुस्कुराते हुये राजा रामानु से कहा - "राजन हम तुम्हें तुम्हारे परिवार के साथ रहने देंगे लेकिन तुम्हें रानी कोई और ढूँढनी होगी"। सुरपांस ने इतना कहा ही था कि राजा रामानु जो घुटनों पर

असहायों की तरह थे वो एक क्षण में अपने अपने पैरों में खड़े हो गये और कदमों को किसी तेज रफ्तार चीते की तरह बढ़ाया। रामानु कुछ ही कदमों में छलांग मारते हुये सुरपांस के रथ के करीब पहुँच गये। राजा रामानु को इस तरह हौंसले से भरा देखकर पीछे घुटनों में चली आ रही रामानु की बाँकी सेना और सरदार बश्शेरा भी जोश से भर गये।

सुरपांस अचानक परिस्थिति के विपरीत हुये आक्रमण को देखकर कुछ सोच समझ ही न सका और उसके हाँथ से कमान भी छूट कर रथ में गिर गया। सुरपांस ने अपने सारथी से घबराते हुये जल्दी कहा - "सारथी रथ घुमाओ जल्दी, दूर ले चलो- दूर ले चलो"। सुरपांस के सारथी ने शीघ्रता से रथ को घुमाया और घोड़ो को तेज दौड़ाने लगा। इधर राजा रामानु के सभी सैनिक सुरपांस के सैनिकों से बिना तलवारों के ही लड़ने लग गये। राजा सुरपांस ने रथ तो दुब्रास से भाग जाने के लिये ही दौड़ाया था पर तभी उसकी बुद्धि जागी और उसने अपने आप से कहा - "अरे रामानु की माँ सिल्या तो मेरी कैद में हैं जिसके कारण रामानु ने हार मानी थी फिर मैं भाग क्यूँ रहा हूँ!"। सुरपांस मन में इतना सोचकर दिव्यांग कवंच जो अब तक उसके रथ में था, पहन लिया और चलते रथ से कूदकर तेजी से कुछ दूर पर खड़े उस रथ की ओर जाने लगा जिस पर रखे संदूख में रानी सिल्या ने खुद को दोबारा बंद कर लिया था। राजा रामानु सुरपांस के उन शब्दों को सुनकर मन की उलझन से बाहर आये थे जो रानी जानसी के लिये कहे गये थे। अब राजा रामानु को किसी तरह का भय नहीं था, वो क्रोध में उबलते हुये सुरपांस की ओर आ रहे थे। सरदार बश्शेरा जो सुरपांस के सैनिकों को अपने जबड़ों में दबाकर मार रहा था, अब उसकी नजर

भी रानी सिल्या की ओर जा रहे सुरपांस पर पड़ी। बशशेरा सुरपांस को रोकने के लिये तेजी से उड़ा। राजा रामानु और बशशेरा के पहुँचने से पहले ही सुरपांस रानी सिल्या के पास पहुँच गया और तुरंत अपनी कमर में बंधीं म्यान से तलवार निकालने के बाद उसने बंद संदूख से रानी सिल्या को बाहर खींच लिया। राजा रामानु ये देखकर जहाँ के तहाँ अचानक रुक गये। बशशेरा जो उड़ता हुआ आ रहा था, रथ के ऊपर आके उड़ने तो लगा लेकिन अब कुछ कर नहीं सकता था। सुरपांस की साँसे चढ़ी हुई थीं लेकिन फिर भी वो संदूख पर पड़ी रानी सिल्या पर तलवार तानकर हाँफते हुये मुस्कुराने लगा और रामानु से बोला - "रामानु मान गया मैं तुम्हारी वीरता को, न तुम्हारे पास तुम्हारा कँवच है और न सेना ही थी फिर भी तुमने अचानक ऐसा धावा बोला कि एक पल को तो मैं वापस योध्यानगर भागने को तैयार हो गया था"। इतना कहकर सुरपांस कुछ पल तक हाँफता और मुस्कुराता रहा। राजा रामानु क्रोध में सुरपांस को घूर रहे थे लेकिन असहाय थे। तभी सुरपांस ने रथ के ऊपर उड़ रहे बशशेरा से कहा - "जंगल के सरदार अब तुम भी नीचे उतर आओ, नहीं तो मेरी तलवार रानी सिल्या की गर्दन अभी अलग कर सकती है"। बशशेरा ने सुरपांस की बात को सुनकर एक नजर राजा रामानु को देखा जिनका चेहरा तो क्रोध में उबल रहा था लेकिन परिस्थितियों के चलते विवश थे। बशशेरा अब धरती में उतर आया। अब क्या था सुरपांस ने दुब्रास के महल में अपना आधिपत्य जमा लिया। राजा रामानु, रानी जानसी, महारानी सिल्या, सेनापति किवाड़ और सभी मंत्रियों के साथ-साथ जंगल के सरदार बशशेरा को भी महल के कारागार में सुरपांस ने कैद कर दिया। इधर दुब्रास की प्रजा को भी खबर

लग चुकी थी कि अब उनका राजा कोई और बन चुका है और राजा रामानु को कैद कर लिया गया है। महल के अँधेरे को दूर करने की अंतिम किरण इस समय दुब्रास के प्रजा के बीच रानी जानसी की सेविका सुमिधा के घर में थी। सरदार बश्शेरा के कहने पर युवराज अंगक को सुमिधा अपने घर ले आई थी लेकिन परेशानी ये थी कि युवराज को और प्रजा को सम्हाला कैसे जाये। युवराज अंगक अभी पाँच साल के हैं ये सोचकर सुमिधा युवराज को कोई सच्चाई बताना नही चाहती थी। एक बात ये भी थी कि युवराज को कब तक ऐसे दुब्रास में छुपाकर रख पायेगी अगर लोगों को पता चला कि युवराज समिधा के यहाँ पर हैं तो सुरपांस तक भी इसकी खबर पहुँच सकती थी। सुमिधा व्यथित थी, हाँ उसकी इस व्यथा में उसे अपने पति चेतन का सहारा उसको मिला, जो राजा रामानु का एक विस्वासपात्र और बहादुर सिपाही था लेकिन तीन पथों से गिरने वाले झरनों को जोड़ती सुरंग में तैनाती के दौरान एक बड़ी चट्टान के पाँव में गिरने से उसका एक पाँव कट गया। तब से चेतन बस घर में रहता था और जंगल से कभी-कभी लकड़ियाँ काट ले आता था। चेतन ने जब अपनी पत्नी सुमिधा को चिंतित होते हुये देखा तो बोला - "सुमिधा तुम्हें इस समय स्वयं को सम्हालने की आवश्यकता है, तभी तुम युवराज को सम्हाल पाओगी"। तब सुमिधा ने कहा - "लेकिन मैं क्या करूँ, मुझे कोई रास्ता सूझ ही नहीं रहा है, उधर हमारे राजा और रानी को कैद कर लिया गया है, और इधर युवराज की रक्षा करना भी कठिन लग रहा है"। तभी युवराज अंगक जो आज सुबह से रो रहे थे और बार-बार अपने माता-पिता के पास महल जाने को कह रहे थे, फिर से रोने लगे। पड़ोस के रहने वाले लोगों ने गौर किया कि सुमिधा

के तो कोई संतान नहीं है फिर बच्चे के रोने की आवाज सुबह से क्यूँ आ रही है। इस बार युवराज अंगक अब कुछ ज्यादा ही व्याकुलता से रो रहे थे। अंगक ने सुमिधा के घर के मिट्टी के बर्तन उठाकर पटकना चालू कर दिया। चेतन ने युवराज अंगक को सम्हालने की कोशिश की, ये सोचकर कि आखिर पांच-छः साल का ही तो बच्चा है लेकिन जब युवराज अंगक की एक ठोकर खाकर दो-तीन कदम पीछे जाकर गिरा तो समझ गया ये उसके बस की बात नहीं है। कुछ देर बस युवराज के रोने और सुमिधा के घर के बर्तनों के टूटने की ही आवाज आती रही। शांति से सोचते-सोचते सुमिधा थक गई थी और अब उसके मन मे वो क्रोध उठ रहा था जो तब उठता है जब व्यक्ति को कोई उपाय नहीं सूझता। युवराज अंगक जब कुछ देर और रोते रहे तब सुमिधा जो अब तक अपने घर के कमरे की दीवार से टिककर बैठी थी एकदम से उठी और युवराज अंगक के पास आई। सुमिधा ने युवराज का हाँथ पकड़ा और चिल्लाते हुये बोली - "युवराज, अब तुम महल नही जा सकते"। सुमिधा के इतना कहने पर युवराज अंगक ने भी रोना बंद कर चिल्लाते हुये कहा - "क्यूँ नहीं जा सकता! हमें हमारी माँ के पास जाना है, हमारे महल जाना है बस"। तभी चेतन सुमिधा के पीछे आकर खड़ा हुआ और सुमिधा से बोला - "तुम एक बार युवराज को सारी बात, सारी सच्चाई बताकर देखो, संभवतः युवराज समझ जायें"। सुमिधा ने पहले स्वयं को शांत किया और फिर घुटनों के बल बैठकर युवराज अंगक के कंधों पर हाँथ रखते हुये बोली - "युवराज आपके माता-पिता को शत्रुओं ने कारागार में कैद कर लिया है, हम अब किसी और शाषक के आधीन हो चुके हैं इसीलिये अगर आप अभी महल गये तो कठिनाइयाँ और

बढ़ सकती हैं"। युवराज सुमिधा की ये बात सिसकियाँ लेते हुये सुन रहे थे। कुछ देर सुमिधा के चेहरे को चुपचाप देखने के बाद अंगक ने कहा - "सुमिधा हम अपने माता-पिता को छुड़ायेंगे शत्रुओं से, आप चलिये मेरे साथ कहाँ है शत्रु?"। युवराज अंगक की बात सुनकर सुमिधा ने कहा युवराज अब तो आपको ही सबकुछ ठीक करना है, संभवतः इसी कारण से ईश्वर ने आपको ये शक्तियाँ दी हैं परंतु अभी यहाँ दुब्रास में आपका रहना ठीक नहीं है"। तब युवराज अंगक ने कहा - "तो हमें कहाँ जाना होगा?"। तब सुमिधा ने युवराज के गालों को सहलाते हुये नम आँखों से कहा - "युवराज इसकी राह भी हमें ईश्वर ही दिखायेंगे, बस अब आप शोर मत करना ठीक है"। युवराज अंगक ने सुमिधा की बात सुनकर बड़े भोलेपन से हाँ में सर हिलाया और वहीं कमरे में पड़ी एक खटिया में जाकर लेट गये। अब सुमिधा के मन मे कुछ संतोष हुआ लेकिन आगे का रास्ता और भी कठिन था क्योंकि युवराज का दुब्रास में रहना उचित नहीं था। सुरपांस को कभी भी युवराज की जानकारी लग सकती थी पर युवराज को दुब्रास से बाहर ले जाना भी लगभग असंभव ही था। सुमिधा वापस कमरे की दीवार से टिककर, पाँव सिकोड़कर घुटनों में हाँथों को रखते हुये सर झुकाकर बैठ गई। चेतन जो वहीं अपनी बैशाखी के सहारे था, अब कुछ बोलना नहीं चाहता था।

दुब्रास के सातों ज्वालामुखी अभी जल तो रहे थे पर उनका उजाला अब उस अँधेरे तक नहीं पहुँच पा रहा था जो महल के नीचे बने उस कारागार में फैला हुआ था जहाँ राजा रामानु अपनी पत्नी रानी जानसी और मानसिक तौर पर अस्थिर अपनी माता सिल्या के साथ कैद थे। सेनापति किवाड़ व सरदार बशेरा को अलग-अलग कारागारों में कैद किया गया

था। राजा रामानु के सभी मंत्री भी कैद कर लिये गये थे। अँधेरे कारागार में इतनी रौशनी थी कि धरती में बैठे हुये राजा रामानु अपने पास बैठीं पत्नी जानसी के मुरझाये हुये चेहरे की उदासी को देख सकते थे। रानी जानसी की आँखों से आँसू छलक रहे थे, वो अपने चेहरे को छुपाने के प्रयास में गर्दन को घुमाकर उस ओर देखने लगीं जिस ओर रानी सिल्या परिस्थितियों से अनजान सी बैठी हुई थीं। राजा रामानु कुछ देर तो रानी जानसी को चुपचाप देखते रहे और ये सोचकर कुछ नहीं बोले कि अगर अभी उन्होंने कुछ बोला तो संभवतः उनके भीतर छुपकर बैठा दुःख भी कहीं बाहर न आ जाये। राजा रामानु स्वयं के आँसुओं को रोककर रखने के लिये रानी जानसी को अभी इस समय कुछ समझाना नहीं चाहते थे। तभी कुछ कदमों के कारागार की तरफ आने की आहट हुई, राजा रामानु सामने बनीं लोहे की सलाखों से होकर आ रही कदमों की आवाज की ओर देखने लगे। आ रही कदमों की आवाज धीरे-धीरे तेज होती गई और अचानक सुरपांस अपने सेनापति कुम्भी और कुछ सैनिकों के साथ आता हुआ नजर आया। कारागार की सुरक्षा में लगे सैनिक सुरपांस को सर झुकाकर प्रणाम करते जा रहे थे। सुरपांस राजा रामानु के कारागार के पास आकर खड़ा हो गया। रानी जानसी ने भी अब अपने आँसू पोंछ लिये और सुरपांस को क्रोध से भरी लाल आँखों से देखने लगीं। तब सुरपांस थोड़ा मुस्कुराया, फिर अपने बगल में खड़े सेनापति कुम्भी से बोला - "सेनापति देखो हमने किस तरह दो दिन में रामानु को सिंघासन से जमीन पर बैठा दिया"। इतना कहकर सुरपांस मुश्कुराने लगा। तब सेनापति कुम्भी ने कहा - "महाराज आप के सामने तो देवता भी पानी माँगने लगेंगे फिर ये राजा

रामानु तो बस एक कवंच के दम पर युद्ध कर रहा था"। तभी क्रोधाग्नि में उबल रहे राजा रामानु ने जमीन से उठकर सलाखों के पास जाते हुये सुरपांस से कहा - "कायर, नपुंशक, ये तेरी विजय नहीं तेरी कायरता है, तूने हमारी माता को ढाल बनाकर हम पर तलवार चलाई है, और हमें सिंघासन से जमीन पर लाने की बात करने वाले याद रख सिंघासन कितना भी ऊँचा हो, रखा धरती पर ही होता है और एक दिन तुझे इसका दंड तो मिलेगा"। राजा रामानु की बातें सुनकर सुरपांस के चेहरे पर चढ़ी हल्की मुश्कुराहट कुछ उतर गई। कुछ क्षणों तक सुरपांस चुपचाप राजा रामानु को देखता रहा फिर दोबारा चेहरे पर मुश्कुराहट को उतारते हुये बोला - "रामानु इस दुनियाँ में मेरा केवल एक ही शत्रु था और वो हो तुम लेकिन अब तुम तो कैद में हो फिर हमसे तुम्हारे लिये युद्ध कौन करेगा?"। तब राजा रामानु ने अपने दाँतों को पीसते हुये, भौंहों को ऊपर चढ़ाते हुये लोहे की सलाखों के दूसरी ओर खड़े सुरपांस से कहा - "सुरपांस मेरे लिये तुमसे युद्ध करने वाला भी एक दिन तुम्हारे सम्मुख आयेगा और जब वो आयेगा तो तुम्हारे प्राण जायेंगे"। राजा रामानु की बातें सुरपांस को किसी काँटे की तरह चुभ रही थीं। सुरपांस राजा रामानु को घूरता हुआ कारागार में आगे जाने लगा। रामानु के सेनापति किवाड़ जिस कारागार में बंद थे उस कारागार में रोशनी की कोई व्यवस्था नहीं थी लेकिन पैरों की आहट सुनकर वो अंधेरे से उठकर सलाखों के पास आये और तब उनका चेहरा दिखाई दिया। सेनापति किवाड़ ने क्रोध भरे शब्दों में उबलते हुये कहा - "दुष्ट अनीति कभी नहीं विजय पा सकती, उसका अंत पराजय ही होता है"। तब सुरपांस जो कारागार में आगे चला जा रहा था, ठहर गया और जैसे ही

उसने सेनापति को जवाब देने के लिये मुँह खोला वैसे ही उसके पीछे खड़ा उसका सेनापति कुम्भी बोला - "महाराज राजा को केवल राजा की बातों पर ध्यान देना चाहिये और ये तो रामानु का कमजोर सेनापति है इसे उत्तर देने के लिये आपका सेनापति कुम्भी ही बहुत है"। कुम्भी की बात सुनकर सुरपांस चुप हो गया और तब कुम्भी ने अँधेरे कारागार में सलाखों के पास आकर खड़े किवाड़ से कहा - "सेनापति किवाड़ अब युद्ध का अंत तो हो चुका है, हमारी विजय हो चुकी है, अगर अनीति आज तक कभी विजयी नहीं हुई थी तो अब विजयी हो चुकी है"। तब सेनापति किवाड़ ने ठहर-ठहरकर सेनापति कुम्भी से कहा - "संदेह.......... संदेह है तुम्हें सेनापति कुम्भी, कि युद्ध समाप्त हो चुका है बल्कि युद्ध तो अभी शुरू हुआ है और समय तुम्हें और तुम्हारे इस राजा को अंत तक ले जायेगा"। किवाड़ की चेतावनी भरी बात सुनकर सुरपांस अपने सेनापति कुम्भी की ओर देखने लगा। तब कुम्भी ने दबी आवाज में सुरपांस से कहा - "महाराज ये तो कैदी हैं, अब इन्हें तो बातें ही करना है, इनकी हर बात का जवाब देना भी जरूरी नहीं है, चलिये हम आगे चलते हैं"। सुरपांस और कुम्भी अब आखिरी और सबसे बड़े कारागार में पहुँचे जिसमें जंगल का सरदार बश्शेरा लोहे की जंजीरों में इस तरह बंधा हुआ था कि वो बस अपने पाँवों में खड़ा होकर छोटे-छोटे कदम ही बढ़ा सकता था। बश्शेरा के पंख भी जंजीर से उसकी पीठ के साथ बंधे हुये थे। इस समय बश्शेरा आँखे बंद किये हुये कारागार में बैठा था। तब सेनापति कुम्भी ने सुरपांस से कहा - "महाराज ये तो सो रहा है, चलिये अब कारागार से बाहर चलते हैं और दुब्रास का नगर देखकर आते हैं"। सेनापति कुम्भी की बात मानकर सुरपांस वहाँ से लौटने

के लिये मुड़ गया कि तभी एक जोरदार दहाड़ की आवाज हुई। आवाज इतनी तेज थी कि सेनापति कुम्भी के पैर तो खड़े-खड़े ही लड़खड़ा गये और वो धरती पर गिर गया। ये दहाड़ उस बश्शेरा की थी जो जंजीरों में कैद था जिसे सोया हुआ जानकर कुम्भी ने राजा सुरपांस को वापस चलने को कहा था। सेनापति कुम्भी वापस अपने पैरों पर खड़ा हुआ। सुरपांस भी इतनी तीव्र आवाज सुनकर चौंक गया। अब जंगल का सरदार अपने पैरों में खड़ा हुआ और धीरे-धीरे चलकर सलाखों की तरफ आते हुये बोला - "मेरा नाम बश्शेरा है सुरपांस, मैं जंगल का सरदार हूँ और शेर हूँ, अभी जंजीरों में हूँ तो मुझे सोता हुआ समझ सकते हो, पर कभी जंजीरें न रहीं तो ये भूल मत करना"। बश्शेरा की दहाड़ पूरे महल में गूँज चुकी थी। सिंघा जो युद्ध मे राजा रामानु के हाँथों बुरी तरह से घायल हो चुका था, उपचार के बाद अब ठीक था। सिंघा के विश्राम के लिये महल के एक विशाल कक्ष को उसके अनुरूप व्यवस्थित किया गया था। जैसे ही सिंघा ने पिता बश्शेरा की दहाड़ सुनी, वैसे ही उसकी आँखें भी खुल गई। कुछ देर के बाद सेनापति कुम्भी के साथ सुरपांस सिंघा के कक्ष में आया। सिंघा बैठा हुआ था। तब सुरपांस ने सिंघा से कहा - "सिंघा आज से दुब्रास के जंगल के सरदार तुम हो, जाओ राज करो"। सिंघा ने सुरपांस की बात को सुना और फिर बोला - "महाराज सुरपांस आपने मुझे वचन दिया था कि दुब्रास का राज्य मेरा होगा"। तब सुरपांस ने मुस्कुराते हुये कहा - "सिंघा महलों का शाषन केवल मनुष्यों को शोभा देता है, तुम मनुष्यों की तरह बोल सकते हो परंतु हो तो एक जंगली शेर ही, इसीलिये तुम्हें दुब्रास के जंगल का सरदार बना रहा हूँ मैं"। तब सिंघा ने उठकर चौंकते हुये कहा -

"लेकिन महाराज"। सिंघा अपनी पूरी बात कहता कि तभी सुरपांस के बगल में खड़ा सेनापति कुम्भी बोला - "सिंघा महाराज की आज्ञा का पालन करने में ही तुम्हारी भलाई है, नहीं तो दुब्रास के इस महल में कारागार और भी हैं, जो अब भी खाली हैं"। सेनापति कुम्भी की इस बात ने सिंघा को हक्का-बक्का कर दिया, उसके मन के भीतर ठगे जाने की भावना आने लगी परन्तु वो चुप्पी साध गया। इधर युवराज अंगक सुमिधा और चेतन की बात समझकर शांत हो चुके थे, फिर भी युवराज अंगक की जानकारी किसी न किसी दिन सुरपांस को लग सकती है। महाराज रामानु को कारागार की कैद में दो दिन हो चुके थे। सुरपांस ने सिंघा को जंगल का सरदार बनाकर जंगल भेज दिया। आज सुरपांस की माता महारानी मंदिरा योध्यानगर से दुब्रास आने वाली थीं। सुरपांस ने अपने सैनिकों के द्वारा प्रजा को ये संदेश भेजा था कि उसकी माता आज योध्यानगर से आकर दुब्रास का भ्रमण करेंगी और उस समय सब अपने घरों से निकलकर महारानी का जयघोष करें। सातों ज्वालामुखी जल रहे थे, तीनों पथों से गिरने वाले झरने भी तालाब में गिर रहे थे। महारानी मंदिरा योध्यानगर से दुब्रास आ गईं और कारागार में बंद राजा रामानु, रानी जानसी, और बाँकी कैदियों को देखने के बाद वो रथ में सवार होकर दुब्रास के नगर भ्रमण के लिये निकल पड़ीं। महारानी मंदिरा के साथ रथ में सुरपांस भी था। सेनापति कुम्भी भी कुछ घुड़सवार सैनिकों के साथ रथ के पीछे-पीछे अपने घोड़े पर आ रहा था। रथ में चलते हुये सुरपांस ने अपनी माता मंदिरा से तीनों पथों से गिर रहे झरनों की ओर हाँथों से ईशारा करते हुये कहा - "माता देखिये न, दुब्रास के चट्टानों वाले आसमान के मध्य से नीचे तालाब

पर गिर रहे तीनों झरने कितने मनमोहक लग रहे हैं"। राजमाता मंदिरा ने एक नजर झरनों की ओर देखा और फिर सुरपांस के चेहरे की ओर देखते हुये कहा - "मैं पहले भी इस दृश्य को देख चुकी हूँ, मेरे लिये ये कोई नया दृश्य नहीं है"। रानी मंदिरा की बात अभी पूरी भी नहीं हुई थी कि सुरपांस ने आश्चर्य से भरी नजरों से एक बार झरनों की ओर देखा और फिर अपनी माता से कहा - "माता लेकिन हमारी जानकारी के अनुसार ऐसे झरने तो केवल दुब्रास में हैं"। तब माता मंदिरा ने सुरपांस को बताया कि वो पहले ही एक बार दुब्रास आ चुकी है जब महाराज दसनाथ जीवित थे। महाराज दसनाथ अपनी दोनों पत्नियों रानी सिल्या व रानी मंदिरा के साथ यहाँ आये थे। तब यहाँ के राजा जनाक ने राजा दसनाथ के स्वागत के लिये पूरे दुब्रास को फूलों से सजा दिया था और जोरदार उत्सव हुआ था आखिर रानी सिल्या उनकी एकमात्र संतान थीं। रानी मंदिरा के मन में उसी दिन से रानी सिल्या के लिये द्वेष जगा था। सुरपांस ने फिर भी रानी मंदिरा को दुब्रास के बारे में बताना जारी रखा, कहीं सातों ज्वालामुखियों की ओर ईशारा करता तो कहीं किसी ऊँचे पर्वत की ओर देखने को कहता। कुछ ही देर में रथ दुब्रास के विशाल नगर में पहुँच गया। कुछ सैनिक रथ के आगे-आगे घोड़ों में चल रहे थे। एक सैनिक ने रानी मंदिरा के आगमन का उद्घोष करना शुरु किया। सैनिक की घोषणा सुनते ही दुब्रास के नगर की सारी प्रजा अपने घरों से बाहर निकल आई और सर झुकाकर खड़ी हो गई। सुमिधा भी अपने पति चेतन के साथ घर के बाहर आकर खड़ी हो गई। सारे नगर में सन्नाटा सा पसरा था, बस घोड़ो के टापुओं की आवाज रथ के पहियों के साथ उठ रही थी। तभी रानी मंदिरा ने रथ के

सारथी को रथ रोंकने का आदेश दिया। रथ रुक गया। रथ में बैठा सुरपांस भी चुपचाप अपनी माता को देख रहा था। तभी मंदिरा ने रथ के दायीं ओर बने घरों के सामने खड़ी प्रजा में से एक महिला की ओर ईशारा किया। राजमाता मंदिरा के ईशारा करते ही सुरपांस ने अपने रथ के बगल में घोड़े पर बैठे हुये सेनापति कुम्भी से कहा - "सेनापति उस महिला को रथ के करीब बुलाओ"। कुम्भी ने लगाम को मोड़ा और घोड़े में बैठा हुआ उस महिला के पास पहुँच गया जिसकी ओर रानी मंदिरा ने इशारा किया था। महिला रानी मंदिरा के इशारा करते ही घबरा गई थी और जब सेनापति कुम्भी उसके पास घोड़े के साथ पहुँचा तो वो काँपते हुये रोने लगी। महिला ने रोते और काँपते हुए लड़खड़ाती आवाज में कहा - "मैं गरीब हूँ महाराज, मैंने कोई अपराध नहीं किया, अगर मुझसे कोई भूल हुई हो तो मुझे क्षमा कर दीजिये"। महिला ने इतना कहा ही था कि तभी रथ में बैठी हुई रानी मंदिरा खड़ी हो गईं और रथ में पहले से खड़े सुरपांस को क्रोध में देखने लगीं। अपनी माता मंदिरा को क्रोधित होता देखकर सुरपांस ने तेज स्वर में सेनापति कुम्भी से कहा - "सेनापति कुम्भी.........तुम्हारे लिये दुब्रास का कारागार अच्छा है या योध्यानगर का?"। तब कुम्भी ने एक पल विचार किया और कहा - "महाराज दुब्रास का कारागार योध्यानगर के कारागार से अच्छा है"। तब सुरपांस ने और ऊँचे स्वर में कहा - "ठीक है फिर आज से दुब्रास का कारागार ही तुम्हारा विश्रामगृह होगा"। सेनापति कुम्भी अब जाकर सुरपांस के इशारे को समझ पाया था। कुम्भी ने घोड़े पर बैठे हुये ही सुरपांस से क्षमा माँगी और फिर घोड़े से नीचे उतरकर रोती हुई महिला के पास गया। सुमिधा और चेतन जो रथ के बायीं

ओर अपने घर के सामने खड़े थे, इस दृश्य को चुपचाप देख रहे थे। सुमिधा ने युवराज अंगक को घर के अंदर चुपचाप रहने को कहा था। युवराज अंगक चुपचाप घर के अंदर तो थे लेकिन बाहर से बंद दरवाजों के बीच से नगर में हो रहे सारे घटनाक्रम को देख रहे थे। इधर कुम्भी ने महिला का हाँथ पकड़ा और उसे खींचकर रथ के पास ले आया। सुरपांस माता मंदिरा से कुछ पूँछने ही वाला था कि तभी रानी मंदिरा ने रथ के दायीं ओर ही घर के सामने खड़ी एक ओर महिला की ओर इशारा किया। कुम्भी उस महिला को भी हाँथों से खींचकर रथ के पास ले आया। ऐसे-ऐसे करके कुल दस महिलाओं की ओर रानी मंदिरा ने इशारा किया और सेनापति कुम्भी उन्हें खींचकर रथ के पास लाता गया। अब राजमाता मंदिरा ने सुरपांस से कहा - "ये सारी महिलायें आज से हमारी दासी हैं और हमारे योध्यानगर के महल में रहेंगी"। तब सुरपांस ने माता मंदिरा से कहा - "लेकिन माता आपको योध्यानगर में रहने की क्या आवश्यकता है! आप यहाँ इन सुंदर दृश्यों के बीच दुब्रास के महल में भी तो रह सकती हैं, हम इन दासियों को यहीं आपकी सेवा में लगा देंगे"। तब राजमाता मंदिरा ने सुरपांस से कहा - "आज संध्या समय हमारे साथ इन दासियों के भी योध्यानगर जाने की व्यवस्था की जाये"। सुरपांस ने इसके बाद एक शब्द भी अपनी माता से नहीं बोला और सेनापति कुम्भी से कहा - "सेनापति हमारी माता की आज्ञा का पालन हो"।

राजमाता मंदिरा ने रथ वापस दुब्रास के महल ले चलने को कहा। सारथी रथ मोड़ने लगा कि तभी रानी मंदिरा ने सारथी को फिर रथ रोंकने को कहा। तब सुरपांस ने बोला - "क्या

हुआ माता आपको दुब्रास के जंगलों और तीन पथों तक ले जाने वाली विशाल सुरंग भी देखनी है क्या!"।

तब राजमाता मंदिरा ने सुरपांस से कहा - "हमें और कुछ नहीं देखना पुत्र"। अपनी माता को सुनकर सुरपांस ने मुश्कुराते हुये कहा - "फिर क्या हुआ माता?"। तब राजमाता मंदिरा ने हाँथ उठाकर फिर एक महिला की ओर इशारा किया"। इशारा होते ही सुरपांस ने सेनापति कुम्भी से कहा - "कुम्भी इस महिला को भी माता मंदिरा की दासियों में शामिल कर लो"। इतना कहकर सुरपांस का रथ राजमाता मंदिरा के साथ दुब्रास के महल की ओर चल दिया। रथ के निकलते ही सेनापति कुम्भी ने उस महिला को भी बाँकी सेविकाओं के पास आकर खड़ा होने को कहा। जिसकी ओर रानी मंदिरा ने सबसे अंत में इशारा किया था, वो और कोई नहीं सुमिधा थी। सुमिधा रानी मंदिरा के इशारा करने पर पूरी तरह से घबरा गई थी फिर भी उसने स्वयं को सम्हाला और अपने बगल में खड़े चेतन की ओर देखते हुये बाँकी दासियों के साथ आकर खड़ी हो गई। इन ग्यारह दासियों को पैदल सैनिकों की निगरानी में दुब्रास के महल ले जाया गया। चेतन अपनी पत्नी सुमिधा की चिंता कम कर रहा था परंतु वो तो ये सोच रहा था कि अब युवराज अंगक की देखभाल या उनकी गोपनीयता की रक्षा वो अकेला कैसे करेगा और करेगा भी तो कब तक कर पायेगा। अगर दुब्रास की प्रजा में से ही किसी को पता चल गया कि युवराज अंगक चेतन के यहाँ पर हैं तो धीरे-धीरे बात सारे नगर में फैल जायेगी और फिर वो बात महल में सुरपांस के कानों तक भी निश्चित ही पहुँचेगी।

चेतन तेज कदमों में झपटता हुआ अपने घर के दरवाजे के बाहर आकर खड़ा हो गया और कुछ सोच विचार करने लगा। तभी युवराज अंगक जो घर के भीतर दरवाजों की संध से बाहर देख रहे थे, वो बोले - "क्या हुआ, सुमिधा कहाँ गई? उसे सिपाही अपने साथ कहाँ लेकर गये हैं"। चेतन ने जैसे ही घर के भीतर से युवराज अंगक की आवाज सुनी उसने वैसे ही घर का दरवाजा तुरंत खोला और दरवाजे से सट कर खड़े युवराज को थोड़ा अंदर करके दरवाजा बंद कर लिया। इधर ग्यारह दासियों को लेकर, सैनिक दुब्रास के महल आ गये। रानी मंदिरा ने सारी दासियों को अपने उस कक्ष में बुलाया जो पहले रानी जानसी का था। सारी दासियाँ आदेशानुसार रानी मंदिरा के कक्ष में पहुँच गईं।

मंदिरा ने सारी दासियों को एक नजर देखा और फिर कहा - "अब से तुम सब हमारी दासी हो और दासी का अर्थ तो तुम सब जानती ही होगी"। दासियों को काफी समय तक समझाने के बाद रानी मंदिरा ने दासियों से उनकी इच्छा भी पूँछी। दस दासियाँ तो डर के कारण सर झुकाये खड़ी रहीं और कुछ नहीं बोली लेकिन ग्यारहवीं दासी सुमिधा ने कहा - "महारानी मुझे अपने छः साल के पुत्र को भी अपने साथ रखना है"। तब रानी मंदिरा ने अपने माथे को सिकोड़ते हुये सुमिधा को गौर से देखा और बोलीं - "तुम हमारे योध्यानगर के महल में हमारी सेवा करने के लिए चल रही हो, न कि अपने पुत्र को पालने के लिये चल रही हो"। तब सुमिधा ने अपनी वाणी को मधुर विचारों से मिलाते हुये कहा - "जैसी आपकी आज्ञा राजमाता लेकिन अगर मेरा पुत्र मेरे साथ रहता तो मैं पूरे मन से आपकी सेवा कर सकती थी परंतु अब मेरा आधा मन बेबस ही दुब्रास में मेरे पुत्र के पास लगा रहेगा"। सुमिधा कि

ये बात सुनकर रानी मंदिरा सुमिधा को चुपचाप देखती रही। बाँकी दस दासियाँ जो सुमिधा के बगल में खड़ी थीं मन ही मन मे खुद से बोलीं "सुमिधा की तो अभी तक कोई संतान ही नहीं हुई, फिर ये छः साल का उसका पुत्र कहाँ से आ गया। सामने सर झुकाकर खड़ी सुमिधा की ओर राजमाता मंदिरा अब भी देख रहीं थीं। कक्ष में कुछ देर तक ये खामोशी रही और फिर राजमाता मंदिरा ने सुमिधा से कहा - "ठीक है फिर तुम अपने पुत्र को भी अपने साथ योध्यानगर लेकर चल सकती हो"। रानी मंदिरा ने सभी दासियों को वापस अपने-अपने घरों में जाने को कहा और अपना जरूरी सामान लेकर सातों ज्वालामुखियों के बुझने से पहले वापस महल में आने का आदेश दिया। सभी दासियाँ रानी की आज्ञानुसार दुब्रास के राजमहल से निकलकर नगर की ओर जाने लगीं। तभी एक महिला ने सुमिधा से कहा - "क्या हुआ सुमिधा तेरा छः साल का बेटा कहाँ से आ गया, हमने तो कभी नहीं देखा"। सुमिधा कुछ देर तो चुपचाप चलती रही लेकिन फिर सोच-विचार करके उसने बाँकी महिलाओं से कहा - "देखो ये राज की बात है जिसमें हमारे राजा रामानु, रानी जानसी और पूरे दुब्रास की स्वतंत्रता भी निर्भर करती है"। तब चलते हुये एक और महिला सुमिधा से बोली - "ऐसी कौन सी बात है? सुमिधा, हमें भी तो बता"। सुमिधा कुछ क्षण तो बाँकी महिलाओं के चेहरे ही देखती रही मानो उनके चेहरे से उनके चरित्र को, उनके ईमान को पढ़ने की कोशिश कर रही हो। सुमिधा ने बड़ी ही गंभीरता से युवराज अंगक की बात बाँकी दस महिलाओं को बतायी। महिलायें युवराज अंगक के सुमिधा के पास सुरक्षित होने से अतिप्रसन्न हो गईं। इधर चेतन घर मे चारपाई पर बैठा कुछ गहरे विचार कर रहा था

या कहें कि गहरी चिंता कर रहा था क्योंकि गहरे विचार तो मन को स्थिर और शांत करते हैं लेकिन चेतन के मन मे उठ रहे विचार उसे लंबी गहरी साँसे लेने के लिये बाध्य कर रहे थे। युवराज अंगक को भूँख लगी थी, वो छोटी सी रसोई में तब से धरती में आकर बैठे हैं जब से चेतन ने उन्हें बताया है कि सुमिधा अब घर मे नहीं रहेगी बल्कि दासी बनकर दुब्रास से योध्यानगर चली जायेगी। युवराज अंगक को सुमिधा के जाने से अपनी माता रानी जानसी की बहुत याद आने लगी थी। युवराज ने रोटी की टोकरी में से एक रोटी खाने के लिये निकालकर हाँथ में ले रखी है परंतु अभी तक उसका एक टुकड़ा भी उन्होंने तोड़ा नहीं है। युवराज को स्वादिष्ट खाना खाने की आदत थी और उससे भी बड़ी बात थी कि युवराज अंगक अपनी माता जानसी के हाँथों से खाना खाते थे। युवराज अंगक के शरीर में ईश्वरीय आशीर्वाद से अतुलनीय क्षमतायें हैं, परंतु उम्र और अनुभव ज्यादा न होने के कारण युवराज अंगक को अपनी विलक्षण प्रतिभा की कोई जानकारी भी नहीं थी। इधर चेतन चारपाई पर बैठा-बैठा अब लेट गया था। नींद के लिये शुकून मिल नहीं सकता था तो चेतन ने मानसिक थकान को ही महसूस करके कुछ देर सोने का निर्णय लिया। चेतन की आँखें बंद हुई ही थीं कि थकान ने अपना प्रभाव दिखाया और चेतन को नींद आ गई। चेतन को अभी नींद आई ही थी कि तभी दरवाजे के बाहर लगी साँकर को किसी ने जोर से एक-दो बार दरवाजे से टकराया। साँकर की आवाज सुनकर चेतन की नींद टूट गई। हमारे जीवन मे भी अगर कभी हमें हताशा की नींद आने लगे तो आवश्यक है कि हम आशा को अपनी अर्धांगिनी की तरह अपने जीवन मे स्थान दें, जो हताशा में

भी साँकर खटखटाकर हमें जगा सकती है। आवाज सुनकर चेतन तुरंत चारपाई से उठा और दरवाजे के पास जाने लगा। भीतर रसोई में उदास बैठे युवराज अंगक को भी साँकर की आवाज ने उत्साहित कर दिया, वो उठे और दौड़ते हुये चेतन के पीछे आकर खड़े हो गये। चेतन ने दरवाजा खोला, सुमिधा आँखों मे आँसू भर के बाहर खड़ी थी पर जैसे ही दरवाजा खुला सुमिधा ने सर नीचे झुका लिया और आँखे बंद कर लीं। बंद आँखें भी सुमिधा के आँसुओं को रोक न सकीं। आँसुओं की कुछ बूँदें सीधा पलकों के किनारे से निकलकर धरती पर गिर रहीं थीं तो कुछ बूँदें चेहरे से फिसलते हुये गिरती थीं। बाहर अभी भी रौशनी थी सातों ज्वालामुखी अभी कुछ जल रहे थे। चेतन जो अभी तक सुमिधा को चुपचाप रोता हुआ देख रहा था अब उसने सुमिधा को भीतर आने के लिये लिये कहा। चेतन के गले से जो ध्वनि निकली वो मधुर तो नहीं थी लेकिन भावना से भरी हुई आवाज थी। चेतन ने अभी तक सुमिधा से कुछ इसलिये नहीं कहा था कि वो स्वयं भी पलकों में आँसुओं को रोककर खड़ा था। तभी युवराज अंगक दरवाजे से बाहर निकले और सुमिधा को उसका हाँथ पकड़कर अंदर ले आये। चेतन ने वापस घर का दरवाजा बंद कर दिया। सुमिधा ने स्वयं को सम्हालकर सारी बात चेतन को भी बता दी। चेतन को इस दुःख के निर्णय में भी एक बहुत बड़ी खुशी मिल गई। चेतन ये सोचकर प्रसन्न हो गया कि अगर युवराज अंगक दुब्रास से बाहर सुमिधा के साथ योध्यानगर चले गये तो उनकी गोपनीयता बची रह जायेगी और उनके जीवन मे सम्भवतः कोई संकट नहीं आयेगा। युवराज अंगक के गालों को सहलाते हुये सुमिधा ने युवराज को भी सारी बातें अच्छे तरीके से समझा दीं और बता दिया कि अब से

वो उसे माता कहकर पुकारें। सुमिधा कुछ जरूरी चीजें एक छोटे से बक्शे में ले जाने के लिये रखने लगी। तभी चारपाई पर बैठा चेतन जो चुपचाप सुमिधा को देख रहा था, भरे और दबे गले से बोला - "मेरी चिंता मत करना, मैं अपना ख्याल रख लूँगा, सम्भवतः अब बहुत दिन तक तुम्हें वापस दुब्रास नहीं आने दिया जायेगा"। चेतन ने इतने सारे शब्द जो बोले वो सब के सब जुबान से लडखडाते हुये, रुक-रुककर बाहर निकले थे। ऐसा लग रहा था मानो चेतन जुबान से निकलते हर एक शब्द के साथ खुद को रोने से रोक रहा था। सुमिधा जो बक्शे पर कपड़े और सामान रख रही थी, चेतन की आवाज सुनकर ठहर गई। सुमिधा ने चेतन की ओर एक नजर भी उठाकर नहीं देखा लेकिन अब अपने आप को सम्हाल न सकी और सिसकते-सिसकते रोने लग गई। आँसू आँखों से इस तरह बह निकले जैसे पत्ते के ऊपर ठहरी ओष की बूँदें हवा चलने से नीचे जमीन पर गिरना चालू कर देती हैं। चेतन और सुमिधा दोनों कुछ समय के लिये निशब्द हो गये, बस आँसू बहे जा रहे थे मानो फिर इन्हें भी कभी बहने का अवसर न मिले। चेतन ने स्वयं को सम्हालने की कोशिश की थी लेकिन सुमिधा की सिसकियों ने उसे भी अपने साथ शामिल कर लिया। तभी युवराज अंगक जो वहीं जमीन पर बैठे थे, खड़े हुये और सुमिधा के पास आकर अपने हाँथों से उसके आँसू पोंछने लगे। सुमिधा को तब अचानक ही स्मरण आया कि रानी मंदिरा ने अँधेरा होने से पूर्व ही वापस महल में आने को कहा था। सुमिधा अब शीघ्रता से बाँकी बचा आवश्यक सामान बक्शे में रखने लगी।

इधर जंगल का माहौल राजा रामानु और सरदार बश्शेरा के कैद होने के बाद कुछ ठीक नहीं था परंतु जब से सुरपांस ने

सिंघा को जंगल का सरदार बनाकर भेजा है तब से जंगल के वो जानवर तो प्रसन्न हैं जो पहले से सिंघा के झुंड का हिस्सा थे, पर ऐसे जानवरों की संख्या अधिक नहीं थी। अधिकतर जानवर तो ऐसे ही थे जो सरदार बश्शेरा के कैद होने पर निराश थे और कुछ ने तो दुब्रास के महल में आक्रमण कर सरदार बश्शेरा को छुड़ा लाने का विचार भी प्रकट किया था। सिंघा को कई जानवर मूर्ख समझ रहे थे क्योंकि सब जानते थे कि सिंघा, बश्शेरा का अकेला पुत्र है और कभी न कभी सिंघा को ही दुब्रास के जंगलों का सरदार बनना था। सिंघा भी उस ऊँची चट्टान पर बैठकर अभी सातों ज्वालामुखियों को बुझते हुये देख रहा है जहाँ पर उसके पिता सरदार बश्शेरा बैठते थे। सिंघा को अब भी अपने राज्य और पिता से द्रोह करने का कोई पछतावा नहीं था बल्कि उसे दुःख तो इस बात का था कि सुरपांस ने उसको दिया हुआ वचन तोड़ दिया और स्वयं दुब्रास का भी राजा बन गया। तीनों पथों से गिरने वाले झरनों का पानी अब ज्वालामुखियों से निकलती रौशनी के बुझते ही जुगनुओं की रौशनी से झिलमिला रहा था। अँधेरे में चमकते हुये झरनों का दृश्य ऐसा दिखाई देता है मानो आसमान से गिरने वाले सारे सितारे समंदर में गिरकर, तीनों पथों से होते हुये झरनों के साथ दुब्रास के तालाब में इकट्ठा हो रहे हों। दुब्रास के विशाल तालाब का जल नीले, लाल और कई रंगों में चमकते हुए जुगनुओं की परछाई से रात के समय तालाब में बनने वाले इंद्रधनुष की तरह दिखाई दे रहा था। खैर एक दृश्य दुब्रास के महल में भी बन रहा था। राजमाता मंदिरा क्रोध में जल रहीं थीं। उन्होंने सारी दासियों को अँधेरा होने के पूर्व ही महल लौट आने को कहा था ताकि वो आज योध्यानगर के लिये निकल सकें पर अभी तक कोई

भी दासी लौटकर नहीं आई थी। राजमाता मंदिरा का क्रोध अब उनके धैर्य को पार कर गया और उन्होंने कक्ष के बाहर खड़े सिपाही को बुलाया। राजमाता की वाणी में आवेश था, कक्ष के बाहर खड़ा सैनिक तुरंत सम्हलता हुआ शीघ्रता से दरवाजे के अंदर आया। सैनिक राजमाता से कुछ कहता उससे पहले ही उसे आदेश मिल गया कि जितनी दासियों को योध्यानगर जाने के लिये चुना गया था सबको महल लाया जाये लेकिन उनके सर और धड़ अलग-अलग होने चाहिये। राजमाता मंदिरा का ऐसा आदेश सुनकर सैनिक अधिक विचलित नहीं हुआ क्योंकि योध्यानगर में ऐसे आदेश अक्सर ही सैनिकों को दिये जाते थे। सैनिक 'राजमाता की जय हो' कहता हुआ कक्ष से बाहर चला गया और मिला हुआ उसने आदेश सेनापति कुम्भी को बताया। सेनापति कुम्भी ने तुरंत सैनिकों की एक छोटी सी टुकड़ी बनायी और अँधेरे में मशालों के उजाले लिये दुब्रास के नगर की तरफ निकल गया। राजमाता मंदिरा बड़ी कठिनाई से अपने क्रोध को सम्हाल रही थीं क्योंकि आजतक योध्यानगर में तो उनके आदेश की ऐसी अवहेलना कभी नहीं हुई थी। व्यक्ति जब क्रोध में जल रहा होता है तब हर आवाज जो कानों तक पहुँचती है वो क्रोध को और भी बढ़ाती हैं। राजमाता अपने आसन पर सर झुकाये हुये बैठी थीं कि तभी कक्ष के बाहर खड़ा दरबान भीतर आया और बोला - "राजमाता की जय हो"। सैनिक की आवाज ने ही राजमाता के आवेश को और बढ़ा दिया और वो पास में रखी म्यान से तलवार को निकालकर सैनिक की ओर तेजी से जाने लगीं। सैनिक तुरंत ही अपने घुटनों पर बैठ गया और 'क्षमा राजमाता, क्षमा' की रट लगाने लगा। राजमाता और सैनिक के बीच चार-पाँच कदमों का फाँसला कम होते-

होते क्रोध भी नाममात्र ही सही पर कुछ कम हुआ। सैनिक की आँखों से आँसू निकल आये लेकिन ये आँसू दुःख के नहीं भय के थे। सैनिक की याचना ने राजमाता का क्रोध इतना तो कम कर दिया कि तलवार चलाने के लिये उठी तो लेकिन सैनिक की गर्दन पर आकर रुक गई। सैनिक ने तो अपनी आँखें बंद कर ली पर जब कुछ क्षणों के बाद सैनिक को महसूस हुआ कि उसकी गर्दन अब भी जुड़ी हुई है तो उसने तुरंत आँखे खोलीं और राजमाता मंदिरा को बताया कि कोई महिला कक्ष के बाहर खड़ी है। राजमाता ने सैनिक को तुरंत बाहर जाकर महिला को अंदर भेजने के लिये कहा। सुमिधा युवराज अंगक को लिये हुये राजमाता के कक्ष के बाहर खड़ी थी और सैनिक के कहने पर धीरे-धीरे कदम बढ़ाकर कक्ष के अंदर आई। राजमाता मंदिरा ने अपने क्रोध का कुछ हिस्सा तो सैनिक पर ही उतार दिया था जिसका कुछ लाभ सुमिधा को मिला लेकिन अब भी राजमाता आवेश में थीं। मंदिरा ने सुमिधा से तुरंत कहा - "हमारे आदेश की अवज्ञा करने का साहस कैसे किया तुमने?"। राजमाता ने इसके बाद कुछ बोला नहीं बस क्रोध में तेज साँसे लेते हुये सुमिधा के जवाब की प्रतीक्षा करने लगीं। तब सुमिधा ने राजमाता से कहा - "राजमाता क्षमा, मैं आपसे क्षमा चाहती हूँ, मैंने अपनी जरूरत का सामान रखने में देर लगाई इसका कारण और कुछ नहीं बस ये था कि मैं योध्यानगर में रहकर आपकी सेवा में पूरा मन लगा सकूँ"। सुमिधा की बात सुनकर राजमाता मंदिरा ने क्रोध से जलते हुये शब्द कहने शुरू किये और कहा - "दासी हम दया और दान में विस्वास नहीं रखते, हमें बस अपना आदेश चलाना है और जो भी हमारे आदेश का पालन नहीं करता या फिर हमारी आज्ञानुसार नहीं चलता

उसका एक ही परिणाम है और वो है मृत्यु"। सुमिधा जब अपने घर से राजमहल की ओर निकली थी, तब ही सातों ज्वालामुखी अपनी रौशनी को भीतर खींच चुके थे और रात हो गई थी। क्रोधित राजमाता मंदिरा के सामने खड़ी सुमिधा समझ गई कि संभवतः अब उसके प्राण संकट में हैं। अपने प्राणों पर आ रहा संकट, सुमिधा की चिंता का विषय नहीं था बल्कि उसके बगल में उसका हाँथ पकड़कर खड़े छः साल के अंगक का आगे क्या होगा वो इसी बात को लेकर परेशान हुये जा रही थी। सुमिधा की आँखों से आँसू की बूँदे भी निकलने लगीं थीं। तब सुमिधा का हाँथ पकड़कर अब तक चुपचाप खड़े युवराज अंगक ने अपने दूसरे हाँथ से सुमिधा के हाँथ को थामते हुये कहा - "माता आप क्यूँ रो रही हो?"। राजमाता मंदिरा तो चुपचाप ही थी उसे कुछ आश्चर्य वाली बात नहीं लगी और न लगनी चाहिये थी, मगर एक हाँथ में अपने सामान का बक्शा लिये हुये खड़ी सुमिधा ने जैसे ही युवराज अंगक के मुँह से माता शब्द का उच्चारण सुना वैसे ही उसने युवराज अंगक की ओर देखा और सामान से भरा बक्शा जमीन पर रखकर युवराज अंगक के गाल पर अपना हाँथ फेरा। सुमिधा ने युवराज को पहले ही समझाया था कि युवराज अब से उसे माता ही कहकर पुकारें और तब से लेकर अभी तक युवराज अंगक ने पहली बार सुमिधा को माता कहकर बुलाया था। इधर समय की बीती हुई कुछ और घड़ियों ने राजमाता मंदिरा के क्रोध को कुछ और शांत कर दिया। अब राजमाता मंदिरा ने अपने हाँथ में रखी तलवार को मखमली बिस्तर पर रखकर कहा - "दासी हमने तुमसे पहले ही कहा है कि हमारी नीति में दया और दान नहीं है, जो अपराध तुमने और बाँकी दासियों ने किया है उसका दंड

केवल मृत्युदंड है पर हम तुम्हें इस दंड से मुक्त करते हैं और कल सुबह उजाला होते ही तुम हमारे साथ योध्यानगर के लिये निकल चलोगी"। राजमाता मंदिरा ने सुमिधा से इतना कहा ही था कि तभी एक सैनिक 'राजमाता की जय हो' करता हुआ कक्ष के भीतर आया और बोला - "राजमाता आपकी आज्ञा का पालन करके सेनापति कुम्भी और सैनिक लौट आये हैं"। तब राजमाता मंदिरा ने सैनिक से सेनापति को अंदर भेजने के लिये कहा। अनुमति मिलते ही सेनापति कुम्भी और उसके पीछे-पीछे दो सैनिक कक्ष के अंदर आ गये। सेनापति कुम्भी ने एक नजर सुमिधा और अंगक को देखा फिर सामने खड़ी राजमाता मंदिरा को प्रणाम करके बोला - "राजमाता आपकी आज्ञा का पालन हुआ है, क्या आपको अपराधियों के सर देखने हैं!"। सेनापति की इस बात से सुमिधा डर गई लेकिन उसे अब भी ये पता नहीं था कि अपराधी कौन हैं? तभी राजमाता मंदिरा ने कुम्भी से कहा - "सेनापति सारे सर हमारे सामने रख दो, हमें देखना है किसके मुख पर मत्यु के क्षणों में क्या भाव थे?"। सुमिधा जो पहले से ही असहज थी अब और असहज हो गई, उसने युवराज अंगक को अपने और पास खींच लिया। सैनिकों ने दो बड़े-बड़े बोरे कमरे के अंदर लाये, जिनका रंग अब लाल हो चुका था। उन बोरों से अब भी खून नीचे टपक रहा था। राजमाता मंदिरा का चेहरा तो खून की बूंदे देखकर खिल उठा लेकिन सुमिधा की पलकें घबराहट में तेजी से झपकने लगीं। सुमिधा ने दूसरे हाँथ में लिया हुआ बक्शा नीचे रखा और फिर युवराज अंगक की आँखों को हथेली से ढक लिया। सैनिकों ने पहले बोरे में बँधी रस्सी को खोला और दासियों के कटे हुये सर जो खून बहने के बाद सूखे-मुरझाये हुये से

थे उनको राजमाता मंदिरा के कक्ष की साफ़ फर्श पर रख दिया। सुमिधा ने हिम्मत करके एक नजर उन कटे हुये सरों को देखा ही था कि उसका दिल बैठ गया, उसे विस्वास नहीं हो रहा था कि वो जिन दासियों के साथ अभी कुछ देर पहले थी उन्हें इस तरह मृत्यु प्राप्त हुई है। सुमिधा की आँखों से आँसू निकल पड़े। तभी राजमाता मंदिरा ने सुमिधा से कहा - "तुम भाग्यशाली हो दासी जो समय रहते वापस महल आ गई नहीं तो इन कटे हुये सरों में एक सर तुम्हारा भी होता। सुमिधा ने सर झुका लिया तभी सैनिकों ने दूसरे बोरे की रस्सी को भी खोला और कटे हुये सर धरती पर गिरा दिये। सुमिधा ने इस बार गर्दन या नजरें नहीं उठाईं और कक्ष की फर्श को ही देखती रही। युवराज अंगक जिनकी आँखें अब तक सुमिधा ने अपने हाँथ से बंद कर रखी थीं वो अब आँखें खोलने के लिये व्याकुल हो रहे थे लेकिन सुमिधा ने अपना हाँथ नहीं हटाया। तभी राजमाता मंदिरा ने कटे हुये सरों की तरफ देखते हुये कहा - "ये कौन है सेनापति कुम्भी?"। तब कुम्भी ने कहा - "राजमाता ये उस दासी का पति है जो घर में नहीं थी और कहीं भाग गई थी, इसीलिये उस दासी के अपराध का दंड उसके पति को दिया गया है"। सेनापति के द्वारा कही गई इस बात का हर शब्द जैसे-जैसे सुमिधा के कानों पर पड़ा वैसे-वैसे उसके हृदय की धड़कन थमती गई। सुमिधा सेनापति कुम्भी की बात सुनकर ही मूर्छित होकर फर्श पर गिर पड़ी। युवराज अंगक की आँखों से हाँथ भी हट गया। युवराज अंगक की पहली नजर राजमाता मंदिरा पर गई और दूसरी नजर कटे हुये सरों के बीच रखे उस सर पर जो सुमिधा के पति चेतन का था। सैनिकों ने सुमिधा के न मिलने पर चेतन को दंड दे दिया था। तभी राजमाता मंदिरा

ने क्रोध से भरी आवाज में सेनापति से कहा - "सेनापति कुम्भी तुम्हें एक बार हमसे इसकी आज्ञा लेनी थी, क्योंकि जिसके पति का सर तुमने काटा है वो तो यही पर महल में आ गई थी"। राजमाता की ये बात सुनकर सेनापति ने सुमिधा की ओर देखने के बाद कहा - "राजमाता क्षमा कीजिये लेकिन हमें तो संदेह हुआ कि शायद ये दासी कहीं और छिप गई है"। चेतन का धड़ से अलग कटा हुआ सर भी रक्त बह जाने से सूख गया था लेकिन उसकी आँखें खुली हुई थीं। ऐसा लग रहा था मानो मरते हुये भी उसने सुमिधा को वापस एक बार देखने की आशा को जीवित रखा था। मूर्छित होकर गिरी सुमिधा को अचानक ही होश आया और तुरंत वो चीखते हुये रोने लगी। राजमाता मंदिरा भी इस अवस्था में कुछ कहना नहीं चाहती थीं। तभी सुमिधा उठकर तेजी से कटे हुये सरों के पास आई और आँखों में भरे आँसुओं को बाहर निकालकर उसने चेतन के कटे हुये सर को दोनों हाँथों से उठाया और वहीं नीचे जमीन पर बैठकर विलाप करने लगी। सरों से निकला हुआ खून उसके वस्त्रों में भी लग गया लेकिन इस समय सुमिधा को वस्त्रों की क्या, किसी बात की सुध नहीं थी। अगर सेनापति कुम्भी अभी इसी समय सुमिधा का सर काटने के लिये तलवार भी उठाते, तो भी सुमिधा की द्रष्टि चेतन के मुख से नहीं हटती। सुमिधा ने चेतन के चेहरे को अपनी गोद मे रख लिया और बड़े गौर से देखते हुये चीखते हुये रोने लगी। चेतन के कटे हुये सर की खुली हुई आँखें ऐसी लग रही थीं मानो सुमिधा को एकटक देख रही हों। तभी दूर बक्शे के पास खड़े युवराज अंगक भी सुमिधा के पास आकर खड़े हो गये। सुमिधा अब अपनी आँखों को मूँदकर सिसक-सिसककर रोने लगी। आँसू

लगातार किसी तेज बहती नदी की तरह आँखों से बाहर निकलते जा रहे थे। तभी राजमाता मंदिरा ने सुमिधा से कहा - "दासी अब रोना बंद करो, तुम्हारे पति को तुम्हारे किये का दंड मिल चुका है, अगर तुम समय पर महल आ जातीं तो तुम्हारे पति को अपने प्राण नहीं देने पड़ते"। सुमिधा के कानों में राजमाता मंदिरा के ये शब्द गये तो लेकिन कोई प्रभाव नहीं पड़ा, सुमिधा ने रोना बंद नहीं किया और अपनी आँखें मूँदें हुये सर झुकाकर रोती रही। तब राजमाता मंदिरा ने फिर सुमिधा से कहा - "दासी तुम्हारा ये पुत्र जीवित है, क्या तुम्हें इसका विचार भी नहीं है"। राजमाता की ये बात सुनते ही सुमिधा के गले से निकलने वाली आवाज तुरंत रुक गई, बस आँसू बहते रहे। सुमिधा ने गर्दन घुमाकर एक नजर युवराज को देखा फिर वापस चेतन के सर को देखने लगी। इस बार जब सुमिधा कि द्रष्टि चेतन के चेहरे पर गई तो उसकी आँखों से बह रहे आँसू भी रुक गये। चेतन की आँखें जो अभी तक खुली हुई थीं अब बंद थीं। ये देखकर सुमिधा दंग रह गई और आँखों से बह रहे आँसू जैसे असमंजस में पड़ गये कि अब बहा किसलिये जाये। तभी राजमाता मंदिरा ने सेनापति कुम्भी को आदेश दिया कि सारे सरों को आग में जला दिया जाये और उनके कक्ष पर गिरे खून को साफ कराया जाये। सेनापति कुम्भी ने राजमाता का आदेश पाकर अपने पीछे खड़े सैनिको को बस एक नजर देखा और सैनिक कटे हुये सरों को वापस बोरे में डालने लगे। सारे सरों को बोरे में डालने के बाद बस चेतन का सर रह गया था जो सुमिधा ने अपनी गोद में रखा हुआ था। सैनिक एक क्षण के लिये रुका लेकिन तभी राजमाता मंदिरा ने सैनिक को तेज आवाज में कहा - "क्या हुआ सैनिक अगर दासी की गोद से तुम उस

सर को नहीं उठा सकते तो हम तुम्हारे सर को धड़ से अलग करके उसकी कमी पूरी कर सकते हैं”। अपने प्राणों का भय बहुत से संदेहों को मिटा देता है और यही हुआ सैनिक ने अब एक क्षण की भी देरी नहीं की और सुमिधा की गोद से चेतन के सर को उठाकर वापस बोरे में डाल दिया। आदेशानुसार सभी सरों को एक साथ जलाना था तभी राजा सुरपांस भी राजमाता के कक्ष में आया और प्रणाम करते हुये बोला - “क्या हुआ माता यहाँ पर धरती में ये रक्त कैसा?। तब सेनापति कुम्भी ने सुरपांस को सारी कहानी बताई। सब कुछ जानकर सुरपांस भी क्रोधित हो उठा और बोला - “माता...... तो आपने इस तुच्छ दासी और इसके पुत्र को क्यूँ जीवित रखा है इन्हें भी दंड दीजिये...आपकी आज्ञा हो तो मैं अभी अपनी तलवार से इन दोनों के सर धड़ से अलग कर दूँ”। इतना कहकर सुरपांस ने अपनी कमर में बँधी म्यान से तलवार को बाहर निकाल लिया लेकिन तभी राजमाता मंदिरा ने कहा - “पुत्र हमें जो करना था कर चुके, अब कल उजाला होते ही वापस योध्यानगर जाने की व्यवस्था करो”। राजा सुरपांस के साथ सेनापति कुम्भी भी राजमाता के कक्ष से बाहर आ गया। तब सेनापति कुम्भी ने कहा - “महाराज आपकी माता का आदेश है कि इन कटे हुये सरों को आग में जला दिया जाये”। तब सुरपांस ने सेनापति कुम्भी की ओर देखकर कहा - “सेनापति इन तुच्छ सरों को राख करने के लिये तुम्हे अलग से अग्नि की व्यवस्था करने की कोई जरूरत नहीं है”। तब कुम्भी ने असमंजस से भरे भावों को चेहरे पर लाते हुये कहा - “लेकिन महाराज फिर आपकी माता मंदिरा के आदेश का पालन कैसे होगा?”। तब सुरपांस ने मुश्कुराते हुये कहा - “सेनापति इस दुब्रास में सात बड़े-बड़े

जलते ज्वालामुखी हैं, तुमने अब तक उन्हें दूर से देखा होगा, तो अब जाओ इन सरों को अभी किसी एक ज्वालामुखी में डाल दो"। तब सेनापति कुम्भी ने कहा - "महाराज हमे उन ज्वालामुखियों तक जाने में काफी समय लग सकता है और अगर हमारे पहुँचने से पहले ज्वालामुखी वापस जल उठे तो फिर उनके करीब जाना भी असंभव है"। तब सुरपांस ने अपने चेहरे की हँसी को गंभीरता में बदलते हुये कहा - "सेनापति कुम्भी हमारा आदेश ज्वालामुखियों की अग्नि से कम नहीं है अगर समय रहते इसका पालन नहीं हुआ तो तुम्हारे प्राणों पर आँच आ सकती है"। सेनापति कुम्भी ने इसके बाद सुरपांस से कोई प्रश्न नहीं पूँछा और कुछ सैनिकों के साथ कटे हुये सरों को लेकर महल के सबसे करीब पाँचवे ज्वालामुखी की ओर दुब्रास के उड़ने वाले घोड़ों में सवार होकर निकल पड़ा। इधर सुमिधा को महल में ही कल सुबह ज्वालामुखियों के जलने तक एक छोटा सा कक्ष दे दिया गया। सुमिधा युवराज अंगक के साथ कक्ष में थी। युवराज अंगक सुमिधा की गोद मे सर रखकर सो रहे थे पर सुमिधा चेतन को याद

करके दुःख के किसी विशाल सागर को आँखों से बहाये जा रही थी। साँसें कम चलती थीं सिसकियाँ ज्यादा चल रही थीं। कमरे में एक दीपक रखा हुआ था जिसका उजाला इतना तो नहीं था कि हर कोने से अँधेरे को निकाल सके लेकिन इतना तो था कि अँधेरे की सीमाओं को बढ़ने नहीं दे रहा था। सुमिधा आँसुओं से भरी आँखों से जलते हुये दीपक को देखती थी तो आँसू भी चमक उठते थे, मानो ये एक उदाहरण हो इस बात का कि मुश्किल चाहे कितनी ही बड़ी हो, दुख चाहे कितना ही ज्यादा हो लेकिन जो द्रष्टि सही दिशा में रखी जाये तो उम्मीदें सुमिधा की आँखों की तरह चमक सकती

हैं। सुमिधा अपने पीछे खड़ी दीवार के सहारे टिक गई और रोते-रोते थककर सो गई। इधर सेनापति कुम्भी उड़ने वाले घोड़ो में अपने सैनिकों के साथ पाँचवे ज्वालामुखी की ओर चला ही जा रहा था। दुब्रास की आसमानी चट्टानों में रहने वाले जुगुनू ज्वालामुखियों के बुझने पर इतनी रौशनी तो करते ही थे कि धरती के पूर्णिमा के चाँद की कोई कमी नहीं लग सकती थी। इसी रौशनी के सहारे कुम्भी उड़ने वाले घोड़ो से कुछ घंटों में ही पाँचवे ज्वालामुखी के पास पहुँच गया। दुब्रास के इन अद्भुत ज्वालामुखियों की चट्टाने रात के वक़्त शीतल हो जाती थीं। कुम्भी ने उड़ने वाले घोड़ों को ज्वालामुखी के मुहाने पर उतारा और स्वयं नीचे उतरकर सैनिकों के साथ आगे गया। कुम्भी ने ज्वालामुखी के अंदर झाँककर देखा तो हैरान रह गया। उबलते हुये लावे के बीच मे किसी दीपक की तरह एक बड़ी सी लौ जल रही थी। ये वही लौ है जो हर बारह घंटो में बड़ी होकर ज्वालामुखी से बाहर निकल आती है और दुब्रास में उजाला करती है। न जाने क्यूँ सेनापति कुम्भी को ज्वालामुखी के पास ज्यादा देर तक ठहरना ठीक नहीं लग रहा था। कुम्भी ने अपने साथ आये सैनिकों को आदेश दिया कि सारे सरों को ज्वालामुखी में डाल दिया जाये। सेनापति के आदेशानुसार सैनिकों ने कटे सरों को एक-एक करके उबलते ज्वालामुखी के अंदर डाल दिया। सेनापति कुम्भी अब वापस सैनिकों के साथ उड़ने वाले घोड़ो में सवार होकर महल की ओर निकल पड़ा। इधर दुब्रास के नगर में आज कोई सोया नहीं था। सबके घरों में अत्याचार की खबर पहुँच गई थी, सभी डरे हुये थे। जिन घरों की महिलाओं की हत्या की गई थी उनके घरों में अब भी उनके धड़ जमीन पर गिरे पड़े थे। सारे धड़ो से अब भी रिस-रिसकर खून निकल

रहा था। चेतन का धड़ उसके घर के दरवाजे के पास गिरा पड़ा था। इधर जंगल के नये सरदार सिंघा तक भी घटना की खबर उसके गुप्तचर बंदरों ने पहुँचा दी थी। सिंघा की मानसिकता में बदलाव का आरंभ हो चुका था। अब उसे पछतावा हो रहा था कि ये उसने क्या किया, उसने क्यूँ अपने पिता के साथ विस्वास घात किया और क्यूँ न्यायप्रिय राजा रामानु से द्रोह किया। जब बश्शेरा जंगल का सरदार था तब सिंघा जंगल के हर नियम को तोड़ता था, अपनी मनमानी करता था लेकिन अब जब उसे अपनी गलती का आभास हुआ है तो वही सिंघा अब बिना किसी दबाव के अपनी खुशी से जंगल के सारे नियमों का पालन कर रहा है। इधर रात का पहर अंतिम पड़ाव में था। कुछ ही समय के बाद सातों ज्वालामुखी की रौशनी बाहर निकलेगी और उजाला हो जायेगा। दुब्रास के महल के नीचे बने कारागार में कैद राजा रामानु और रानी जानसी अब तक जाग रहे हैं जब कि राजा रामानु की माता सिल्या सोई हुई हैं, आखिर मानसिक अस्थिरता में उन्हें किस बात की चिंता होती। माता सिल्या को तो यह आभास भी नहीं था कि वो जीवित हैं या मृत हैं। राजा रामानु ने एक गहरी साँस भरते हुये रानी जानसी से कहा - “जानसी न जाने हमारा पुत्र अंगक कहाँ होगा? कैसा होगा? सुमिधा उसे किस तरह और कहाँ रख पायेगी! मुझे तो भय है कि कहीं सुरपांस को अंगक के विषय मे थोड़ी भी जानकारी हुई तो वो कैसे भी मेरे पुत्र को ढूँढ़ लेगा”। तभी रानी जानसी ने कहा - “महाराज आप चिंता मत कीजिये झूठ जब भी सत्य को ढूढने निकला है तो अपना अस्तित्व खो बैठा है, मुझे परमात्मा पर पूरा भरोसा है कि वो जरूर हमारे पुत्र की रक्षा करेगा”। राजा रामानु ने चुपचाप रानी जानसी

की बात को सुना और लेटे हुये कारागार की सलाखों की तरफ देखने लगे, जहाँ कुछ दूर पर मशालें जल रही थीं। मशालों की रौशनी में दिख रहा था कि कारागार की सुरक्षा में लगे सैनिक नींद में डूबे हैं। तभी मशालों की रौशनी में एक नयी छायाकृति बनी और धीरे-धीरे करके वो छायाकृति जब साफ हुई तो राजा रामानु उठकर खड़े हो गये। राजा रामानु के खड़े होते ही रानी जानसी की नजर भी कारागार की सलाखों के पार मशालों की ओर गई। युवराज अंगक जो सुमिधा के साथ एक कक्ष में थे वो अब कारागार में आ गये थे। सुरक्षा में खड़े सैनिक दीवारों से टिककर सो तो रहे थे लेकिन थोड़ी सी भी ध्वनि उनकी नींद तोड़ सकती थी। युवराज अंगक हर बात से अनजान आगे बढ़ते आये। राजा रामानु और रानी जानसी जानबूझकर अँधेरे कारागार के भीतर की तरफ ही रहे ताकि युवराज अंगक की नजर उन पर न पड़े। युवराज अंगक अब उस कारागार की सलाखों के नजदीक आ गये, जिसमें राजा रामानु और रानी जानसी थे। रानी जानसी की आँखें भर आईं थीं, उनका मन तो कह रहा था कि वो सलाखों के पास जायें और अपने पुत्र अंगक का माथा चूम लें लेकिन आज ममता को भय पराजित कर रहा था। अगर देखा जाये तो ये भय ममता से ही उपजा था। राजा रामानु भी बिना पलकों को झपकाये अपने पुत्र को देखे जा रहे थे, मानो आने वाले क्षणों में क्या होगा, दुनिया रहेगी या नहीं इस बात का उन्हें गहरा संदेह हो। तभी युवराज अंगक की आँखों से भी आँसू बहने लगे और लड़खड़ाती आवाज में उन्होंने अँधेरे कारागार के अंदर सलाखों से झाँकते हुये कहा - "माँ आप कहाँ हैं? सुमिधा तो कह रही थी आप को यहीं कारागार में कैद किया है तो फिर आप दिखाई क्यूँ नहीं देतीं"। रानी जानसी ने

युवराज अंगक के मुँह से जैसे ही माँ शब्द सुना वैसे ही उनके मुँह से एक सिसकी निकल गई। रानी जानसी ने हाथ से अपना मुँह बंद कर लिया और लंबी सांस लेने लगीं। रानी जानसी ने हाथों की मदद के द्वारा मुँह से निकलने वाली सिसकी को तो रोक लिया पर आँखों से बहते जा रहे आँसू मानो थामे ही नहीं जा सकते थे। राजा रामानु बड़ी मुश्किल से खुद को सम्हाल रहे थे। तभी युवराज अंगक ने उस कारागार से दूसरी ओर देखा इस आशा में कि संभवतः उनके माता-पिता कहीं और हों। कुछ क्षण हुये ही थे कि तभी कारागार के मुख्य द्वार पर दीवार पर टँगी मशाल के नीचे खड़ा एक सैनिक नींद से जाग गया। युवराज अंगक की दृष्टि उस सैनिक पर पहले पड़ी और वो तेजी से दौड़कर एक दूसरी दीवार के पीछे छिप गये जहाँ से कुछ ही दूर पर एक दूसरा सैनिक खड़ा था पर वो अभी नींद में था। ये सब देखकर राजा रामानु और जानसी घबरा गये लेकिन वो कर भी क्या सकते थे। रानी जानसी ने अपने दोनों हाथ जोड़े और ईश्वर से अपने पुत्र की रक्षा करने की प्रार्थना करने लगीं। इधर सेनापति कुम्भी सैनिको के साथ वापस दुब्रास के महल के करीब पहुँच गये। कुम्भी ने उड़ने वाले घोड़ों को महल के सामने बने दो बड़े आवासों में ही रखने की जगह बनाई थी जहाँ पहले राजा रामानु की सेना के विशिष्ट सैनिक अपने इन खास घोड़ो के साथ रहते थे। कुम्भी महल के अंदर आ गया और अपने कक्ष की ओर जाने लगा। कुम्भी का कक्ष कारागार की ओर जाने वाले रास्ते से ठीक पहले ही था। तभी कारागार के मुख्य द्वार पर सुरक्षा में लगे सैनिक के हाथ से उसका भाला छूटकर नीचे गिर गया। भाले के गिरने की आवाज सन्नाटे में गूंज उठी। सेनापति कुम्भी जो अपने कक्ष

की ओर जा रहा था आवाज सुनकर कारागार की ओर आने लगा। भाले के गिरने की आवाज ने कारागार में सो रहे सभी सैनिकों की नींद तोड़ दी और सब जाग गये। एक सैनिक की नजर सीधे युवराज अंगक पर पड़ी और उसने धीरे-धीरे आकर पीछे से युवराज अंगक को पकड़ लिया। युवराज अंगक घबरा गये, सैनिक ने पूरी ताकत लगाकर युवराज अंगक के दोनों हाँथों को पकड़ लिया और कहा - "कौन है तू, और इस समय कारागार में क्या कर रहा है?"। युवराज अंगक की उम्र अभी केवल छः साल ही थी इसीलिये उनपर किसी तरह का गहरा संदेह उठना थोड़ा मुश्किल था। सैनिक ने दोबारा युवराज अंगक से वही सवाल थोड़ी ऊँची आवाज में पूँछा कि तभी सैनिक का मुकुट सर से निकलकर नीचे गिरने लगा। युवराज अंगक ने एक क्षण में अपने दोनों हाँथ सैनिक की पकड़ से छुड़ा लिये और उस मुकुट को धरती में गिरने से पहले ही पकड़ लिया। युवराज अंगक सैनिक से और कुछ कहते उससे पहले ही कुछ और सैनिक हाँथों में भाला लिये दौड़ते हुये आ गये। राजा रामानु और रानी जानसी अब भी कारागार के भीतर अँधेरे में ही बैठे रहे, और हाँथ जोड़कर ईश्वर से प्रार्थना करने लगे कि ईश्वर उनके पुत्र की रक्षा करें। इतने शोर शराबे में राजा रामानु के बग़ल वाले कारागार में क़ैद सेनापति किवाड़ की नींद टूट गई, और वो सलाखों की ओर आने लगे, कि तभी उनकी नजर युवराज अंगक पर पड़ी और उन्होंने भी कदम पीछे खींच लिये। सारे सैनिकों ने छः साल के युवराज अंगक को ऐसे घेर रखा था जैसे उनका कोई बहुत बड़ा शत्रु उनके सामने तीर-तलवार लेकर खड़ा हो। इतने में सेनापति कुम्भी वहाँ पहुँच गया। सभी सैनिकों ने सेनापति के सामने सर झुकाया और तब सेनापति कुम्भी ने युवराज

अंगक की ओर देखते हुये कहा - "अरे ये तो राजमाता मंदिरा के साथ जाने वाली दासी का पुत्र है, यहाँ कैसे आया, यहाँ क्या कर रहा है ये?"। तभी एक सैनिक ने सारे सैनिकों की जान बचाने के लिये कहा - "महाराज हम सब तो कारागार की सुरक्षा में तैनात ही थे तभी ये बच्चा खेलते-खेलते अचानक दौड़ता हुआ कारागार के भीतर चला आया"। सैनिक की बात सुनकर सेनापति कुम्भी ने कहा - "अच्छा किया तुमने जो इस पर प्रहार नहीं किया, राजमाता मंदिरा उस दासी पर कुछ ज्यादा ही दयालू हैं अगर इस बच्चे को कुछ हो जाता तो मुझे परेशानी हो सकती थी"। सेनापति कुम्भी के आदेश पर युवराज अंगक को सैनिकों ने वापस सुमिधा के कक्ष में पहुँचा दिया गया। सैनिकों के जाने पर सुमिधा ने युवराज अंगक को कुछ कड़े शब्दों में कहा - "अंगक मैंने आपको बताया था कि अभी आप महाराज रामानु और रानी सिल्या को भूल जाइये ताकि आपके विषय मे किसी को भी खबर न लगे लेकिन लगता है आपको अपने माता-पिता के प्राणों और इस दुब्रास की प्रजा की पीड़ा की थोड़ी भी चिंता नहीं है"। सुमिधा इस समय भूल गई थी कि युवराज अंगक अभी केवल बालक हैं और क्रोध में कहते ही जा रही थी। वैसे सुमिधा की बातें युवराज अंगक के मन में बैठ रही थीं इसीलिये उन्होंने सब कुछ सुनकर कहा कि अब से वो ऐसा कोई भी काम नहीं करेंगे जिसके कारण समय से पूर्व उनके विषय में किसी और को कुछ भी पता चले। कुछ ही देर में सातों ज्वालामुखी रौशनी से भरी अपनी विशाल लौ को मुहाने से बाहर लाने के लिये तैयार हो गये। सातों ज्वालामुखियों के जलते ही दुब्रास में उजाला हो गया। राजमाता मंदिरा का रथ वापस योध्यानगर जाने के लिये तैयार था। राजमाता के रथ

के पीछे एक ओर रथ था जिसमें सुमिधा और अंगक बैठे हुये थे। कुछ घुड़ सवार दोनों रथों के आगे सुरक्षा में लगे थे तो कुछ रथों के पीछे थे। सुरपांस ने अपनी माता के चरण छुये और कहा - "अपना ध्यान रखियेगा माता और मैं शीघ्र ही कुछ दिनों के लिये दुब्रास आऊँगा ताकि आगे और राज्यों पर विजय प्राप्त कर अपने साम्रज्य का विस्तार किया जा सके"। राजमाता मंदिरा ने सुरपांस को आशीर्वाद दिया और दोनों रथ योध्यानगर के लिये निकल पड़े।

सैनिक

12 साल बाद

योध्यानगर में सुरपांस के विवाह का उत्सव मनाया जा रहा था। पड़ोसी राज्य पाबालिया को जीतने के लिये सुरपांस ने युद्ध की घोषणा की थी लेकिन उस राज्य के राजा ने युद्ध को टालने के लिये अपनी पुत्री के विवाह का प्रस्ताव रख दिया। सुरपांस ने दुब्रास को जीतने के बाद दो शादियां की थीं लेकिन पाबालिया के राजा पुरोध का प्रस्ताव वो ठुकरा न सका। सुरपांस को खबर थी कि राजा पुरोध की पुत्री राजकुमारी सुकीर्ति बहुत सुंदर हैं। राजा सुरपांस ने दुब्रास का उत्तरदायित्व सेनापति कुम्भी को सौंपा था और बहुत दिनों से योध्यानगर में रहते हुये धरती के राज्यों पर आक्रमण करके उन्हें अपने राज्य योध्यानगर में मिलाता जा रहा था। दिव्यांग कवंच की शक्ति के सहारे सुरपांस ने कई बलशाली राजाओं को उनकी सेना सहित अकेले ही परास्त कर दिया था। इसी कारण सुरपांस का नाम सारी धरती में पहुँच चुका था। कुछ राज्यों के राजाओं ने तो भय खाकर ही अपने राज्यों को योध्यानगर में मिला दिया था। सुरपांस ने सभी राज्यों के सही संचालन के लिये अपनी सेना में कई सेनापति बनाये थे जो हर एक राज्य के लिये अलग-अलग थे। सुरपांस की बारात कल सूर्योदय के साथ पाबालिया के लिये निकल जायेगी, उसके पहले योध्यानगर में एक विशेष राजदरबार लगाया गया। सुरपांस राज सिंघासन में बैठा हुआ था। सुरपांस के सारे मंत्री, और सलाहकार भी अपनी-अपनी जगहों पर बैठे हुये थे। सभी राज्यों के सेनापति भी आ चुके थे, दुब्रास से सेनापति कुम्भी भी आ चुका था लेकिन एक आसन रिक्त था। ये आसन उस सैनिक के लिये था जिसने अपनी वीरता दिखाकर महाराज

सुरपांस के दरबार में जगह पाई थी। रिक्त आसन को देखकर सुरपांस ने कहा - "हमारा मुख्य सैनिक कहाँ है? क्या उसे इस विशिष्ट राजदरबार के विषय में सूचित नहीं किया गया!"। सुरपांस की आवाज न ज्यादा तीव्र थी और न ही धीमीं थी। दरबार मे बैठे हुये किसी मंत्री, किसी सेनापति ने मुख्य सैनिक के विषय में सुरपांस के प्रश्न का उत्तर नहीं दिया। संभवतः हर एक सदस्य ये सोच रहा था कि राजा सुरपांस का प्रश्न व्यक्तिगत रूप से नहीं पूँछा गया तो फिर क्यूँ बिना किसी कारण क्रूर शाषक से किसी भी तरह का संवाद किया जाये। सुनहरे दरबार में पसरे सन्नाटे को देखकर सुरपांस का क्रोध उसके मस्तक में चढ़ने लगा और उसने तभी अपने सिंघासन की दायीं ओर रखी गद्दी पर हाँथ को पटकते हुये कहा - "हमारे प्रश्न का उत्तर जहाँ हमें नहीं मिलता, हम उस मौन को भी अपना विरोध, अपना अपमान समझते हैं और हमारे अपमान का परिणाम प्राणघातक है, आप सब जानते हैं"। सुरपांस ने ये संदेश चेतावनी के रूप में दरबार को सुनाया। क्रोध की तीव्रता से भरे हुये शब्दों ने सुरपांस की आंखों को कुछ बड़ा, और लाल कर दिया था। दरबार मे उपस्थित हर सदस्य ने बिना पानी के सूखे गले से हवा का घूँट पी लिया। तभी दुब्रास का सेनापति कुम्भी अपने आसन से उठा और बोला - "ममहाराज आपने उस तुच्छ से सैनिक को अपने दरबार में स्थान देकर संभवतः भूल की है, जो आपके आदेश पर लगाये गये दरबार में भी नहीं आया"। सेनापति कुम्भी की बात सुनकर दरबार मे कोई भी गंभीर नहीं हुआ लेकिन फिर सुरपांस ने अपने पुराने और खास सेनापति की बात को मान देते हुये कहा - "सेनापति कुम्भी हमने तुम्हें अपने सबसे मुख्य राज्य दुब्रास की कमान दी है,

फिर तुम्हारी बातों में असंतुष्टि क्यूँ दिखाई दे रही है हमें? और जिस सैनिक को तुम तुच्छ कह रहे हो वो हमारे कई सेनापतियों पर अकेला भारी पड़ सकता है"। सेनापति कुम्भी कुछ कहने के लिये शब्दों का उच्चारण कर पाते उससे पूर्व ही राजदरबार के दरबान ने तेज आवाज में धोषणा की - "सावधान! महाराज सुरपांस के प्रिय मुख्य सैनिक अंगक दरबार मे पधार रहे हैं"। दरबान की धोषणा समाप्त ही हुई थी कि तभी अंगक ने एक योद्धा की वेशभूषा में दरबार मे प्रवेश किया। सुमिधा युवराज अंगक को लेकर राजमाता मंदिरा के साथ जब से योध्यानगर आई है तब से युवराज अंगक ने बालपन से युवावस्था में आने तक अपनी शारीरिक और मानसिक क्षमता के बहुत प्रदर्शन किये थे। सुमिधा ने अपनी सेवा से राजमाता मंदिरा का विस्वास जीत लिया था और अंगक के युवराज होने वाली बात अब संभवतः किसी को पता नहीं चल सकती थी। दो वर्ष पूर्व की बात है जब एक दिन सवेरे के समय सूरज के उगते ही राजमाता मंदिरा योध्यानगर की एक विशाल नदी के किनारे विहार के लिये गई थीं। राजमाता मंदिरा के साथ सुमिधा और अंगक भी था। अंगक राजमाता मंदिरा के रथ के पीछे एक घोड़े पर आ रहा था उसकी पीठ पर बाणों से भरा हुआ तरकश था तो एक हांथ में धनुष व दूसरे हांथ में घोड़े की लगाम थी। कुछ समय के उपरांत रथ योध्यानगर के समीप वाली नदी पे पहुँच गया। राजमाता के लिये सबसे कुशल नाविक को बुलाया गया और लकड़ी की नाव में सुंदर मखमली आसन भी लगाये गये। अंगक अब युवा अवस्था में प्रवेश कर रहा था। शरीर से बलिष्ठ दिखता था फिर भी सुमिधा उसकी देखरेख किसी छोटे बच्चे की तरह ही रखती थी। अंगक को

नदी के किनारे ही रहने को कहकर सुमिधा भी राजमाता मंदिरा के साथ नाव पर चढ़ गई। अंगक नदी के किनारे पर एक विशाल पीपल के पेड़ के नीचे अपने घोड़े को खड़ाकर स्वयं भी उस विशाल वृक्ष की छाँव में जाकर बैठ गया। दृश्य बड़ा ही सुंदर दिखाई दे रहा था। नदी का जल सुबह के उगते सूरज की रौशनी में सुनहरा सा हुआ जा रहा था और पीपल के हरे-भरे पत्ते हवा के हल्के-हल्के बहने से आनंद में झूम से रहे थे। अंगक पीपल के पेड़ से निकली एक जड़ पर बैठा था और वहीं से छोटे-छोटे कंकड़ उठाकर नदी के पानी मे फेंक रहा था। इधर नदी के एक किनारे पर खड़ी नाव जो अब तक लहरों के प्रवाह से इधर-उधर तैर रही थी अब चप्पू के चलते ही आगे बढ़ चली। राजमाता मंदिरा ने नाविक को आदेश दिया कि नाव को धीरे-धीरे ही आगे ले जाये। सुमिधा राजमाता मंदिरा के पाँव दबा रही थी। सुमिधा दुब्रास के कारागार में कैद राजा रामानु और रानी जानसी को भूली नहीं है पर उसने अपने व्यक्तिगत कर्तव्य का भी हमेशा निष्ठा से पालन किया है। सुमिधा राजमाता मंदिरा की सेवा में कोई कमीं नहीं रखती थी इसीलिये वो दुब्रास से आने के कुछ महीने के भीतर ही राजमाता की विस्वासपात्र दासी बन गयी। नाव में राजमाता के चरण दबाते हुये सुमिधा ने कहा - "राजमाता मुझे आपसे कुछ विनती करनी थी"। राजमाता मंदिरा नाव की दिशा में आगे की ओर नदी को देख रहीं थीं और आगे की ओर देखते हुये ही उन्होंने सुमिधा से कहा - "हाँ कहो सुमिधा क्या बात है?"। तब सुमिधा ने संकोच भरे शब्दों से कहा - "राजमाता मेरा बेटा अंगक अब युवा अवस्था को आ चुका है, लेकिन उसे कोई ऐसा कार्य नहीं आता जिससे वो अपना जीवन यापन कर सके"। तब राजमाता ने सुमिधा

की ओर देखते हुये कहा - "तो इस विषय में हम क्या कर सकते हैं! तुम्हारे पुत्र को जीवन यापन के लिये एक राज्य दे दें!"। राजमाता ने यह बात तंज कसते हुये कही थी जिसका संकेत यह था कि सुमिधा को अपना स्थान और उसकी सीमायें नहीं भूलनी चाहिये। फिर भी सुमिधा ने साहस करते हुए सर झुकाकर कहा - "क्षमा राजमाता! लेकिन मेरे कहने का तात्पर्य यह नहीं था, मैं बस चाहती हूँ कि उसे योध्यानगर की सेना में एक सैनिक की तरह रख लिया जाये"। तब राजमाता मंदिरा ने दूर किनारे पर पीपल के पेड़ के नीचे बैठे अंगक की ओर एक नजर देखते हुये कहा - "सुमिधा तुम्हारा पुत्र अभी सैनिक बनने के लिये तैयार नहीं है! हम उसे महल में ही कोई और कार्य दिलवा देंगे"। सुमिधा राजमाता की बात सुनकर चुप हो गई लेकिन मन ही मन स्वयं से ही प्रश्न-उत्तर करने लगी। हमारे जीवन में भी बहुत बार ऐसा होता है कि जब हमारी इच्छा के अनुसार परिणाम हमें नहीं मिलते तब हम स्वयं से ही प्रश्न-उत्तर करने लगते हैं और अगर इन प्रश्नों की दिशा सही हो तो हमारे मन से मिलने वाले उत्तर जीवन की दशा को बदल सकते हैं। सुमिधा नाव में राजमाता के चरण दबाते हुये अपने मन से बातें करे जा रही थी कि तभी नाव को लहरों पर आगे लिये जा रहे नाविक के हाँथ से उसका चप्पू छूट गया और वो चीखता हुआ नदी में गिर गया। नाविक के सीने में कहीं से एक नुकीला तीर आकर लगा था। नाविक के नदी में गिरते ही राजमाता मंदिरा की सुरक्षा के लिये नाव पर खड़े सैनिकों ने चारो तरफ नजर दौड़ाई तो दिखाई दिया कि नदी में सामने की ओर से दो बड़ी नौकाएँ तैरते हुये आ रही हैं जिनमें धनुर्धारी सैनिकों के साथ कुछ और सैनिक भी हैं। राजमाता मंदिरा ने नाविक के गिरते

ही अपने आप को बचाने के लिये सर झुका लिया और सैनिकों से कहा - "ये कौन है जिसने हम पर आक्रमण करने का दुस्साहस किया है?"। राजमाता के प्रश्न का उत्तर कोई सैनिक देता उससे पहले ही नदी के पानी के समतल उड़ते हुये तीर आये और सैनिकों की छाती को भेद गये। नाव पर खड़े सारे सैनिक नदी में गिर गये। अब राजमाता के भावों में डर आया जो एक लंबे समय से उनके नजदीक भी नहीं आया था। राजमाता मंदिरा की नाव अब नदी के बहाव के साथ दुश्मन की नावों के करीब जाने लगी थी। सुमिधा ने राजमाता को नाव में नीचे झुके रहने को कहा। नदी के किनारे राजमाता की सुरक्षा के लिये आये कुछ और सैनिक अपने-अपने घोड़ो पर खड़े थे लेकिन कुछ ही क्षणों में एक-एक करके तीरों के वार से वो घोड़ो से नीचे जमीन पर गिर पड़े। अंगक इस घटना से अनजान था। नदी से आने वाली हवा इतनी शीतल थी कि पीपल के पेड़ के नीचे उसे नींद आना संभवतः स्वाभाविक था। राजमाता मंदिरा की नाव अब शत्रुओं की नाव के बराबर ही पहुँच गई। शत्रुओं की नाव में चढ़े सैनिकों में से कुछ सैनिक नदी में कूदे और तुरंत राजमाता मंदिरा की नाव में आ गये। सैनिकों ने राजमाता मंदिरा और सुमिधा कि गर्दन में तलवारें लगा दीं। राजमाता मंदिरा जो अब तक इस अहंकार में थीं कि उनका पुत्र दिव्यांग कँवच को पहन सर्वशक्तिमान बन चुका है, अब वही राजमाता शक्तिहीनता का अनुभव भय के साथ कर रहीं थीं। तभी सुमिधा ने शत्रु के सैनिक से कहा - "क्या चाहिये तुम्हें? क्या तुम्हें खबर है कि तुमने चक्रवर्ती सम्राट सुरपांस की माता के साथ ये अपमानजनक दुस्साहस किया है?"। तब शत्रु के सैनिक ने कहा - "ये दुस्साहस नहीं है दासी, ये

योजना है हमारे राजा भीमकार की, जिससे वो अपने राज्य भीमनगर की रक्षा भी कर सकते हैं और साथ ही राजमाता मंदिरा के बदले में सुरपांस से वो शक्तिशाली दिव्यांग कँवच भी ले सकते हैं"।

राजमाता की नाव में खड़े शत्रु के सैनिक ने अपनी बात समाप्त ही की थी कि तभी उसके जहाजों पर खड़े सैनिक एक-एक करके पानी मे गिरने लगे। शत्रु सैनिकों ने नजरें दौड़ाई और देखा कि वार कहाँ से और कौन कर रहा है? सैनिक की दौड़ती हुई नजर नदी के किनारे की उस जगह अचानक थम गई जहाँ से अंगक घोड़े में सवार होकर हाँथों में धनुष और पीठ पर कुछ बाण टांगे हुये आ रहा था। अंगक का हर तीर अचूक जा रहा था ये देखकर शत्रु के सैनिकों ने भी अंगक की ओर तीर छोड़ दिये। अब अंगक ने एक आखिरी तीर धनुष की कमान से खींचकर छोड़ा। आखिरी तीर को छोड़ने के बाद अंगक ने अपनी ओर आ रहे तीरों को धनुष के सहारे गतिहीन कर दिया। शत्रु के सैनिकों ने जब इस तरह अंगक की युद्ध कुशलता को देखा तो पहले घबरा उठे लेकिन फिर स्वयं को ये बोलकर साहस दिया कि 'कुछ भी हो, है तो अकेला ही'। इधर राजमाता मंदिरा भी भयभीत आँखों से अंगक के इस पराक्रम को देख रहीं थीं और अचंभित थीं लेकिन सुमिधा को अंगक की इस वीरता को देखकर ज्यादा आश्चर्य नहीं हुआ क्योंकि सुमिधा को उस बात का ध्यान था जिसमें दुब्रास के राजज्योतिषी ने कहा था कि अंगक को दैवीय शक्तियाँ प्राप्त हैं"। सुमिधा ने कई बार छोटी-छोटी घटनाओं में अंगक के बाहुबल की झलकियाँ देखी भी थीं जैसे कि एक बार सुमिधा के बुलाने पर अंगक महल की छत से सीधा नीचे कूदकर आये थे। इस घटना को जब कुछ और

सैनिकों ने देखा था तब अंगक ने शरीर मे चोट लगने का नाटक किया था जबकि उनको कोई भी चोंट नहीं आई थी। साथ ही एक बार एक उग्र हाँथी जो पूरे योध्यानगर में उत्पात मचा रहा था वो युवराज अंगक के छलांग मारकर पीठ पर चढ़ने से शांत हुआ था और इस घटना के बाद ही सुरपांस ने अंगक को हमेशा राजमाता मंदिरा के साथ रहने को कहा था। परंतु तब सुरपांस के मन मे ये विचार नहीं था कि अंगक उनकी माता की शत्रुओं से रक्षा करेगा बल्कि सुरपांस ने तो बस राजमाता के राज्य में विहार के समय एक सहायक के तौर पर उसे रख दिया था। आज अंगक अपने जन्म के समय हुई भविष्यवाणी के अनुरूप दिखाई दे रहा था। अंगक अब नदी के किनारे आ गया जहाँ से शत्रुओं की दोनों नाव काफी दूर थीं। शत्रु के सैनिकों ने भी अपने तीर चलाने रोंक दिये थे ये सोचकर कि जैसे ही अंगक नदी के पानी मे कूदकर जहाजों की तरफ आने की कोशिश करेगा वैसे ही वो उस पर तीरों की बौंछार कर देंगे। तभी अंगक ने अपने कदम मोड़ लिये और नदी के किनारे से वापस दूर जाने लगा। ये देखकर शत्रु के सैनिक भी अपने तीर कमान से निकालने लगे। सैनिक की तलवार की नोंक पर खड़ीं राजमाता मंदिरा, सुमिधा की ओर देखने लगीं। सुमिधा ने राजमाता मंदिरा से आँखें चुरा ली और नीचे की ओर देखने लगी। तभी नदी किनारे से दूर जा रहे अंगक ने कदम तेजी से वापस नदी किनारे की ओर मोड़े और कुछ कदम तेजी से आगे की ओर बढायें। नदी के किनारे की शीतल हवा में भी अब कुछ गर्मी सी आ गई थी। शत्रु के सैनिक कुछ और समझ पाते उससे पहले ही अंगक ने जमीन पर अपने बायें पाँव को तेजी से मारा और किसी तीर की तरह जमीन से आसमान की ओर चला गया। ये घटना

देखकर राजमाता मंदिरा का मुँह खुला का खुला रह गया और वो ऊपर आसमान की ओर देखने लगीं। भीमकार के सैनिकों ने अब अपने धनुषों का निशाना ऊपर की तरफ कर लिया लेकिन अभी उन्हें कुछ समझ ही नहीं आ रहा था कि निशाना किस पर लगायें। अंगक जमीन से किसी तेज तीर की तरह छूटकर बादलों में खो गया था। शत्रु के सैनिक घबरा गये थे क्योंकि अपने जीवन मे पहली बार उन्होंने किसी मनुष्य को पल भर में जमीन से आसमान में अद्रश्य होते देखा था। तभी बादलों की धुंध के बीच से अंगक निकला और तेजी से नीचे आने लगा, ये देंखते ही शत्रु सैनिकों ने आसमान की ओर तीर छोड़ने चालू कर दिये। सुमिधा जो अब तक नीचे की ओर सर करके खड़ी थी अब ऊपर की ओर देखने लगी। नुकीले तीरों का वेग धरती की गुरुत्वाकर्षण शक्ति के कारण कम हो गया, कुछ तीर तो वेगहीन होकर वापस सैनिकों की नाव की ओर मुड़कर गिरने लगे। लेकिन तीर वापस शत्रुओं की नाव में गिरते उससे पहले ही अंगक हवा को चीरता हुआ शत्रु की एक नाव की ओर आया। आसमान से जमीन की ओर आते समय अंगक का सर जमीन की तरफ था लेकिन शत्रु की दो नाव में से एक नाव पर गिरने से पहले अंगक ने अपने पाँव जमीन की ओर कर लिये। अंगक इतने वेग से शत्रु के जहाज पर गिरा की लकड़ी का ढाँचा तिनकों की तरह कुछ हवा में उड़ गया तो कुछ नदी के पानी में तैरने लगा। बिखरने वाले जहाज के सारे सैनिक मारे गये। अब दुश्मन का केवल एक जहाज बचा था और कुछ सैनिक थे जो राजमाता मंदिरा और सुमिधा को तलवार की नोंक पर रखे हुये थे। शत्रु के दूसरे जहाज पर सवार सैनिकों ने नदी के पानी मे तीरों की बौंछार कर दी। नुकीले तीर पानी को भेदकर नदी के अंदर

जा रहे थे। सुमिधा ये देखकर घबराने लगी थी शायद इतने वर्षों में अंगक के प्रति उसका मातृत्व प्रेम उतना ही प्रबल हो चुका था जितना दुब्रास के कारागार में बंद रानी जानसी का होगा। शत्रु सैनिकों के तीर अब समाप्त हो चुके थे तभी एक सैनिक ने राजमाता के गले में लगी तलवार को और शक्ति से पकड़ते हुये कहा - "अगर तुम्हें इसके (राजमाता) प्राणों की रक्षा करनी है तो अभी हमारे कदमों में समर्पण कर दो नही तो ये तेज तलवार इनकी गर्दन को धड़ से अलग कर देगी। शत्रु के सैनिक ने अपनी बात खत्म ही की थी कि तभी नदी के पानी के भीतर गये अनेक तीरों में से एक तीर पानी को तेजी से चीरता हुआ निकला और सैनिक के गले को आधा भेद गया। सैनिक के हाँथ से तलवार छूटकर राजमाता के पैरों के पास गिर गई। ये देखकर बाँकी अन्य शत्रु सैनिक घबरा गये और नदी के पानी में कूदकर वहाँ से भागने के लिये अपने बचे हुये दूसरे जहाज में चढ़ गये। तभी शत्रुओं के दूसरे जहाज को नीचे से ऊपर दो टुकड़ों में बाँटते हुये अंगक नदी के पानी से बाहर निकला। जहाज के सारे बचे हुये सैनिक मारे गये, कुछ उड़कर जहाज के टुकड़ों की तरह नदी के एक किनारे में गिरे तो कुछ दूसरे किनारे में गिरे। शत्रु के सारे सैनिकों को मारने के बाद अंगक ने राजमाता मंदिरा की नाव को पानी में तैरते हुये धकेलकर किनारे तक लाया। राजमाता मंदिरा और सुमिधा नाव से नीचे किनारे पर उतर गईं। अंगक भी अब पूरा भींगा हुआ नाव के पीछे से नदी से बाहर आया। अंगक के गले में जन्म से बना त्रिशूल का निशान अब सुनहरे रंग में चमक रहा था मानो किसी तरह की रौशनी उससे निकल रही हो। अंगक के पास आने पर राजमाता मंदिरा ने अपना हाँथ त्रिशूल के निशान को छूने के

लिये बढ़ाया। सुमिधा चुपचाप राजमाता मंदिरा के चेहरे को देख रही थी। मंदिरा ने जैसे ही अंगक के गले पर बने त्रिशूल के निशान को छुआ जो अभी सुनहरे रंग में चमक रहा था वैसे ही अपना हाँथ वापस पीछे खींच लिया। राजमाता मंदिरा को अपने हाँथ में अग्नि की आंच का आभाष हुआ था। ये देखते ही सुमिधा ने राजमाता के हाँथ को अपने हाँथ में लिया और मुँह से ठंडी हवा फूँककर जलन को कम करने लगी। तभी अंगक ने कहा - "आप दोनों ठीक तो हैं न, कहीं कोई चोंट तो नहीं आई है!"। तब राजमाता मंदिरा ने कहा - "अंगक तुम्हारे पास ये कैसी अद्भुत शक्ति है, और चमकता हुआ त्रिशूल का निशान तुम्हारे गले में हमने तो कभी नहीं देखा"। तब अंगक ने कहा - "राजमाता ये शक्ति मुझमें जन्म से है और त्रिशूल का निशान भी मेरे गले मे जन्म से ही है पर ये चमकता तभी है जब मैं शक्तियों का अधिक उपयोग करता हूँ"। अब राजमाता मंदिरा, सुमिधा की ओर देखने लगीं। तब सुमिधा ने घबराकर राजमाता मंदिरा से कहा - "राजमाता मैंने इसे मना किया था कि अपनी शक्तियों का प्रदर्शन कभी न करे लेकिन"। सुमिधा को राजमाता मंदिरा ने बीच में ही रोंकते हुये कहा - "सुमिधा आज तुम्हारे पुत्र के कारण ही हमारे प्राण हैं और हमारे पुत्र सुरपांस की कीर्ति को कोई दाग नहीं लगा"। कुछ समय के बाद अंगक राजमाता मंदिरा और सुमिधा को किनारे पर खड़े रथ में बैठाकर योध्यानगर के लिये निकल पड़ा। बस उस दिन से सुरपांस ने अंगक को अपनी सेना में एक सैनिक की तरह रख लिया था।

राजकुमारी

आज महाराज सुरपांस के तीसरे विवाह के पूर्व लगाये गये राज दरबार में जब अंगक आया तो सुरपांस ने कहा - "क्या हुआ अंगक तुमने राजदरबार में आने में विलंब क्यूँ किया?"। तब अंगक ने सर झुकाकार सुरपांस को महाराज शब्द से संबोधित करते हुये हाँथ जोड़कर कहा - "महाराज आपका ये सैनिक हमेशा राज्य के लिये उचित कार्य मे लगा रहता है इसीलिये अगर मैंने राजदरबार में देरी से आने की भूल की है तो इसके पीछे भी एक महत्वपूर्ण कारण है"। तभी दुब्रास का सेनापति कुम्भी व्याकुलता में अपने आसन से उठा और बोला - "महाराज सुरपांस के आवाहन पर लगाये गये इस राजदरबार पर आने से ज्यादा महत्वपूर्ण और क्या हो सकता है?"। ये सुनते ही अंगक ने सेनापति कुम्भी की ओर तीखी नजरों से भौहों को सिकोड़ते हुये देखा। तभी सुरपांस ने कहा - "सेनापति कुम्भी आप अपने आसन पर बैठ जायें और अंगक तुम हमे वो कारण बताओ जो राजदरबार पर आने से भी अधिक महत्वपूर्ण था"। सुरपांस के इन शब्दों में कुछ शख्ती थी जिससे सेनापति कुम्भी एक विजेता की तरह प्रसन्नमुख हो गया। तभी राजदरबार के मध्य में योद्धा के सुनहरे वस्त्रों से सुशोभित अंगक ने सुरपांस से कहा - "महाराज हमारे पड़ोसी राज्य पाबालिया के राजा पुरोध ने अपनी पुत्री सुकीर्ति के साथ आपके विवाह का जो प्रस्ताव दिया था उस प्रस्ताव को अब वो वापस ले रहे हैं"। अंगक की इतनी बात सुनकर ही सुरपांस क्रोध में उबल पड़ा और अपने सिंघासन से खड़ा हो गया। सुरपांस के सिंघासन से खड़े होते ही अपने-अपने आसनों में बैठा सारा राजदरबार भी खड़ा हो गया। अब सुरपांस ने ऊँचे स्वर में अंगक से कहा - "अंगक, ये संदेश तुम्हें कहाँ से मिला! और कब

मिला"। सुरपांस के पूँछने पर अंगक ने कहा - "महाराज मैं आपके विवाह की तैयारी को देखने के लिये स्वयं पाबालिया गया था जहाँ पर मुझे ये बात स्वयं राजा पुरोध ने कही और उन्होंने ये भी कहा कि उनकी पुत्री राजकुमारी सुकीर्ति की इच्छा के विरुद्ध वो इस विवाह को नहीं करा सकते"। अंगक की ये बात सुनते ही सुरपांस वापस अपने सिंघासन पर बैठ गया लेकिन पूरा राजदरबार खड़ा ही रहा। सेनापति कुम्भी ने बैठने की कोशिश की ही थी कि तभी सुरपांस ने कुछ कहने के लिये मुँह खोला और कुम्भी घबराकर वापस सीधा खड़ा हो गया। सुरपांस ने अंगक से कहा - "अंगक सूर्यास्त होने तक राजकुमारी सुकीर्ति हमारे कक्ष में और राजा पुरोध चिता में लेटा हुआ होना चाहिये"। अंगक ने सुरपांस की बात को सुना तो लेकिन कोई उत्तर नहीं दिया। तब सुरपांस ने अंगक से कहा - "क्या हुआ! क्या हमारा आदेश तुम्हें सुनाई नहीं दिया!"। तब अंगक ने सुरपांस से कहा - "महाराज आप अपने कक्ष मे विश्राम करिये मैं सूर्यास्त के पूर्व ही राजकुमारी को लेकर पहुँच जाऊँगा"। तभी सेनापति कुम्भी ने राजदरबार में अपनी उपस्थिति दर्ज कराने के लिये फिर कहा- "अंगक राजकुमारी को लाने के साथ ही उस राजा पुरोध की चिता भी जलानी है"। अंगक ने एक नजर भी कुम्भी की ओर नहीं देखा और सुरपांस को प्रणाम करता हुआ राजदरबार से बाहर निकल गया।

अंगक के जाते ही सेनापति कुम्भी ने सुरपांस से कहा - "महाराज आपके बिन मेरा मन दुब्रास में बिल्कुल नहीं लगता, नहीं तो उस पाबलिया के राजा पुरोध को इस उदंडता के लिये स्वयं ही दंड देता परंतु आपके आदेश का पालन करना भी मेरा परम कर्तव्य है"। सुरपांस और दरबार मे

बैठे हुये सारे मंत्री समझ गये थे कि कुम्भी चाटुकारिता का मक्खन लगा रहा है।

इधर सुमिधा राजमाता मंदिरा की सेवा करके अभी कुछ देर पहले ही अपने कक्ष में आई थी कि तभी अंगक भी चेहरे में असमंजस के भाव लिये हुये आया। सुमिधा ने अंगक के मनोभाव भी पढ़ लिये थे और उसे खबर भी थी कि राजा सुरपांस ने पाबालिया की राजकुमारी सुकीर्ति को बलपूर्वक योध्यानगर लाने का आदेश दिया है। अंगक चुपचाप सुमिधा के समीप जाकर बैठ गया। सुमिधा ने अंगक की व्यथा को कम करने के लिये मुस्कुराते हुये कहा - "क्या हुआ युवराज अंगक को आज इतने असमंजस में क्यूँ हैं?"। तब अंगक ने सुमिधा की ओर देखे बिना ही चेहरा झुकाये हुये ही कहा - "माता आपने मुझे युवराज कहा लेकिन मैं तो जैसे भूल ही गया हूँ कि मेरे जीवन का उद्देश्य क्या है?"। तब सुमिधा ने मातृत्व भाव से अंगक के सर पर हाँथ फेरते हुये कहा - "अंगक आज मैंने इतने सालों बाद तुम्हें युवराज अंगक कहा है तो इसका कोई अर्थ है"। अंगक ने सुमिधा की बात सुनकर अपना झुका हुआ सर ऊपर उठाया और बोला - "अर्थ! कैसा अर्थ माता"। तब सुमिधा ने कहा - "अंगक हमें लगता है अब समय आ गया है कि तुम अब सुरपांस के सैनिक की जगह से धीरे - धीरे हटकर अब दुब्रास के युवराज के रास्ते पर चल पड़ो"। तब अंगक ने सुमिधा से कहा - "लेकिन माता मैं कैसे विरोध करूँ? मेरे माता पिता, राजमाता सिल्या, सेनापति किवाड़, बश्शेरा दुब्रास के कारागार में कैद हैं और जब तक उनके जीवन पर सुरपांस का संकट है मैं तब तक विरोध में कैसे खड़ा हो सकता हूँ?"। तब सुमिधा ने अंगक से कहा - "अंगक समस्या ही समाधान देती है बस खोज में

निकलना होगा"। अंगक आगे कुछ और कहता उससे पहले ही एक सैनिक कक्ष में आया और बोला कि महाराज सुरपांस ने पुनः आपको बुलाया है। सैनिक संदेश देकर चला गया। अब सुमिधा ने अंगक के कंधों पर हाथ रखते हुये कहा - "पुत्र मैं वैसे तो तुम्हें जन्म देने वाली माता नहीं हूँ लेकिन तुम्हें इतने वर्षों से अपने पुत्र की तरह ही माना है इसीलिए जीवन के हर संकट में मैं तुम्हारे साथ रहूँगी"। अंगक सुमिधा की बातों को सुन तो रहा था लेकिन उसका मन उलझनों में फँसा हुआ था। अंगक पाबालिया की राजकुमारी सुकीर्ति को जबरदस्ती योध्यानगर लेकर नहीं आना चाहता था पर उसने जो ऐसा नहीं किया तो संभवतः सुरपांस स्वयं पाबालिया पर आक्रमण कर देगा और उसके आक्रमण में क्रूरता की सीमायें नहीं होंगी। इसके अलावा अंगक ने दुब्रास तक पहुँचने के लिये अब तक सुरपांस का विस्वास जीतने हेतु जो किया था वो सब व्यर्थ हो जायेगा। सारी बातें सोचते-सोचते अंगक को अचानक ध्यान आया कि सुरपांस ने उसे फिर बुलाया है। अंगक ने सुमिधा के चरण छुये और कक्ष से राजदरबार की ओर निकल गया। राजदरबार में पहुंचते ही अंगक ने देखा कि सारे मंत्री और बाँकी राज्यों के सेनापति वहाँ से जा चुके हैं बस सुरपांस और दुब्रास का सेनापति कुम्भी ही उपस्थित है। अंगक के पहुँचते ही सुरपांस ने कहा - "अंगक हमने तुम्हें पुनः एक विशेष संदेश देने के लिये बुलाया है"। तब अंगक ने सामान्य भाव से कहा - "जी महाराज"। कुम्भी महाराज सुरपांस को गौर से देख रहा था क्यों कि उसे भी खबर नहीं थी कि संदेश क्या है? तब सुरपांस ने कहा -"अगर तुम पाबालिया की राजकुमारी को योध्यानगर लेकर आ गये तो हमने तुम्हें सैनिक से दुब्रास का सेनापति

बनाने का निर्णय लिया है"। सुरपांस के मुख से जैसे ही ये बात निकली वैसे ही अपने आसन में आराम से पीछे टिककर बैठा कुम्भी हिचकिचाता हुआ घबराकर सिंघासन से उठकर बोला - "महाराज-महाराज मैंने क्या अपराध किया है?"। कुम्भी जितना हैरान और परेशान हो उठा था, दरबार मे खड़ा अंगक उतना ही प्रसन्नमुख दिखने लगा। कुम्भी के महाराज-महाराज करते ही सुरपांस ने कहा -"कुम्भी तुमने कोई अपराध नहीं किया परंतु अंगक ने ऐसे बहुत से कार्य हमारे लिये किये हैं जिसके लिये उसे अब उपहार मिलना ही चाहिये"। तब कुम्भी ने कहा - "तो महाराज अब मेरा क्या उत्तरदायित्व होगा"। तब सुरपांस ने कहा - "कुम्भी तुम्हें पहले की तरह हम योध्यानगर का सेनापति बना देंगे आखिर तुम्हारा हमारे बिन मन जो नहीं लगता"। कुम्भी सुरपांस की इस बात का कोई उत्तर न दे सका और सामने खड़े अंगक की ओर आँखें बड़ी करके देखने लगा। अंगक ने सुरपांस को धन्यवाद दिया और कहा कि महाराज के आदेशानुसार कल संध्या से पूर्व राजकुमारी सुकीर्ति योध्यानगर में होंगी। इतना कहकर अंगक ने सुरपांस से आज्ञा ली और दरबार से बाहर चला गया।

सेनापति कुम्भी चिंतित दशा में वापस दुब्रास लौट आया और इस सोच के साथ अपने कक्ष में गया कि संभवतः दो दिनों में उसे वापस योध्यानगर जाना पड़ेगा। दुब्रास में कुम्भी था तो सेनापति के पद पर लेकिन किसी राजा की तरह ही रहता था। सुरपांस ने जब से दुब्रास को जीता था तब से बहुत कम ही यहाँ आता-जाता था। सुरपांस दूसरे राज्यों के सिंघासनों को बस छीनना चाहता था, उसे सारी दुनियाँ पर अपना शाषन चाहिये था जिसके लिये उसे राजा रामानु के दिव्यांग कँवच

की आवश्यकता थी और जब से उसे वो कँवच मिला है तब से धरती के ज्यादातर राज्यों ने उसके आगे आत्मसमर्पण कर दिया है और जिन राज्यों ने विरोध किया वो एक-एक करके सुरपांस की क्रूरता के शिकार होते जा रहे थे। दुब्रास के सातों ज्वालामुखियों की रौशनी बुझ चुकी थी। दुब्रास में चमकने वाले जुगुनू उड़ने लगे थे। इधर जंगल मे सिंघा कुछ जानवरों के साथ बैठा था कि तभी एक चीते ने कहा - "सरदार आपके पिता ने राजा रामानु का साथ देकर गलत किया, अगर वो आपका साथ देते तो संभवतः राजमहल के कारागार में नही राजमहल के सिंघासन में होते"। तब चट्टान पर बैठे सिंघा ने कहा - "मुझे अब सिंघासन का कोई लालच नहीं रहा, हाँ पछतावा होता है कि मेरे विस्वासघात के कारण मेरे पिता के साथ-साथ सारा दुब्रास आज पराधीन है"। तभी 'गजा' नाम के एक हाँथी ने कहा - "सरदार अगर आपको अपनी भूल का एहसास है तो भरोसा रखिये आपको भूल सुधारने का अवसर जरूर मिलेगा"। तब सिंघा ने गजा की ओर देखा और बोला - "गजा अब अवसर कौन बनायेगा, मुझ में न तो इतनी शक्ति है कि मैं सुरपांस को उसके कँवच के साथ हरा सकूँ और न ही कहीं कोई और बचा है जो सुरपांस का मुकाबला कर सके"। तब गजा ने कहा - "सरदार आशा रखिये, मुझे विस्वास है अवसर जल्द ही दुब्रास के सामने आयेगा"।

गजा की बात सिंघा ने सुनी तो लेकिन उसे कोई आशा नहीं थी कि अब दुब्रास कभी स्वतंत्र हो पायेगा। स्वतंत्रता की आशा सिंघा को भले ही न हो लेकिन दुब्रास के कारागार में कैद राजा रामानु, रानी जानसी से आशापूर्ण बातें कर रहे हैं। रानी जानसी आज भावुक हो रही हैं, उन्हें एक अरसे से अपने पुत्र अंगक की कोई खबर भी न मिली थी, उन्हें तो ये

भी नहीं पता था कि वो जीवित भी है या नहीं लेकिन राजा रामानु ने जानसी को विस्वास दिलाते हुये कहा कि "आप विस्वास रखिये अंगक एक न एक दिन दुब्रास को स्वतंत्र कराने आयेगा"। रानी जानसी के मन में राजा रामानु की बातों से कुछ विस्वास पुनः लौटा, लेकिन उदासी कारागार से बाहर जाती भी तो कहाँ? रानी चुपचाप करवट बदलकर रोने लगीं। इधर बश्शेरा भी अपने कारागार में कैद ये सोचता था कि शायद किसी दिन सिंघा को उसकी भूल का एहसास हो जाये और वो दुब्रास की स्वतंत्रता का कोई रास्ता निकालने की कोशिश करे। एक दूसरे कारागार में बंद सेनापति किवाड़ अब बीमार रहने लगे थे, कई बार कारागार के सैनिकों से सेनापति कुम्भी तक ये खबर भेजी गई लेकिन कुम्भी ने न तो ध्यान दिया और न ही किवाड़ का उपचार कराने का उसका कोई ईरादा था। कारगार के अँधेरे से लड़ती दीवारों में टँगी मशालें जलती जा रही हैं। कुछ देर में सातों ज्वालामुखी जल उठे, दुब्रास में रोशनी फैल गई। कुम्भी अब भी अपने कक्ष में मखमल के बिस्तर पर लेटा गहरी नींद में है। तभी उसके कक्ष के बाहर खड़े द्वारपाल के पास एक सैनिक दौड़ता हुआ आया और बोला - "द्वारपाल, सेनापति के लिये एक आवश्यक संदेश है, कारागार में कैद रानी की मृत्यु हो गई है"। द्वारपाल के कानों में जैसे ही मृत्यु शब्द पड़ा वैसे ही हड़बड़ी में उसने कुम्भी के कक्ष का दरवाजा खोल दिया। दरवाजे के खुलने की आवाज से कुम्भी की नींद टूट गई और वो आँखें खोलकर दरवाजे के पास खड़े द्वारपाल की ओर देखने लगा। द्वारपाल को मत्यु का संदेश इतना जरूरी लगा कि वो भूल गया था कि कुम्भी के लिये जरूरी क्या है। कुम्भी ने द्वारपाल को घूरते हुये ऊँची आवाज में बोला -

"तुममें इतना साहस कि बिना अनुमति के हमारे कक्ष के अंदर आ गये"। तब द्वारपाल ने झिझकते हुये सर झुकाकर कहा - "सेनापति जी कारागार में कैद रानी की मृत्यु हो गई है"। रानी की मृत्यु की बात कानों में पड़ते ही कुम्भी तुरंत बिस्तर से उठा और तेजी से कारागार की तरफ जाने लगा। इधर कारागार में राजा रामानु की आँखों से आँसू बहते जा रहे हैं। बगल के कारागारों में कैद बश्शेरा और सेनापति किवाड़ को भी मृत्यु की खबर लग गई। सेनापति कुम्भी कारागार में आ गया और उसने देखा कि राजा रामानु ने अपनी माता सिल्या का सर अपनी गोद मे रखा है और रानी जानसी भी राजमाता सिल्या के पैरों में सर रखकर रो रहीं हैं। राजमाता सिल्या का देहांत हो चुका था। सेनापति कुम्भी को अब चिंता थी कि सुरपांस को जब रानी सिल्या की मृत्यु की खबर लगेगी तो वो क्या कहेगा!

पाबालिया के राजा पुरोध अत्यधिक चिंतित हैं। उन्होंने अपने हर राज्य के मित्र से मदद माँगी लेकिन किसी ने भी उनकी ओर मदद का हाँथ आगे नहीं बढ़ाया। राजा पुरोध अपनी पुत्री राजकुमारी सुकीर्ति को सुरपांस से बचाने के लिये सारा बल लगा चुके थे लेकिन अब ये लगभग तय था कि पाबालिया में कभी भी योध्यानगर की सेना आक्रमण कर सकती है। राजा पुरोध का मन चिंताओं में घिरा ही था कि तभी एक सैनिक भागते हुये आया। सैनिक की साँसे तेज थीं। सैनिक को घबराया हुआ देखकर राजा पुरोध ने कहा - "क्या हुआ? इस तरह घबराये हुये क्यूँ हो?"। तब सैनिक ने तेज साँसों को थोड़ा गहरा और धीमा करते हुये कहा - "महाराज योध्यानगर का वो सैनिक जो कल राजा सुरपांस का दूत बनकर आया था, पुनः घोड़े में सवार होकर महल की ओर

आ रहा है"। सैनिक की बात सुनते ही राजा पुरोध के मन में पहला विचार आया कि 'हो न हो सुरपांस के द्वारा भेजे गये विवाह के प्रस्ताव को ठुकराने पर ही उसने सैनिक को पुनः किसी संदेश के साथ भेजा होगा'। राजा पुरोध के सामने खड़ा सैनिक चुपचाप खड़ा अपनी साँसों को थाम रहा था। तभी राजा पुरोध ने कहा - "सैनिक जाओ और उस दूत को महल के भीतर आने दो"। पुरोध के संदेश को लेकर सैनिक वहाँ से जाता उससे पहले ही दूसरा सैनिक भागते हुये आया और बोला - "महाराज योध्यानगर के दूत ने महल के मुख्य द्वार को तोड़ दिया है और हमारे सैनिकों को घायल करता हुआ सीधा अंदर आ गया है"। तब राजा पुरोध ने अपनी तलवार उठाई और तेजी से अपने कक्ष से बाहर निकल गये। इधर मुख्य द्वार के पास पाबालिया के दर्जनों सैनिको ने अंगक को घेर रखा है। अंगक ने कुछ सैनिकों की तलवारों को अपनी तलवार से काटकर, सैनिकों को हवा में उड़ते तिनके की तरह दूर-दूर फेंक दिया था। अंगक के इस बाहुबल को देखकर अब पाबालिया का कोई सैनिक वार करने के लिये आगे ही नहीं बढ़ रहा था। तब अंगक ने सभी सैनिकों को संबोधित करते हुये अपनी तलवार को म्यान में रखकर कहा - "मैं यहाँ अपने महाराज सुरपांस की आज्ञा का पालन करने आया हूँ और अगर किसी ने भी मुझे मेरे कर्तव्य को करने से रोका तो वो अपनी म्रत्यु को रोक नहीं पायेगा"। तभी राजा पुरोध अपने सेनापति और भारी सैनिक बल के साथ महल के मुख्य द्वार पर पहुँच गये। अंगक को देखते ही राजा पुरोध ने कहा - "सैनिक अगर तुम अपने राजा के अनुचित आदेश को अपना कर्तव्य समझते हो, तो वो तुम्हारा अविवेक है और पाबालिया की सेना इतनी भी छोटी नहीं कि

एक सैनिक की चेतावनी से अपनी तलवारों को म्यान में रख लें"। इधर अब तक पाबालिया के राजमहल और सारी प्रजा में खबर फैल चुकी थी कि योध्यानगर का सैनिक राजकुमारी सुकीर्ति को ले जाने आया है"। राजकुमारी सुकीर्ति को जैसे ही इस बात की खबर मिली वो अपनी माता रानी प्रभा के कक्ष में आकर रोने लगीं। रानी प्रभा की आँखों से भी आँसू छलक रहे थे लेकिन वो करती भी तो क्या?। एक असहाय दूसरे असहाय को क्या सहारा दे सकता था। रानी सुकीर्ति ने रोते हुये आपनी माता से कहा - "माँ हम आत्मदाह कर लेंगे लेकिन कभी उस निर्दयी, दुष्ट से विवाह नहीं करेंगे"। ये ऐसी स्थिति थी कि रानी प्रभा, राजकुमारी सुकीर्ति को न तो आत्मदाह करने के लिये हाँ कर सकती थीं और न ही रोकना ही चाह रहीं थीं।

अभी तक तो पाबालिया के मुख्य द्वार के भीतर अंगक राजा पुरोध के बीच बस शब्दों का तोल-मोल चल रहा था लेकिन जैसे ही अंगक कि नजर आसमान में चढ़ते सूरज पर पड़ी तो उसे याद आया कि सुरपांस ने सूरज के अस्त होने से पहले राजकुमारी को लेकर आने का आदेश दिया है और तब ही उसे दुब्रास का सेनापति बनाया जायेगा। अंगक के चारो ओर सैकड़ो सैनिक थे लेकिन अंगक नहीं चाहता था कि वो अकारण अपने सम्पूर्ण बल का प्रयोग उन पर करे जिनका कोई दोष नहीं है। अंगक ने घोड़े से नीचे उतरकर अपनी कमर में बंधी म्यान से तलवार बाहर निकाल ली। अंगक के तलवार निकालते ही अपने रथ में खड़े राजा पुरोध को छोड़कर बाँकी सभी सैनिकों ने भी अपने अस्त्र-सस्त्र सम्हाल लिये। तब अंगक ने राजा पुरोध से कहा - "महाराज पुरोध मैं आपसे कुछ चर्चा करना चाहता हूँ, मैं नहीं चाहता कि

आपके राज्य को कोई हानि पहुँचाऊँ लेकिन इसका अर्थ ये नहीं है कि मैं महाराज सुरपांस की आज्ञा का पालन नहीं करूँगा”। अंगक ने चर्चा का प्रस्ताव दिया तो राजा पुरोध को था लेकिन उत्तर आया राजा पुरोध के सेनापति की तरफ से, राजा पुरोध के सेनापति ने कहा - “सैनिक तुम्हारा साहस अदभुत है लेकिन उचित नहीं है, क्या तुम अपने चारो ओर खड़े सैनिकों को देख नही सकते”। राजा पुरोध के सेनापति की इस बात से वहाँ खड़े सभी सैनिकों का हौंसला बढ़ गया और सभी ने एक-एक कदम अंगक की ओर आगे बढ़ाया। अंगक ये देख मुस्कुराया लेकिन फिर क्षण भर में चेहरे पर गंभीरता को उतारते हुये उसने एक क़दम जमीन पर मारा और अगले ही क्षण आसमान में खो गया। वहाँ खड़ा हर व्यक्ति ये देखकर चकित रह गया। सैनिकों ने अपने कदम पीछे हटा लिये, उन्होंने इससे पहले कभी ऐसा नहीं देखा था। राजा पुरोध अपने सेनापति की ओर देखने लगे लेकिन सेनापति अभी तक आसमान में ही अंगक को ढूढने की कोशिश कर रहा है। तभी अंगक किसी तेज बिजली की तरह वापस जमीन पर आ गया। अंगक ने अपनी तलवार धरती के अंदर घुसा दी थी। सभी सैनिक अब घबराकर एक दूसरे के पीछे जाने का प्रयास कर रहे हैं। तभी राजा पुरोध ने कहा - “हम चर्चा के लिये तैयार हैं”। राजा पुरोध अपने रथ में और अंगक अपने घोड़े से पाबालिया के महल की ओर चल दिये। पाबालिया की प्रजा में ये खबर फैल गई कि राजा पुरोध और सुरपांस के भेजे हुये सैनिक के बीच मे कोई वार्ता चल रही है। अंगक राजा पुरोध के साथ गुप्त सभा के कक्ष में है, राजा पुरोध के सेनापति को भी इस वार्ता से बाहर रखा गया है।

इधर सूरज दोपहर से शाम की ओर चल पड़ा है। योध्यानगर में सुरपांस अपने महल की छत पर व्याकुलता में टहल रहा है। सुरपांस ने राजकुमारी सुकीर्ति की सुंदरता की बहुत बातें सुनी थीं और उन्हीं बातों से वो अपने मन में राजकुमारी की तस्वीर बना रहा था। तभी एक सैनिक महल की छत पर आया और महाराज की जय हो करता हुआ बोला - "महाराज..."। सैनिक अपनी पूरी बात कहता उससे पहले ही सुरपांस ने प्रफुल्लित होते हुये कहा - "हम जानते हैं तुम क्या खबर लेकर आये हो, जाओ राजकुमारी के आने की खबर पहले हमारी माता मंदिरा को देकर आओ"। सुरपांस इतना कहकर महल की छत से नीचे जाने लगता है कि तभी सैनिक सर झुकाकर दबी हुई आवाज में कहता है - "क्षमा महाराज लेकिन खबर कुछ और है"। सैनिक की बात सुनकर सुरपांस के चेहरे में उतरी हुई खुशी और बढ़े हुये कदम दोनों ठहर जाते हैं। तब सैनिक ने सुरपांस को खबर दी कि संदेश दुब्रास से आया है, वहाँ कैद राजमाता सिल्या की म्रत्यु हो चुकी है। सैनिक के संदेश देते ही सुरपांस ने तुरंत अपनी तलवार म्यान से निकाली और सर झुकाकर खड़े सैनिक के शरीर को दो टुकड़ों में कर दिया। सैनिक के शरीर से उच्छल के निकला हुआ खून सुरपांस के चेहरे और कवच में आकर गिरा। क्रोधित सुरपांस ने मृत पड़े सैनिक के शरीर की ओर देखते हुये कहा - "वो सिल्या शत्रु की बस माँ थी राजमाता नहीं, राजमाता हमारी माँ मंदिरा हैं"। सुरपांस महल की छत से नीचे की ओर जाता उससे पहले ही एक और सैनिक छत पर आया। छत पर आते ही सैनिक की नजर वहीं मृत पड़े दूसरे सैनिक पर पड़ी फिर उसने एक नजर रक्त की बूंदों से भीगें हुये सुरपांस को देखा और कहा - "महाराज आपके

लिये संदेश है"। सुरपांस ने मृत पड़े सैनिक के धड़ को लातों से दूर उछाल दिया। मृत सैनिक का धड़ किसी तिनके की तरह उछलकर सीधा महल की छत से नीचे चला गया। अब सुरपांस ने अपने सामने खड़े दूसरे सैनिक की ओर देखा। तब उस सैनिक ने डरते हुये काँपते होंठों से कहा - "महाराज....... अंगक राजकुमारी सुकीर्ति को लेकर आ गया है"। ये बात सुनते ही सुरपांस ने उस सैनिक को एक मोतियों का हार अपने गले से उतारकर दिया। सैनिक ने ये भी बताया कि अंगक राजकुमारी सुकीर्ति के साथ महल के बाहर ही खड़ा है।

राजकुमारी सुकीर्ति डरी हुई, अंगक के पीछे छुपकर खड़ी थीं और काँप रही थीं। सुरपांस ने जिस सैनिक के धड़ को छत से उछाल कर नीचे फेंका था वो उसी समय पर नीचे आकर गिरा था जब अंगक राजकुमारी को अपने घोड़े में लेकर आया ही था। मृत सैनिक के बेसुध शरीर को अंगक एकटक निहार रहा था, सैनिक के धड़ से बचा हुआ लाल रक्त रुक-रुककर रिसता जा रहा था। तभी ताली बजने की आवाज सुनाई दी। अंगक ने सर को महल की छत की ओर उठाया तो सुरपांस मुस्कुराते हुये ताली बजा रहा था। सुरपांस ने छत से ही राजकुमारी सुकीर्ति को देखने की कोशिश की लेकिन राजकुमारी तो भय से अंगक के पीछे छुपी हुई थीं। सुरपांस ने महल की छत से नीचे की ओर छलांग लगा दी और पल भर में अंगक के सामने आ गया। ये दिव्यांग कवच का बल था। अंगक ने एक पल के लिए तो चाहा कि अभी सुरपांस की गर्दन उखाड़ दे लेकिन अंगक जानता था कि इस समय उसके प्रियजन दुब्रास में कैद हैं और दिव्यांग कँवच का बल भी उसकी शक्तियों से ज्यादा है। अंगक ने सुरपांस के सामने सर झुकाया लेकिन वो कुछ कहता उससे पहले ही सुरपांस ने

कहा - "अंगक तुमने हमारे आदेश का पालन निष्ठा से किया है, अब तुम आज ही दुब्रास के लिये प्रस्थान करो, आज से तुम सैनिक नहीं दुब्रास के सेनापति हो"। सुरपांस ये सब बातें कह तो अंगक को रहा था लेकिन उसकी दृष्टि अंगक के पीछे छुपकर खड़ी राजकुमारी सुकीर्ति के चेहरे को देखना चाह रही थी। तब अंगक ने सुरपांस से कहा - "महाराज दुब्रास का सेनापति बनना मेरे लिये गर्व की बात है लेकिन आपके लिये एक विशेष संदेश है"। तब सुरपांस ने अपने सर को झटकते हुये चिढकर कुछ कड़े शब्दों में कहा - "संदेश, संदेश, फिर संदेश, पहले दुब्रास से कैद में पड़ी बुढ़िया की म्रत्यु का संदेश, और अब तुम्हारा क्या संदेश है!"। अंगक के कानों में जैसे ही सुरपांस के मुँह से निकले शब्द पड़े वैसे ही उसने अपनी माथे की रेखाओं को सिकोड़ते हुये आशंका से भरे शब्दों में कहा - "क्या महाराज, दुब्रास में कैद किस बुढ़िया की म्रत्यु का संदेश मिला है?"। सुरपांस ने अंगक की बात का कोई जवाब नहीं दिया और बिना कुछ कहे अंगक को अपने सामने से हटाकर राजकुमारी सुकीर्ति को देखने की कोशिश करने लगा लेकिन राजकुमारी सुकीर्ति अंगक के पीछे से हट ही नहीं रहीं थीं, वो अपनी आँख बंद किये हुये अंगक के पीछे छिप रही थीं। तब सुरपांस ने रुककर अंगक से कहा - "अच्छा अंगक तुम इसे हमारे कक्ष में भेजकर, दुब्रास जाओ और हमारे कल वहाँ आने की प्रतीक्षा करो और हाँ उस बुढ़िया के मृत शरीर को उसी कैदखाने में तब तक पड़े रहने देना जब तक हम दुब्रास आ नहीं जाते"। सुरपांस इतना कहकर राजकुमारी को देखने की एक अंतिम असफल चेस्टा करके वहाँ से महल के भीतर जाते हुये बोला - "इस सुंदरी को शीघ्र हमारे कक्ष में भेजो, शीघ्र.........अतिशीघ्र"। इतना

कहकर सुरपांस वहाँ से हँसते हुये महल के भीतर चला गया। सुरपांस तो वहाँ से चला गया लेकिन अब अंगक का मन उस योजना को ढूँढने लगा जिससे वो दुब्रास में कैद अपने माता-पिता और अन्य जनों को स्वतंत्र करके, सुरपांस के विरुद्ध युद्ध का बिगुल बजा सके। परंतु एक नयी चिंता ने उसको व्याकुल करना शुरू कर दिया था। सुरपांस ने दुब्रास में कैद किस बुढ़िया की मृत्यु की बात की है? इसकी अनसुलझी पहेली अंगक को व्यथित और व्याकुल कर रही थी। चिंता के बीच ही उसे अचानक ध्यान आया कि आज ही दुब्रास के लिये निकलना होगा। सूर्यास्त भी होने वाला था और अंधेरा होने के पश्चात दुब्रास का चतुर्थ पथ यात्रा के लिए ठीक नहीं है लेकिन अंगक आज ही दुब्रास के लिये निकलना चाह रहा था। अंगक ने अपने पीछे छुपकर खड़ी राजकुमारी सुकीर्ति को मुड़कर एक नजर देखा, राजकुमारी की आँखों में आँसू तो थे ही साथ ही भय के भाव चेहरे पर उतरे हुये थे। तभी अंगक ने वहीं खड़ी दासियों से कहा कि राजकुमारी को उनके कक्ष में ले जाया जाये। अंगक ने दासियों से इतना कहा और फिर वहाँ से जाने लगा तभी राजकुमारी सिसकती हुई आवाज में पहली बार बोलीं - "तुम जिस दुष्ट की चाटुकारिता के लिये अधर्म का साथ दे रहे हो, देखना वही एक दिन तुम्हारा शत्रु बन जायेगा और तुम्हारी कोई चाटुकारिता काम नहीं आयेगी"। अंगक ने राजकुमारी सुकीर्ति की बात को रुककर सुना लेकिन बिना मुड़े ही गम्भीर मुखमुद्रा में वहाँ से चला गया। दासियाँ राजकुमारी को महल के भीतर चलने के लिये कहने लगीं लेकिन राजकुमारी ने एक कदम भी आगे बढ़ाने से मना कर दिया, तभी अंगक जो कुछ दूर पर महल के एक स्तम्भ के पीछे जाकर खड़ा हो गया

था सामने आकर बोला - "राजकुमारी अगर आप चाहती हैं महाराज सुरपांस आपके पिता और उनके राज्य को छोड़ दे तो आप भी अपना हठ छोड़ दीजिये और दासियों के साथ चली जाइये"। राजकुमारी के चेहरे पर चढ़ा भय का भाव अब कुछ क्रोध में बदल गया। अंगक को क्रोध से देखते हुये राजकुमारी दासियों से घिरी हुई महल के भीतर चली गईं। अंगक भी वहाँ से सुमिधा के कक्ष की ओर चला गया। अंगक ने सुरपांस को संदेश बताना चाहा था कि पबालिया के राजा पुरोध ने अपने जीवन के बदले अपनी पुत्री को योध्यानगर भेजा था लेकिन सुरपांस ने अभी किसी भी संदेश को सुनने से मना कर दिया था।

इधर राजमाता मंदिरा ने सुरपांस को बुलावा भेजा है और किसी गहन विचार में डूबी हुई हैं। सुरपांस अपना प्रसन्नमुख लेकर शीघ्र ही राजमाता के कक्ष में आ गया। कक्ष में सुरपांस के आते ही राजमाता मंदिरा ने गंभीर भाव से कहा - "धरती में तुम्हें तुम्हारे कवच के साथ हराने वाला कोई राज्य या राजा अब शेष नहीं है परंतु क्या तुम्हारी द्रष्टि में कोई है जो तुम्हें चुनौती दे सके?"। प्रसन्न दिख रहा सुरपांस अपनी माता से ऐसा प्रश्न सुनकर कुछ चकित हुआ लेकिन फिर मन ही मन सोचने के बाद बोला - "माता ऐसा तो कोई शेष नहीं है जो दिव्यांग कवच की शक्तियों की बराबरी कर सके"। तब मंदिरा ने क्रोधित होते हुये सुरपांस से कहा - "तुम काम वासना में इतने लिप्त हो चुके हो कि तुम्हें अब कुछ भी दिखाई नही दे रहा है"। अपनी माता के मुख से इतने कड़े शब्द सुनकर सुरपांस ने सर झुका लिया लेकिन उसे अब भी एहसास नहीं हो रहा था कि आखिर बात क्या है जिसको लेकर राजमाता इस तरह क्रोध कर रही हैं। तभी राजमाता

मंदिरा ने फिर कहा - "तुमने अंगक को दुब्रास का सेनापति बनाने का वचन दे दिया लेकिन कभी ये विचार किया है कि अगर उसने तुम्हारा विरोध किया तो क्या होगा? उसकी दैवीय शक्तियाँ भी तुम्हारे कँवच का गुण रखती हैं"। ये बात सुनकर ही सुरपांस स्तब्ध हो गया और मन ही मन विचार करने लगा कि ऐसा तो उसने कभी सोचा ही नहीं। कुछ क्षणों के लिये तो न राजमाता कुछ बोलीं और न ही सुरपांस ने कुछ कहा। इस असमंजस की स्थिति को दूर करने के लिये सुरपांस ने राजमाता मंदिरा से कहा - "माता फिर कौन सा मार्ग निकाला जाये?"। राजमाता ने एक लंबी गहरी साँस ली और तब कहा - "मृत्युदंड"। ये सुनते ही सुरपांस ने कहा - "माता लेकिन किस अपराध के लिये हम उसे मृत्युदंड दें और अगर बिना किसी अपराध के हमने उसे कोई दंड दिया तो हो सकता है वो अभी ही विरोध और विद्रोह कर दे"। राजमाता, सुरपांस की इस बात से सहमत थीं। उन्होनें आगे की योजना स्वयं बनाने का निर्णय लिया और सुरपांस से कहा कि अंगक को दुब्रास का सेनापति बनाये परंतु उसे आज नहीं, कल अपने साथ ही दुब्रास लेकर जाये। सुरपांस ने राजमाता मंदिरा की सलाह मानने के बाद उन्हें यह भी बताया कि दुब्रास में कैद रामानु की माता सिल्या की मृत्यु हो गई है। राजमाता मंदिरा इस बात को सुनकर मुश्कुराई और बोली - "बेचारी सिल्या सारी उम्र अंधकार में ही रही लेकिन जाओ उसका अंतिम संस्कार दुब्रास की रौशनी में ही करना"।

सुमिधा अपने कक्ष में बहुत प्रसन्न बैठी है लेकिन उसके पास ही बैठा हुआ अंगक गंभीर है। सुमिधा ने अंगक से कहा - "क्या हुआ? तुम्हें तो प्रसन्न होना चाहिये कि जिस

उद्देश्य को तुम्हें पाना है, उसका रास्ता खुल गया है"। अंगक सुमिधा की बातें सुनता हुआ एकटक सामने रखे उस बक्शे को देख रहा है जो सालों पहले सुमिधा दुब्रास से साथ लेकर आई थी। अंगक ने कुछ सोचते हुये फिर सुमिधा की ओर देखकर कहा - "माँ लेकिन अब मैं यह सोच रहा हूँ, कि मेरे कारण पाबालिया की राजकुमारी सुकीर्ति का जीवन यहाँ सुरपांस के हाँथों में फँस गया है"। सुमिधा ने अंगक के मन की व्यथा को सुनकर सहानुभूति भरे भाव से कहा - "देखो पुत्र, तुम्हारे जीवन का लक्ष्य है दुब्रास को सुरपांस के शाषन से स्वतंत्र कराना, अतः तुम व्यर्थ विचार मत करो, जो हुआ उसके लिये तुम विवश थे"। सुमिधा की सहानुभूति अंगक के मन में कुछ खास प्रभाव नहीं दिखा सकी। अंगक गहरी साँस भरता हुआ फिर विचारों में भ्रमण करने लगा। तभी सुमिधा ने कहा - "राजकुमारी सुकीर्ति के बलिदान के कारण ही उसके पिता का राज्य पाबालिया तो सुरक्षित है, अतः तुम अपने आप को अपराधी की तरह मत समझो पुत्र"। तभी संदेश लेकर एक सैनिक कक्ष के बाहर आया और बोला - "दुब्रास के सेनापति अंगक के लिये महाराज सुरपांस का संदेश है कि आप दुब्रास के लिये कल प्रातः महाराज के साथ ही प्रस्थान करें"। सैनिक सुरपांस का संदेश पढकर वहाँ से चला गया। अंगक सैनिक के जाने के पश्चात सुमिधा से बोला - "माता जब मैं राजकुमारी सुकीर्ति को पाबालिया से योध्यानगर लेकर आया तब सुरपांस ने दुब्रास की कैद में किसी बुढ़िया की मृत्यु की बात की थी लेकिन बुढ़िया का नाम पूँछने पर उसने कुछ बताया नहीं, मेरे मन में अशुभ विचार उठ रहे हैं?"। ये बात सुनकर सुमिधा का हृदय जैसे गतिहीन हो गया, आँखों में नमी उतर आई। कुछ क्षणों के

लिये निशब्द रहने के बाद सुमिधा ने कक्ष में बिछे कालीन को एकटक देखते हुये कहा - "तुम इन विचारों को अपने मन में कोई स्थान मत दो, क्योंकि अब वो समय समीप है जब तुम्हें अपने सम्पूर्ण आत्मविश्वास की आवश्यकता होगी"। शब्दों के थमते ही सुमिधा की आँखों से आँसू बाहर छलक पड़े।

राजा लौटा है

दुब्रास में सातों ज्वालामुखियों की रौशनी बुझ चुकी थी, चट्टानों के आसमान में जुगुनू उड़ने लगे थे। जुगनुओं का एक बहुत बड़ा झुंड तालाब के ऊपर तीनों झरनों के चक्कर काट रहा था। जुगनुओं की झिलमिल रौशनी में तालाब किसी हीरे जवाहरात से भरे खजाने की तरह चमक रहा था। दुब्रास के महल में रात्रि का पहरा दे रहे सैनिक भी दीवारों से टिकने लगे, आख़िर उनकी पलकें भी निद्रा से भारी होकर झुकने लगी थीं। इधर सेनापति कुम्भी की पलकें अगर और बड़ी हो सकतीं तो बड़ी हो जातीं, नींद तो जैसे उससे कोसों दूर जा चुकी थी। वो दियों से जगमग अपने कक्ष में व्याकुल टहल रहा था। कुम्भी को भय था कि सुरपांस तो अब निश्चित ही उसे वापस योध्यानगर अपने पास बुला लेगा। व्याकुल और चिंतित कुम्भी को अभी तक ये खबर नहीं थी कि सुरपांस कल स्वयं ही दुब्रास आने वाला है लेकिन उसे इतना समाचार तो प्राप्त हो चुका था कि अंगक राजकुमारी सुकीर्ति को पाबालिया से लाने में सफल रहा है और महाराज के दिये हुये वचन के अनुसार अब वही दुब्रास का सेनापति बनकर आयेगा। राजमाता सिल्या की मृत्यु की खबर सैनिकों के द्वारा धीरे-धीरे पूरे दुब्रास में फैल गई थी लेकिन कोई कर भी क्या सकता था। दुब्रास में सुरपांस से ज्यादा क्रूरता तो कुम्भी ने फैला रखी थी। ज्वालामुखियों से निकलने वाली धातु का उपयोग शस्त्रों को बनाने में किया जा रहा था। दुब्रास की सारी प्रजा को सातों ज्वालामुखियों के जलते ही धातु को एकत्रित करने में लगा दिया जाता था। कुम्भी ने तो जंगल मे भी अपनी मनमानी करने की कोशिश की थी लेकिन सिंघा ने उसे ये कहकर रोक दिया कि सुरपांस ने जंगल का सरदार उसे बनाया है और अगर उसके अधिकार क्षेत्र में कोई भी

मनमानी हुई तो उसका परिणाम अच्छा नही होगा। कुम्भी सिंघा की चेतावनी सुनकर केवल सुरपांस के भय से दुब्रास में जंगल के बाहर ही अपनी मनमर्जियाँ चलाता रहा।

इधर योध्यानगर में वहाँ की प्रजा अपने-अपने घरों में बड़ी धीमीं आवाज में राजकुमारी सुकीर्ति के प्रति अपनी सहानुभूति रख रही है। कोई कहता है कि "रामकुमारी अब जीवन भर उस दुष्ट के चंगुल से छूट नहीं पायेगी"। तो दूसरी तरफ कोई कहता है कि "राजकुमारी को ऐसा जीवन जीने से अच्छा, आत्महत्या कर लेनी चाहिये"। योध्यानगर की प्रजा की सहनुभूतियाँ उनके घरों की दीवारों के अंदर तक ही थीं। राजकुमारी सुकीर्ति तो महल के भीतर कक्ष में भयभीत बैठी हुई थीं। दो दासियाँ भी राजकुमारी के दायें-बायें खड़ी पंखा घुमा रही थीं। तभी नींद से भरे हुये द्वारपाल ने जोर भरी आवाज में हड़बड़ाते हुये कहा - "सावधान महाराज सुरपांस पधार रहे हैं"। द्वारपाल के सारे शब्द समाप्त होते उससे पहले ही सुरपांस राजकुमारी के कक्ष के भीतर आ गया। सुरपांस ने दोनों दासियों को कक्ष से बाहर जाने के लिये कहा। दासियों के जाते ही सुकीर्ति की आँखों से आँसू जैसे फूट पड़े। सुरपांस को आँसू देखकर भला क्या दया आती, वो राजकुमारी के पास जाकर बैठ गया। राजकुमारी जितने पीछे खिसक कर जा सकती थीं, चली गईं। तब सुरपांस ने सुकीर्ति से कहा - "राजकुमारी आपके सुंदर नेत्रों पर ये अश्रु हमें तो अच्छे नहीं लगते, और जो बात हमें अच्छी नहीं लगती वो बात बहुत बुरे परिणाम देती है"। सुकीर्ति सुरपांस के शब्दों से और भी डर गईं। डर जैसे-जैसे भीतर भरता रहा, आँसू और बाहर बहने लगे। तब सुरपांस ने अपनी भौंहें सिकोड़ते हुये क्रोध भरे शब्दों से कहा - "हम चाहे तो आज ही आपके

शरीर की सुंदरता को अपने मन की वासना का आधीन बना दें, परंतु हमारी माता का आदेश है कि विवाह पश्चात ही हम आपको स्पर्श करें"। इस बात ने राजकुमारी सुकीर्ति को जैसे कुछ दिनों का जीवन और दे दिया। राजकुमारी ने पहली बार सुरपांस की ओर एक क्षण के लिये देखा और दोबारा आँखें झुका लीं। सुरपांस राजकुमारी की इस बात से बहुत प्रसन्न हो गया और कक्ष से जाते हुये बोला - "राजकुमारी अगर आप हमें प्रसन्न रखेंगी तो हम अपनी बाँकी दोनों रानियों को भी आपकी दासी बना देंगे"। सुरपांस इतना कहकर राजकुमारी सुकीर्ति की ओर देखता हुआ कक्ष से चला गया। कक्ष के बाहर गईं दोनों दासियाँ वापस भीतर आ गईं।

योध्यानगर में समंदर के छोर से सूरज के उगने के साथ-साथ दुब्रास में भी सातों ज्वालामुखियों के जलते ही रौशनी हो गई। सेनापति कुम्भी महल के सामने झरनों के तालाब के पास आकर खड़ा है और महाराज का संदेश देने वाले सैनिक से कह रहा है कि कैद में मृत पड़ी बुढ़िया के अंतिम संस्कार के लिये महाराज सुरपांस से मना क्यूँ किया है? अगले कुछ घंटों में तो मृत शरीर दुर्गन्ध देने लग जायेगा! सामने खड़ा सैनिक कुम्भी की हाँ में हाँ मिलाता जा रहा है। तभी एक सैनिक घोड़े पर सवार होकर आया और घोड़े पर चढ़े हुये ही बोला - "सेनापति जी चौथे ज्वालामुखी में काम कर रहे दुब्रास के लोगों ने काम करना बंद कर दिया है"। कुम्भी ने घुड़सवार सैनिक से लोगों के काम बंद करने का कोई कारण नहीं पूँछा और क्रोध से उबलते हुये तुरंत अपनी तलवार को म्यान से निकालकर बोला - "इनमें इतना साहस! कि इन्होंने हमारे आदेश का विरोध किया!"। इतना कहकर कुम्भी ने दो क्षण के लिये चौथे ज्वालामुखी की ओर देखा और फिर

बोला - "चलो हम देखते हैं किसमें विरोध करने का साहस ज्यादा जुट रहा है"।

चौथा ज्वालामुखी आज कुछ ज्यादा ही तप रहा था, उससे निकलने वाली धातु को एकत्रित करने में दुब्रास के दो नागरिकों की मृत्यु हो गई थी। चौथे ज्वालामुखी के भीतर से निकलने वाली आग से आज बीच-बीच में बड़े-बड़े आग के गोले भी ज्वालामुखी के आसपास गिर रहे थे। दुब्रास के वो लोग जो चौथे ज्वालामुखी में काम कर रहे थे ज्वालामुखी से दूर भाग आये लेकिन सैनिक लगातार उन्हें लाठी और कोड़े मारकर आगे की ओर धकेल रहे थे। असहाय होना संभवतः स्वयं का साथ छोड़ना ही होता है, तभी दुब्रास के ये लोग, जो अब तक ज्वालामुखी से धातु को एकत्रित करने के लिये खुद को असहाय समझ रहे थे, वो अब भले ही प्राणों के भय से हो लेकिन विरोध करने में समर्थ हुये, उन्हें अगर सहायता मिली तो खुद से ही मिली लेकिन अब भी उन्हें ये बात समझ नहीं आई क्योंकि बात जो समझ में आई होती तो कोड़े और लाठियों को छूटना और टूटना होता। तभी कुम्भी घोड़े में सवार अपने कुछ घुड़सवार सैनिकों के साथ चौथे ज्वालामुखी के पास पहुँच गया। कुम्भी की पहली नजर जैसे ही चौथे ज्वालामुखी की आग के साथ निकल रहे आग के गोलों पर गई वैसे ही उसने वहाँ दुब्रास के लोगों को मार रहे सैनिकों से कहा - "ठीक है फिर इन लोगों को आज दूसरे ज्वालामुखियों में भेज दो"। कुम्भी के मुख ये शब्द जैसे ही निकले वैसे ही वहाँ खड़े दुब्रास के लोगों ने कहा - "जय हो, जय हो सेनापति की जय हो"। कुम्भी के मन में आखिर दया का भाव कहाँ से उठा, कोई समझ नहीं पा रहा था लेकिन कुम्भी के विचारों को झाँक कर देखा जाये तो शायद

उसके इस निर्णय में कोई दया का भाव था ही नहीं बस एक राजनैतिक निर्णय था। कुम्भी किसी और विषय मे कुछ सोचता उससे पहले ही एक घुड़सवार सैनिक महल की ओर से चौथे ज्वालामुखी के पास आया। कुम्भी सैनिक से कुछ कहता उससे पहले ही घुड़सवार सैनिक ने घोड़े से बिना उतरे ही कहा - "सेनापति जी आपके लिये महत्वपूर्ण संदेश है..."। घुड़सवार सैनिक को रोंकते हुये कुम्भी ने अपनी तलवार निकाली और क्रोधित होते हुये घुड़सवार सैनिक से कहा - "मूर्ख... सेनापति का आदर करना भूल गया...और कोई भी संदेश हो घोड़े पे सवार होकर ही दे रहा है मुझे"। घुड़सवार सैनिक कुम्भी के तलवार निकालने से डर गया और घोड़े से तुरंत नीचे उतरकर, सर झुका के खड़ा हो गया। कुम्भी तलवार लेकर सैनिक के पास गया और बोला - "संदेश क्या है?"। तब सैनिक ने सर झुकाये हुये ही हल्के और काँपते हुये शब्दों में कहा - "महाराज"। कुम्भी ने सैनिक को पहले शब्द पर ही टोकते हुये अपनी तलवार को सैनिक की गर्दन पर टिकाते हुये कहा - "कितना मूर्ख सैनिक है, सेनापति हूँ मैं, महाराज नहीं, चाटुकारिता मत करो मुझसे"। तब सैनिक ने दबी आवाज में कहा - "महाराज सुरपांस महल में आ चुके हैं और उन्होंने आपके लिये बुलावा भेजा है, उनके साथ में राजमाता मंदिरा भी आई हुई हैं"। सैनिक इतना बोलकर चुप हो गया लेकिन जब कुछ देर तक कोई प्रतिउत्तर नहीं मिला तो सैनिक ने अपना झुका हुआ सर धीरे-धीरे ऊपर उठाया। सैनिक आश्चर्यचकित रह गया, सेनापति कुम्भी अपने घोड़े पर सवार होकर कुछ और घुड़सवार सैनिकों के साथ महल की ओर निकल चुके थे, सैनिक के सामने बस ज्वालामुखी में काम कर रहे दुब्रास के कुछ लोग खड़े थे जिन्हें वहाँ खड़े

कुछ सैनिक अब आदेश के बाद तीसरे ज्वालामुखी की ओर ले जाने लगे।

महल की दीवारों को, महल के स्तंभो को, महल की हर पुरानी वस्तु को अंगक नम आँखों से निहार रहा है। जाने कितने वर्षों के बाद अंगक दुब्रास लौट के आया है। अंगक महल को निहार ही रहा था कि तभी वहीं राजगद्दी पर बैठे हुये सुरपांस ने कहा - "क्या हुआ दुब्रास के नये सेनापति अंगक, ये महल योध्यानगर के महल से भी भव्य लगता है क्या?"। अंगक सुरपांस के शब्द सुनकर पुरानी धुंधली स्मृतियों से बाहर आया और बोला - "महाराज भव्यता इस महल की दीवारों में नजर आती है संभवतः बचपन की स्मृतियाँ शेष हों"। अंगक की इस बात को सुनकर सुरपांस ने अपने माथे की लकीरें सिकोड़ते हुये कहा - "तुम्हारे बचपन की स्मृतियों का इस महल से क्या संबंध है?"। तब अंगक ने महल की दीवारों को फिर निहारते हुये कहा - "महाराज हमारी माता सुमिधा हमें कभी-कभी अपने साथ महल लाया करतीं थीं, नहीं तो हम कहाँ कभी महल देख पाते और वो भी तब जब हम कुछ भी नहीं थे"। तभी सुरपांस ने तुरंत बोला - "और अब!"। तब अंगक ने कहा - "महाराज अब तो आपकी कृपा से हमें हमारे जीवन को शिखर तक पहुँचाने का अवसर मिला है, ये सब आपकी दया है"। अंगक के इन शब्दों में कृतज्ञता नहीं थी, चतुराई से भरी चाटुकारिता थी जो सुरपांस का ध्यान और किसी संभावना पर नहीं ले जाना चाहती थी। सुरपांस और अंगक के बीच चल रही चर्चा के बीच राजमाता मंदिरा जो महल का भ्रमण कर रही थीं कक्ष में आ गईं और बोलीं - "सुरपांस उस बुढ़िया के मृत शरीर को उस कारागार से निकालो और कहीं बाहर दूर जलवा दो,

नहीं तो कुछ देर में पूरा महल दुर्गन्ध से भर जायेगा"। मंदिरा की आज्ञा सुनते ही सुरपांस ने कक्ष के द्वार पर खड़े सैनिक से कहा - "जाओ उस बुढ़िया के मृत शरीर को वहाँ से बाहर निकालो"। वहीं बैठा अंगक जो समझ नहीं पा रहा था कि सुरपांस किस बुढ़िया की बात कर रहा है, अपने मनोभावों को सम्हालते हुए बोला - "महाराज आप आज्ञा दें तो हम महल और कारागार देखकर आते हैं"। सुरपांस ने अंगक को कारागार में जाने की अनुमति दे दी और कहा कि सैनिकों की मदद से उस बुढ़िया के मृत शरीर को बाहर निकाल लाये। अंगक के वहाँ से जाते ही राजमाता मंदिरा द्वारपाल से कक्ष का दरवाजा लगाने को कहा और किसी गुप्त चर्चा में लग गये। अंगक तो कक्ष के बाहर जाना ही चाहता था लेकिन ऐसा लगा मानो सुरपांस भी स्वयं चाहता था कि अंगक अभी कुछ समय के लिये कक्ष से बाहर चला जाये।

दो दिनों से राजमाता सिल्या का मृत शरीर राजा रामनु और रानी जानसी के कारागार में पड़ा हुआ है। राजा रामानु ने कई बार सैनिकों से कहा था कि मृत शरीर का कम से कम अंतिम संस्कार तो करा दें। अपनी माता के मृत शरीर को दो दिनों से गोद में रखे हुये राजा रामानु बार-बार भावुक हो जाते थे और रानी जानसी से कहते हैं कि वो कितने असहाय हैं कि जिन माता ने उन्हें जन्म दिया उन्होंने उनके लिये कभी कुछ नहीं किया और अब उनकी मृत्यु के बाद उनके शरीर का अंतिम संस्कार कराने में भी असहाय हैं। रानी जानसी की आँखें भी कारागार की सलाखों के बाहर दीवार पर जल रही मशाल की रौशनी में झिलमिलाती हुई नजर आ रही थीं। जब तक राजमाता सिल्या का शरीर कारागार में राजा रामनु की गोद मे रहेगा शायद तब तक कोई भी

बात उनके आँखों से बहते आँसुओं को रोक नहीं सकती थी। राजा रामानु के कारागार के बाहर जल रही मशाल से जो रौशनी भीतर जा रही थी उसकी जगह अचानक एक परछाई कारागार के भीतर पड़ने लगी। रानी जानसी को महसूस हुआ कि कोई कारागार की सलाखों को दोनों हाँथों से पकड़कर खड़ा है, जिसका चेहरा अंधेरें में मशाल की रौशनी के आगे होने से नजर ही नहीं आ रहा। अंगक बीते कुछ क्षणों से इसी तरह खड़ा है। अंधेरे कारागार में जा रही थोड़ी रौशनी में राजा रामानु और रानी जानसी की जो आकृति नजर आ रही है उसी से अंगक के हृदय में भारीपन सा बढ़ गया है। आँसुओं की बूँदें अंगक की आँखों से भी बाहर निहारने लगी थीं। अंगक के दायें-बायें कुछ सैनिक भी खड़े थे। दुब्रास के नए सेनापति को कारागार लेकर आये सैनिक ने ये भी बता दिया था कि राजा रामानु की माता सिल्या की म्रत्यु हुई है। इससे पहले अंगक को पता ही नहीं था कि जिस बुढ़िया की म्रत्यु हुई है वो उसके पिता की ही माता थीं जिनसे वो अभी तक कभी मिल न सका था। सलाखों को पकड़कर खड़ा अंगक अपनी भावनाओं से स्वयं तो जल्दी बाहर नहीं आता लेकिन अचानक उसके कानों में तेज दर्द से भरी आवाज गई। ये आवाज रानी जानसी की थी। रानी ने जब देखा कि कारागार की सलाखों के पास कोई खड़ा है तभी वो बोलीं - "कितने निर्दयी हृदय वाले हो तुम, आखिर इतना निर्दयी कोई भी दुष्ट नहीं हो सकता, अगर तुम्हारी माता का शव भी इसी तरह दो दिनों तक तुम्हारी गोद में पड़ा रहे तो तुम्हें कैसा लगेगा?"। अंगक ने वर्षों बाद अपनी माता की आवाज़ सुनी थी। वो एक पल ठहरा और फिर बोला - "अभी तो मैं अपनी माता की गोद में अच्छे से सो भी नही पाया फिर

उनके शव को अपने गोद में रखने की बात मुझे सोचनी भी नहीं है........माता"। अंगक के मुख से निकला अंतिम शब्द माता बस उतना ही तेज निकला कि वो आवाज केवल उसके स्वयं के कानों तक ही पहुँची। रानी जानसी को ऐसे किसी उत्तर की आशा नहीं थी इसीलिए उनका ध्यान भी अंगक के द्वारा कहीं गई बात कि गहराई पर नहीं गया। अंगक ने सैनिक को कारागार का ताला खोलने के लिये कहा। आज लगभग 20 वर्षों के बाद पहली बार राजा रामानु के कारागार का ताला खुल रहा था। सैनिक ने ताले में चाभी लगाई लेकिन चाभी घूम ही नहीं रही थी। चाभी ताले में फँस चुकी थी। अंगक ने ताला खोलने की कोशिश कर रहे सैनिक को पीछे हटने को कहा और सैनिक के पीछे हटते ही हाँथ के एक वार से ताले को तोड़ दिया। सैनिक की आँखें खुली की खुली रह गईं। अंगक ने टूटे हुये ताले को निकाल कर नीचे फेंका और पीछे खड़े सैनिक को दीवार पर लगी मशाल लेकर कारागार के अंदर आने को कहा। अंगक कारागार के अंदर पहुँच गया और पीछे से जैसे ही एक सैनिक मशाल लेकर अंदर आया वैसे ही राजा रामनु का चेहरा, रानी जानसी की अश्रुपूरित आँखें और राजमाता सिल्या का शव पूरी रौशनी में साफ दिखाई देने लगे। अंगक के गले में बचपन का त्रिशूल का निशान था अगर रानी जानसी या राजा रामानु की दृष्टि उसके गले के निशान पर पड़ जाये तो निश्चित ही अभी ही वो अंगक को पहचान लेंगे लेकिन रानी जानसी अंगक के चेहरे को क्रोध से देख रही हैं और राजा रामानु तो जैसे अपने आसपास घट रही हर घटना से अपरिचित थे। अंगक ने अपने आप को सम्हाला, वो नहीं चाहता था कि उसके माता-पिता को अभी वास्तविकता का पता चले, नहीं तो हो सकता

था वो भावुक हो जायें और उनके भावुक होने से किसी को भी संदेह हो सकता था। साथ ही अंगक ये जानता था कि दिव्यांग कँवच की शक्तियाँ उसकी शक्तियों से शक्तिशाली हैं, इसीलिये सुरपांस को हराना मुश्किल था। वहीं दूसरी समस्या यह थी कि सुमिधा अभी योध्यानगर में ही थी, अगर अभी विरोध या विद्रोह किया तो संभव है उसके साथ भी वही होगा जो उसके पिता राजा रामनु के साथ हुआ था। सुरपांस सुमिधा का सहारा लेकर अंगक को भी आत्मसमर्पण के लिये मजबूर कर देगा। अंगक ने और देर करना उचित नहीं समझा और अपने हाँथों को राजमाता सिल्या के शव की ओर बढ़ाया। राजा रामानु जो अब तक अपनी माता के चेहरे पर नजरें टिकाये हुये बेहोश थे अब अचानक होश में आ गये। अंगक जैसे ही राजमाता सिल्या के शव को अपने दोनों हाँथों में लेकर खड़ा हुआ वैसे ही राजा रामानु भी एक बार लड़खड़ाते हुये अपने पैरों में तुरंत खड़े हुये और अपनी माता के चेहरे को दोनों हाँथों से सहलाते हुये बोले - "मेरी माता का अंतिम संस्कार तो मुझे ही करना चाहिये न, कृपा करके सुरपांस तक मेरा ये संदेश पहुँचा दो, मैं बचे हुये शेष जीवन मे तुम्हारा कृतज्ञ रहूँगा"। अंगक अपने पिता की इस असहाय अवस्था को देखकर भीतर ही भीतर व्याकुल हो रहा था लेकिन वो भी इस घड़ी असहाय ही था, नहीं तो सुरपांस की इस कैद से अभी उन्हें मुक्त कर देता। अंगक ने अपने पिता की बात का कोई उत्तर नही दिया क्योंकि वो जानता था सुरपांस संभवतः राजा रामानु को उनकी माता के अंतिम संस्कार की अनुमति नहीं देगा। अंगक बिना कुछ और बोले राजमाता सिल्या के शव को हाँथ में लेकर, आँखों में उतर रही नर्मी को रोंकता हुआ, दो और सैनिकों के साथ कारागार

से बाहर महल में आ गया। सुरपांस और राजमाता के बीच कक्ष में चल रही चर्चा में अब सेनापति कुम्भी भी शामिल हो गया था। अंगक राजमाता सिल्या के शव को लेकर जैसे ही उस कक्ष के बाहर पहुँचा जहाँ पर वह गुप्त चर्चा चल रही थी, वैसे ही द्वारपाल ने बंद दरवाजे को खोल दिया। अंगक, राजमाता सिल्या के शव को अपने हाँथों में लिये कक्ष के अंदर जाता उससे पहले ही राजमाता मंदिरा उठी और क्रोध से भरे शब्दों में कुछ चिढ़ती हुई बोलीं - "अंगक, इस बुढ़िया के दुर्गंध आते शव को यहाँ क्यूँ लेकर आ रहे हो, इसे महल के बाहर कहीं फेंक आओ"। तब अंगक ने सर झुकाते हुये कहा - "क्षमा राजमाता लेकिन इस शव को अगर यूँही कहीं फेंका गया तो हो सकता है कि दुर्गंध यहाँ और फैल जाये तो अच्छा होगा हम इनका दाह संस्कार करा दें"। अंगक कि इस बात का उत्तर राजमाता मंदिरा देतीं उससे पहले ही सुरपांस ने एक नजर सेनापति कुम्भी की ओर देखा और फिर अंगक से कहा - "अंगक तुम्हारी बात उचित है, इस बुढ़िया के शव का दहन तो करना होगा......तो ठीक है जाओ इसके शव को चौथे ज्वालामुखी की आग में विसर्जित कर आओ, इसका दाह संस्कार वही है"। सुरपांस की ये बात सुनकर अंगक के मन मे क्रोध उठने लगा लेकिन समय को देखते हुये, उसने क्रोध के प्रकट होने से पहले ही सर झुका लिया और बोला - "जो आज्ञा...महाराज"। अंगक इतना कहकर दो सैनिकों के साथ महल से पैदल ही चौथे ज्वालामुखी की ओर निकल गया।

योध्यानगर में राजमाता मंदिरा और सुरपांस के न होने पर राजकुमारी सुकीर्ति के कक्ष में आज सुमिधा बहुत समय से आकर बैठी हुई है। राजकुमारी सुकीर्ति सुमिधा की गोद में

सर रखकर लेटी हुई हैं और कह रही हैं कि उन्हें दुष्ट सुरपांस से विवाह नहीं करना है। सुमिधा सावधानी रखते हुये इस बात का खयाल रख रही है कि उसके मन में सुरपांस के प्रति जो विरोध छुपा है उसका जरा भी संदेह राजकुमारी सुकीर्ति को नहीं होना चाहिये। सुमिधा बस राजकुमारी के मन की पीड़ा को बाँटने के लिये उनके पास बैठी है। इधर दुब्रास में सिंघा सुरपांस से मिलने के लिये महल आया हुआ है। सुरपांस ने सिंघा की प्रसंसा करते हुये मुस्कुराकर कहा - "सरदार सिंघा तुम पहले से और शक्तिशाली दिख रहे हो"। तब सिंघा ने सुरपांस से कहा - "महाराज आप कुछ महीनों पहले ही यहाँ आये थे, मेरी नजर में तो मैं वैसा ही हूँ जैसा कि पहले था"। सिंघा की बातों में असंतुष्टि साफ-साफ झलक रही थी। सुरपांस और राजमाता मंदिरा इस बात को भाँप गये थे लेकिन वहीं कक्ष में बैठा कुम्भी असहज हो रहा था। सेनापति कुम्भी को भय था कि कहीं सिंघा सुरपांस को ये न कह दे कि कुम्भी ने जंगल के सरदार के क्षेत्र में अपनी मनमानी चलाने की कोशिश की थी। खैर कुम्भी के मन में उठ रहा भय व्यर्थ था। सिंघा सुरपांस से कुछ और कहना तो चाह रहा था लेकिन कुछ कहता उससे पहले ही सुरपांस ने सिंघा की ओर बड़े गंभीर भाव में देखते हुये कहा - "सिंघा तुम्हें हमारा एक काम करना होगा, जिसके पश्चात हम तुम्हें दुब्रास का राज उपहार में दे देंगे"। सुरपांस की ये बात जैसे किसी परखे हुये असत्य सी थी, सिंघा को सुरपांस की बात पर यकीन न हुआ और उसने कहा - "महाराज क्षमा कीजिये लेकिन ऐसा ही वचन आपने मुझे कुछ वर्षों पहले भी दिया था"।

सिंघा की इस बेबाक बात को सुनकर सुरपांस हैरान भी हुआ और साथ ही ये बात उसे सुनने में भी अच्छी नहीं लगी।

सुरपांस के चेहरे को देखकर सिंघा भी समझ गया कि उसने असमय ही मन मे दबी बात को कहा है। सुरपांस ने तब एक लंबी गहरी साँस ली और फिर आँखों को सिकोड़ते हुये सिंघा की ओर देखते हुये कहा - "सिंघा तुम्हें जंगल का सरदार हमने ही बनाया है और अगर तुम्हें हमारी बात पर विस्वास नहीं है तो फिर तुम अपने पिता बश्शेरा की सेवा कारागार में रहकर कर सकते हो"। सुरपांस की इस बात से सिंघा तुरंत अपने मन की हर खटास को भूल सा गया और हड़बड़ाते हुये बोला - "महाराज क्षमा कीजिये, मेरे कहने का तात्पर्य वह नहीं था जो आपने समझा, मुझे तो आपके हर कथन पर विस्वास है, पूरा विस्वास है, आप कहिये मुझे क्या करना है"।

सिंघा के इतना कहने के बाद सुरपांस कुछ कहता, उसके बीच मे ही राजमाता मंदिरा जो चुपचाप गद्दी में बैठे सब सुन रही थीं, बोलीं - "सिंघा तुम्हें दुब्रास के सेनापति को मारना है"। राजमाता मंदिरा ने इतना कहा ही था कि वहीं बैठा सेनापति कुम्भी राजमाता मंदिरा के चरणों मे गिर कर गिड़गिड़ाते हुये बोला - "क्षमा राजमाता, क्षमा कीजिये मैं गलती दोबारा नहीं करूँगा......"। इतना कहकर गिड़गिड़ाता हुआ कुम्भी अचानक एक क्षण सोचकर राजमाता की ओर देखकर बोला - "लेकिन राजमाता दुब्रास का सेनापति अब मैं तो नहीं हूँ!"। कुम्भी ने इतना कहा कि सिंघा जो पहले दुब्रास के सेनापति को मारने की बात सुनकर कुछ सोच नहीं पा रहा था अब और उलझे हुये भावों से सुरपांस की ओर देखने लगा। तब सुरपांस ने अपने आसन से उठकर कक्ष की खिड़की की ओर जाते हुये सिंघा से कहा - "सिंघा...... दुब्रास का नया सेनापति अब अंगक है, जो अब तक हमारे साथ दुब्रास में ही रहता था और हमने उसके एक कार्य के लिये उसे दुब्राखों का सेनापति बनाने का

वचन दे दिया था..."। सुरपांस और भी कुछ आगे कहना चाह रहा था लेकिन तभी राजमाता मंदिरा ने अपने पैरों में आकर गिरे सेनापति कुम्भी को वापस अपनी जगह बैठने के लिये कहा सिंघा से बोलीं - "सुरपांस ने हमारी अनुमति के बिना ही अंगक को दुब्रास का सेनापति बनाने का वचन दे दिया लेकिन हम समझते हैं कि दुब्रास पर तुम्हारा अधिकार ज्यादा है, तुमने रामानु के साथ हुये युद्ध में हमारे पुत्र के लिये अपने प्राण भी संकट में डाले थे, अतः दुब्रास तुम्हारा होना चाहिये"। राजमाता मंदिरा की इस बात को सुनकर सिंघा मन ही मन कुछ विचार करने लगा। जब कुछ क्षणों तक सिंघा ने कोई जवाब नहीं दिया तो सुरपांस ने अपने खिड़की से सिंघा की ओर आते हुये कहा - "सिंघा हम आज सातों ज्वालामुखियों के बुझते ही यहाँ से योध्यानगर लौट जायेंगे और अगर तुम्हें दुब्रास चाहिये तो अंगक को मारकर......संदेश हमें भेज देना, उसके पश्चात दुब्रास तुम्हारा हुआ"।

चौथे ज्वालामुखी से निकलने वाली रौशनी आज जो आग के बड़े-बड़े गोले फेंक रही थी वो अब भी ज्वालामुखी के आसपास आकर गिर रहे थे। दो सैनिकों के आगे-आगे पैदल चलता हुआ, हाँथों में राजमाता सिल्या के शव को लिया अंगक अचानक ठहरा और पीछे चल रहे सैनिकों से बोला - "तुम दोनों यहीं पर रुको, इस ज्वालामुखी से निकल रहे आग के गोले प्राणघातक हो सकते हैं, मैं अकेला ही यहाँ से आगे की ओर जाऊँगा।

अंगक राजमाता सिल्या के शव को लिया हुआ ऊपर ज्वालामुखी की आग की ओर चल दिया। आग के गोले कभी उड़ते हुये अंगक के दायें गिरते तो कभी बायीं ओर गिरकर नीचे की

ओर बिखर जाते थे। अंगक की आँखों मे रुके हुये आँसू अब बह पड़े, अब इन आँसुओं को यहाँ कोई देख नहीं सकता था इसीलिए अंगक ने अपनी भावनाओं को बंधन से मुक्त कर दिया। आँखों से बहते आँसुओं में ज्वालामुखी से निकलती रोशनी और आग के गोलों का प्रतिबिंब बन रहा था, ऐसा लग रहा था मानों आँखों से आँसू नहीं ज्वालामुखी का लावा बह रहा हो। अंगक ने कुछ देर चलने के बाद अब दो ऐसी लंबी छलांगे लगाई कि ज्वालामुखी के नीचे खड़े सैनिकों की आँखें खुली रह गईं। अंगक सीधा ज्वालामुखी के ऊपर जल रही रौशनी से कुछ दूर जाकर खड़ा हो गया। ज्वालामुखी से निकल रही रौशनी के करीब जाना अभी तो लगभग असंभव था क्योंकि अंगक जिस जगह पर खड़ा हुआ था वही धरती अभी इतनी तप रही थी कि अंगक के कदम भी लड़खड़ाने लगे थे। तपन इतनी थी कि अंगक का सारा शरीर पसीने से भीगा हुआ था और किसी भी क्षण वो बेहोश हो सकता था। अंगक बेहोश होकर गिरता उससे पहले ही चौथे ज्वालामुखी से आग के गोले निकलने बंद हो गये, समय दुब्रास की रात्रि का हो रहा था अतः ज्वालामुखी से निकलने वाली लौ वापस भीतर जाने लगी। अंगक थकान के कारण अपने घुटनों में आ गया लेकिन अब भी उसने राजमाता सिल्या के शव को अपने दोंनो हाँथों में ही रखा है। दोनों सैनिक जो अब तक चौथे ज्वालामुखी के कुछ नीचे की ओर खड़े थ दौड़ते हुये ऊपर की ओर आने लगे। ज्वालामुखी की लौ अब पूरी तरह से ज्वालामुखी के भीतर समा गई और वहाँ की धरती भी ठंडी होने लगी। अंगक के शरीर मे पुनः ऊर्जा का प्रवाह शुरू होने लगा और वो घुटनों से वापस अपने पैरों में खड़ा होकर ज्वालामुखी के मुहाने की ओर जाने लगा। राजमाता सिल्या

के मुख को कुछ क्षणों तक निहारने के बाद अंगक ने शव को ज्वालामुखी के भीतर जलती आग की ओर छोड़ दिया। अंगक के हाँथों से छूटने के कुछ ही क्षणों के बाद राजमाता सिल्या का शव ज्वालामुखी के भीतर जल रही आग में मिल गया। अंगक मुहाने पर खड़ा कुछ देर तक पलकों में उतरे आँसुओं के साथ ज्वालामुखी के भीतर जलती आग को देखता रहा। इतने में ऊपर आ रहे दोनो सैनिक भी पहुँच गये। अंगक ने सैनिकों को देखकर सर दूसरी ओर करके आँसुओं को पोंछा और फिर ज्वालामुखी से नीचे उतरकर वापस दुब्रास के महल की ओर चल पड़ा। सातों ज्वालामुखियों की आग के भीतर जाते ही अँधेरा तो हो चुका था लेकिन जुगुनू जो अक्सर तीनों झरनों और तालाब के पास उड़ते हुये चमकते थे आज कहीं नजर नहीं आ रहे थे। अंगक और पीछे चल रहे दोनों सैनिक अँधेरे में दूर से ही महल में जल रही मशालों को देखकर रास्ते मे चले जा रहे थे। तभी अचानक अँधेरा रास्ता झिलमिल उजाले से भर गया, सारे जुगुन अंगक के ऊपर विशाल घेरा बनाकर उड़ने लगे थे। अंगक ने चलते हुये एक नजर ऊपर जुगनुओं की ओर देखा और आगे चलता रहा लेकिन पीछे-पीछे चल रहे सैनिक रुक गये और हैरानी से ऊपर उड़ रहे जुगनुओं को देखने लगे, उन्हें आश्चर्य था कि ये कैसे हो रहा है।

सिंघा ने अपने विस्वासपात्र साथियों को आज चर्चा के लिये अपनी गुफा के बाहर बुलाया है। चर्चा में हाँथी गजा, दो बाघ और एक भेड़िया सामिल है। सिंघा चेहरे से खुश दिख रहा था। सिंघा की खुशी का कारण चर्चा में सामिल सभी जानवरों को पता था लेकिन असमंजस का भाव अब भी बना हुआ

था। तभी सर झुकाकर बैठे गजा ने अपनी सूड़ को उठाते हुये कहा - "सरदार सिंघा, सुरपांस विस्वास करने वाला राजा नहीं है, अगर आपने अंगक को मार भी दिया तो भी ये निश्चित नहीं है कि सुरपांस आपको सारा दुब्रास दे देगा"। सिंघा गजा की बात पर कुछ विचार करता उससे पहले ही वहीं बैठा भेड़िया बोला - "सरदार अगर आपने अंगक को मार दिया और सुरपांस ने आपको सारा दुब्रास नहीं भी दिया तो आपका क्या जाता है, आप तो जंगल के सरदार हैं ही, लेकिन अगर सुरपांस ने सारा दुब्रास दे दिया तो इससे अच्छा क्या होगा"। भेड़िये की बात से अभी तक चुप बैठे दोनों बाघ भी सहमत थे लेकिन गजा इस मत के विरोध में था। तभी सिंघा ने कहा - "अगर कल सुबह ज्वालामुखियों के जलते ही मैं उड़ते हुये महल की ओर जाऊँ तो समझ लेना मैं उस नये सेनापति अंगक को मारने जा रहा हूँ"। सिंघा ने चर्चा समाप्त कर दी, बाँकी जानवर भी वहाँ से बाहर जाने लगे। दोनों बाघ सबसे पहले छलांग मारते हुये अँधेरे जंगल में भाग गये लेकिन भेड़िया वहाँ से निकलने में गजा से पीछे ही रहा, आखिर वो गजा से डर रहा था। गजा को भेड़िये की सलाह अच्छी नहीं लगी थी लेकिन फिर भी उसे आशा थी कि सिंघा सुबह तक सोच विचार करके सही फैंसला ही लेगा। गजा के वहाँ से निकलते ही भेड़िया भी तुरंत दौड़कर जंगल में भाग गया।

अंगक और दोनों सैनिक जुगनुओं के उजाले में महल तक पहुँच गये। अंगक समझ गया था कि चाहे कोई उसे पहचान पाये या नहीं पर इन जुगनुओं ने उसे पहचान लिया है। महल के बाहर पहुँचते ही अंगक ने ऊपर झिलमिलाते जुगनुओं की ओर देखा और कहा - "मैं बहुत आभारी हूँ आपका, अब आप दुब्रास में फैले रात के इस अँधेरे को अपनी रौशनी से भर

दें”। अंगक के इतना कहते ही जुगनू वहाँ से उड़ते हुये चले गए और हमेशा की तरह तालाब के ऊपर तीनों झरनों के चारों ओर उड़ने लगे। अंगक ने दोनों सैनिकों को आज आराम करने के लिये कहा और स्वयं भी महल के अंदर आया। महल के अंदर प्रवेश करते ही वहीं खड़े एक द्वारपाल ने अंगक के सामने सर झुकाते हुये कहा - “सेनापति अंगक के लिये महाराज सुरपांस का संदेश है कि उन्हें कोई आवश्यक कार्य था इस कारण वो आज ही वापस योध्यानगर के लिये निकल गये हैं और आपको दुब्रास को सुचारू ढंग से चलाने के लिये कहा है”। सुरपांस दुब्रास से जा चुका था ये सुनकर अंगक के हृदय में खुशी दौड़ पड़ी, संभवतः वो आज ही अपने माता-पिता को कैद से आजाद कर सकता था लेकिन अगले ही पल योध्यानगर में सुमिधा का ध्यान आ गया। सुमिधा जब तक योध्यानगर मे रहेगी तब तक अंगक सुरपांस से कोई युद्ध नहीं कर सकता था फिर भी कम से कम अपने माता-पिता से मर्जी से मिल तो सकता है और संभवतः उन्हें अपनी वास्तविकता भी बता सकता है। अंगक इसी उत्साह में कारागार की ओर तेजी से जाने लगा। अंगक के कदम पड़ते ही कारागार में जलती हुई मशाले मानों आज कुछ ज्यादा ही रौशनी कर रही थीं, उत्साह से भरा हुआ अंगक तेज कदमों से राजा रामानु और रानी जानसी के कारागार के सामने पहुँच गया, पर वहाँ पहुँचते ही देखा कि कारागार खाली था, अंगक को लगा हो सकता है वो किसी दूसरे कारागार के सामने खड़ा होगा। अंगक तेजी से बगल वाले कक्ष के सामने आया लेकिन वो कक्ष भी खाली था। अंगक को कुछ समझ नहीं आ रहा था कि हुआ क्या है? तभी अंगक ने अपने पीछे खड़े सैनिक से कहा - “यहाँ पर कैद राजा रामानु और

रानी जानसी कहाँ है?"। तब सैनिक ने अंगक से कहा - "राजा रामानु, रानी जानसी और उनके सेनापति किवाड़ को महाराज सुरपांस अपने साथ योध्यानगर ले गये हैं और अब से वो वहीं के कारागारों में कैद रहेंगे"। अंगक सैनिक की बात सुनकर स्तब्ध रह गया, सारा उत्साह जैसे क्षण भर में विलीन हो गया। अंगक के मन में विचार उठा कि कदाचित सुरपांस को उस पर संदेह हो गया हो! लेकिन फिर दूसरा विचार आया कि अगर कोई संदेह होता तो वो अंगक को दुब्रास का सेनापति बनाता ही क्यूँ? अंगक का सारा होश जैसे किसी मूर्छा में चला गया था। उदास मन के साथ अंगक ने वहाँ से जाने के लिये कदम बढ़ाये ही थे कि तभी एक बुलंद आवाज आई - "मुझे भूल गये तुम"। अंगक आवाज सुनते ही ठहर गया, उसके मन ने आवाज को क्षण भर में पहचान लिया। अंगक पीछे मुड़ा और कुछ कदम आगे गया तो मन जिस उत्साह को खो चुका था वो दोबारा एकत्रित होने लगा। बश्शेरा कारागार की सलाखों के पास आकर बैठा था, बीते सालों से उसका शरीर कुछ कमजोर लग रहा था लेकिन था तो वही जंगल का सरदार बश्शेरा, जो पाँच साल के छोटे अंगक को अपनी पीठ पर बैठाकर उड़ता हुआ सारे दुब्रास का चक्कर लगाता था। अंगक ने सैनिक से तालों की चाभियाँ ले ली और वहाँ खड़े सारे सैनिको को कारागार से निकलकर बाहर जाने का आदेश दिया। सभी सैनिक आदेश मिलते ही कारागार से बाहर चले गये। अंगक ने बश्शेरा के कारागार का ताला खोला और तुरंत बश्शेरा के गले लगकर फुट-फूटकर रोने लगा। बश्शेरा ने अपना दाहिना पंजा उठाया और अंगक की पीठ पर रखता हुआ बोला - "मैं तो तब ही तुम्हें तुम्हारी गंध से पहचान गया था जब तुम पहले राजा रामानु से

मिलने आये थे लेकिन सुरपांस के यहाँ होने के कारण मैने पुकारा नहीं"। तब रोते हुये अंगक ने कहा - "बश्शेरा दादा मैं असहाय सा महसूस कर रहा हूँ, ऐसा लगता है मैं कभी भी अपने माता पिता और सारे दुब्रास को सुरपांस से मुक्त नहीं करा पाउँगा"। अंगक को उदास होता देखकर बश्शेरा ने कहा - "अंगक तुम्हारे माता-पिता, सेनापति किवाड़, मैंने और हम सबने इस आशा पर ही अपना समय बिताया है कि तुम जहाँ कहीं भी होगे सकुशल होगे और एक दिन सारे दुब्रास को सुरपांस की म्रत्यु के साथ मुक्त जरूर कराओगे"। बश्शेरा की बातों में अंगक के प्रति विस्वास भरा था लेकिन बश्शेरा भी जानता था कि अंगक अकेला दिव्यांग कँवच की शक्तियों के साथ सुरपांस को परास्त नहीं कर सकता। अंगक बश्शेरा के गले से अलग होकर बोला - "बश्शेरा दादा, सुरपांस को हराने के लिये मैं अकेला काफी नहीं हूँ, और वो भी तब जब मेरे माता-पिता, सेनापति किवाड़ योध्यानगर के कारागारों में हैं और माता सुमिधा भी योध्यानगर में हैं"। तब बश्शेरा ने कहा - "युवराज अंगक रास्ते खोजने पर निकलेंगे, तुम भरोसा रखो परमात्मा हमारी सहायता करेगा"। अंगक बश्शेरा से कुछ देर और बातें करने के बाद कारगार से वापस आ गया और बाहर भेजे गये सैनिकों को उसने वापस कारागार में भेज दिया।

दुब्रास से लौटते ही योध्यानगर के कारागार में बंद करने से पहले राजा रामानु, रानी जानसी और सेनापति किवाड़ को सुरपांस ने रात के समय महल के सामने खड़ा किया। सारी प्रजा को भी बुलाया गया था। योध्यानगर के कुछ लोग जो सुरपांस की चाटुकारिता करना चाहते थे वो तीनों कैदियों पर हँस रहे थे लेकिन कुछ लोग जिन्हें ये खबर थी कि राजा

रामानु योध्यानगर के राजा दसनाथ के ही पुत्र हैं, वो भीड़ में अपने निराश चेहरों को छुपा रहे थे। सेनापति किवाड़ का स्वास्थ्य पहले से ही खराब था, दुब्रास से योध्यानगर की यात्रा करने से सेनापति किवाड़ का स्वास्थ्य और भी बिगड़ गया। योध्यानगर की प्रजा और सुरपांस के सामने ही सेनापति किवाड़ लड़खड़ाकर नीचे गिर पड़े। कुछ सैनिक सेनापति किवाड़ को उठाने के लिये भागे ही थे कि तभी सुरपांस ने चिल्लाते हुये सैनिकों को रुकने के लिये कहा और बोला - "जब तक ये सेनापति स्वयं ही अपने पैरों में खड़ा नहीं होता तब तक, ये दोनों (राजा रामानु और रानी जानसी) भी यहीं महल के बाहर ही इसी तरह खड़े रहेंगे"। धरती पर गिरे हुये सेनापति किवाड़ वापस अपने पैरों पर खड़े होने का प्रयास कर रहे थे लेकिन लड़खड़ाकर उठने के इन निरंतर प्रयासों में वो मूर्छित होकर गिर गये, तभी बगल में जंजीरों से बंधे राजा रामानु ने किवाड़ की ओर कदम बढ़ाया। रामानु किवाड़ की उठने में कुछ सहायता करते उससे पहले ही सेनापति कुम्भी ने कहा - "खबरदार रामानु, जो महाराज सुरपांस के आदेश की अवहेलना की, यहाँ कोई भी किवाड़ की उठने में सहायता नहीं करेगा"। इतना कहकर कुम्भी ने सुरपांस की ओर देखा और मुस्कुराने लगा। सुरपांस ने कुम्भी पर अधिक ध्यान नहीं दिया और राजमाता मंदिरा के साथ महल के भीतर जाने लगा। सुरपांस के पीछे-पीछे सेनापति कुम्भी भी महल के अंदर चल दिया कि तभी सुरपांस ने अपने कदम रोके और कहा - "सेनापति कुम्भी तुम कहाँ चले?"। तब कुम्भी ने सुरपांस से कहा - "महाराज दुब्रास से योध्यानगर तक घोड़े में आने से थकान सी हो गई है, मैं भी आराम कर लेता हूँ"। तब सुरपांस ने वापस अपने कदम

महल के अंदर की ओर बढ़ाये और ये बोलते हुये महल के अंदर चला गया कि जब तक उस मूर्छित किवाड़ को होश न आ जाये तब तक सेनापति कुम्भी भी महल के बाहर ही कैदियों के पास रहेगा। ये बात सुनते ही सेनापति कुम्भी के मुँह ने बड़ी ही धीमी आवाज में कहा - "जो आज्ञा महाराज"। कुम्भी इतना कहकर पीछे मुड़ा तो देखा दुब्रास की सारी प्रजा जो अब तक वहाँ घेरा बनाकर खड़ी थी उनमें से कोई भी अब वहाँ पर नहीं था। कुम्भी ने एक सैनिक को आदेश दिया कि ठंडा पानी लाकर मूर्छित किवाड़ के सर पर डाला जाये। सैनिक तुरंत घड़े में ठंडा पानी लेकर आया और नीचे मूर्छित पड़े सेनापति किवाड़ के चेहरे पर डालने लगा। ठंडा पानी चेहरे पर पड़ते ही सेनापति किवाड़ को कुछ होश आया और वो लड़खड़ाते हुये अपने पैरों पर खड़े होने की कोशिश करने लगे, तभी राजा रामानु ने दोबारा अपने कदम किवाड़ की सहायता के लिये आगे बढ़ाये लेकिन इस बार सेनापति कुम्भी ने कोई विरोध नहीं किया और ऊपर अँधेरे आसमान की ओर देखने लगा। सेनापति किवाड़ के खड़े होते ही कुम्भी ने तीनों को ले जाकर कारागार में बंद कर दिया। इस बार राजा रामानु और रानी जानसी को भी अलग-अलग कारागारों में बंद किया गया। इधर रात गहराती चली गई लेकिन सुमिधा अब भी अपने कक्ष में जाग रही है। सुमिधा राजमाता मंदिरा को लेने के लिये जब महल के बाहर आई और उसने राजा रामानु को देखा तो जैसे उसका मन टूट गया। सुमिधा नहीं चाहती थी कि रानी जानसी उसे अभी देखें इसीलिये वो रानी मंदिरा के पास खड़ी बाँकी दासियों के पीछे छुप गई। सुमिधा को डर था कहीं रानी जानसी अपनी भावनाओं को न खो दें और सब अनर्थ हो जाये। सुमिधा को अब इस बात की चिंता थी कि

अंगक किस तरह से सुरपांस से युद्ध करेगा जब उसके माता पिता भी योध्यानगर के कारागार में आ गये हैं। गहरी रात बीतनी अभी बाँकी थी लेकिन अँधेरा कब तक रहता, उसे तो सूरज के उगते ही जाना था।

इधर योध्यानगर में सूरज की किरणों ने रौशनी की तो दुब्रास के सातों ज्वालामुखी भी जल उठे। जंगल मे गजा ज्वालामुखियों के जलने से पहले ही सिंघा की गुफा के बाहर बैठा था। ज्वालामुखियों के जलते ही सिंघा अपनी गुफा से बाहर निकला। गजा जो अब तक बैठा हुआ था, खड़ा हुआ और अपनी सूड़ को उठाकर सिंघा का अभिवादन करने लगा। गजा सरदार सिंघा से उसके फैंसले के विषय में कुछ पूँछता उससे पहले ही सिंघा ने अपने पंख फैलाये और जंगल से दुब्रास के महल की ओर उड़ता हुआ निकल गया। गजा समझ गया कि सिंघा नये सेनापति अंगक को मारने जा रहा है ताकि सुरपांस उसे पूरे दुब्रास का राजा बना दे। इधर अंगक ने भी आज रात भर विचार किया कि आगे की योजना कैसे बनाई जाये लेकिन कोई रास्ता उसके सामने नहीं आया।

अंगक को दुब्रास की प्रजा के साथ होने वाले अत्याचारों की सारी खबर थी लेकिन वो ये भी जानता था कि अगर उसने अभी कुछ परिवर्तन किया तो किसी न किसी सैनिक के माध्यम से सुरपांस तक खबर पहुँच जायेगी। अंगक असमंजस में फँसा था और इस असमंजस का रास्ता खोजने के लिये वो एक बार फिर कारागार की ओर बश्शेरा से मिलने के लिये चल दिया। कारागार में पहुँचते ही अंगक ने वहाँ पर तैनात सभी सैनिकों को वहाँ से बाहर भेज दिया और ताला खोलकर बश्शेरा के पास ही कारागार की दीवाल से सटकर

बैठता हुआ बोला - "बश्शेरा दादा, मुझे कोई राह नहीं दिख रही, और अब तो इतनी व्याकुलता है कि कहीं भी ठहरने को जी नहीं चाहता"। बश्शेरा ने कुछ समय तक तो कुछ कहा नहीं, बस सर झुकाये अंगक को देखता रहा। तभी बश्शेरा ने कहा - "अंगक रास्ता निकलेगा जब तुम निकालोगे, कभी-कभी सही परिस्थितियों की प्रतीक्षा नहीं, बल्कि सही परिस्थितियों का निर्माण करना होता है"। अंगक बश्शेरा की बात से सहमत था, अब कोई न कोई फैंसला उसे ही करना था। अंगक असमंजस से भरे कुछ और सवाल बश्शेरा से पूँछता उससे पहले ही एक सैनिक कारागार में भागता हुआ आया और हाँफते हुये बोला - "सेनापति जी जंगल के सरदार सिंघा ने महल पर आक्रमण कर दिया है और हमारे सैनिकों को मारता जा रहा है"। अंगक ने एक क्षण भी कोई और विचार नहीं किया और उठकर कारागार से बाहर महल की ओर भागा। अंगक महल के बाहर आया तो देखा सिंघा दो सैनिकों को अपने जबड़े में दबाकर उड़ता हुआ ऊपर की ओर जा रहा है, और ऊपर जाकर सैनिकों को नीचे छोड़ देता है। अंगक ने अपनी तलवार म्यान से बाहर निकाली और गरजता हुआ बोला - "सिंघा अगर अब तुमने किसी और सैनिक को नुकसान पहुँचाने की कोशिश की तो तुम्हें मेरी तलवार बहुत तकलीफ़ पहुँचा सकती है"। सिंघा ने अंगक की बात को सुना और ऊपर से उड़ता हुआ सीधा नीचे अंगक के सामने उतरते हुये बोला - "एक लोहे की तलवार इस सिंघा के लिये काफी नहीं है सेनापति, इसीलिये मैं तुम्हें एक मौका देता हूँ कि मेरे सामने आत्मसमर्पण कर दो"। तभी अंगक ने अपनी आँखों को सिकोड़ते हुये कहा - "सिंघा संभवतः तुम्हें अपने ऊपर आवश्यकता से ज्यादा विस्वास है लेकिन आज मैं तुम्हारा वो

विस्वास तोड़ दूँगा"। सिंघा अंगक के उत्तर को सुनकर फिर कुछ नहीं बोला और अचानक तेजी से आगे बढ़ा। सिंघा ने अपने दोनों पंख फैलाये और अंगक को अपने पंजो से पकड़ने की असफल कोशिश करता हुआ वापस ऊपर की तरफ उड़ गया। अब अंगक ने भी सिंघा को सबक सिखाने की ठान ली और एक छलांग लगाकर महल के ऊपर पहुँच गया। सिंघा ने पलटकर देखा तो हैरान रह गया, उसे समझ नहीं आया कि अंगक एक पल में ही महल के ऊपर कैसे पहुँच गया। सिंघा ऊपर से फिर नीचे आकर अंगक पर आक्रमण करने की सोचता उससे पहले ही अंगक ने फिर एक छलांग मारी और उड़ता हुआ सीधा सिंघा की ओर आने लगा। सिंघा को कुछ समझ आता उससे पहले ही अंगक ने सिंघा की गर्दन को दोनों हाँथों से दबा लिया और क्रोध में बोला - "विस्वासघाती तुम्हारे कारण ही दुब्रास की प्रजा सुरपांस की गुलाम बनी है, तुम्हारे कारण ही मेरा बचपन मेरे माता-पिता से दूर बीता है, तुम्हारे कारण ही मेरे माता-पिता को सुरपांस की कैद में रहना पड़ रहा है"। अंगक ने सिंघा की गर्दन को पूरी ताकत से दबा रखा था। सिंघा का दम घुटने लगा और वो मूर्छित होने लगा। अंगक ने उसकी गर्दन को छोड़ दिया और वो दुब्रास के चट्टानों वाले आसमान से नीचे गिरने लगा। अंगक तालाब के सामने आकर उतरा तो दूसरी तरफ ऊपर से नीचे की ओर गिरता सिंघा झरनों के तालाब पर आ गिरा। पानी में होश आने पर अपनी प्राणों की रक्षा करता हुआ सिंघा किसी भी तरह तैरता हुआ तालाब के किनारे आया। अंगक जमीन पर पड़े सिंघा के सामने आकर खड़ा हुआ। सिंघा की साँसें चढ़ी हुई थी फिर भी वो पलकें बिना झपकाये अंगक के चेहरे को एकटक देख रहा था। अंगक की म्यान से तलवार

बाहर निकली ही थी कि तभी सिंघा ने अपनी साँसों को कुछ काबू में करते हुये कहा - "तुम कौन हो?"। तभी एक आवाज आई जिसे सिंघा अच्छी तरह पहचानता था। बश्शेरा कारागार से बाहर आ गया था और अंगक के पास आकर ही सिंघा से बोला - "ये राजा रामानु का वीर पुत्र अंगक है, जिसने तुम्हारे विस्वासघात के कारण अपना सब कुछ खो दिया"। सिंघा लड़खड़ाता हुआ दोबारा खड़ा हुआ, उसकी आँखों से आँसू बह निकले। अंगक ने ये देख अपनी तलवार वापस म्यान में रख ली। कुछ देर तक कोई भी कुछ नहीं बोला। तभी कुछ दूर से जंगल के जानवर दौड़कर आते हुये दिखाई दिये। गजा अपनी सूड़ उठाये चिंघाड़ता हुआ कई चीतों, भालुओं और गीदड़ों के साथ बाँकी जानवरों को लेकर सिंघा की मदद करने आ रहा था। अंगक ने अपनी तलवार वापस म्यान से बाहर निकाल ली और अपने कदम जानवरों की ओर बढ़ाने लगा। तभी सिंघा ने अंगक को रोकते हुये कहा - "युवराज आप रुकिये"। अंगक रुक गया, बश्शेरा भी चुपचाप वहीं खड़ा सारा द्रश्य बड़ी हैरानी से देख रहा था। गजा और बाँकी जानवर जैसे ही पास आकर खड़े हुये वैसे ही सिंघा ने कहा - "आप सब वापस जंगल लौट जाइये"। सभी जानवर वहीं खड़े रहे और धीरे-धीरे अपने कदम आगे की ओर बढ़ाते रहे। कोई कुछ और कहता उससे पहले ही बश्शेरा, सिंघा के पास आया और बोला - "सिंघा मैं हैरान हूँ कि ये जंगल के जानवर जो तुम्हें पसंद नहीं करते थे, आज तुम्हारी रक्षा के लिये कैसे आ गये!"। सिंघा ने अपने पिता के सामने सर झुका लिया और बोला - "पिता जी मुझे मेरी सारी गलतियों का एहसास हो गया था इसीलिये मैंने आज नये सेनापति पर आक्रमण किया, जिससे मैं सुरपांस को खुश करके आपको कारागार से मुक्त करा

सकूँ"। ये सुनते ही बश्शेरा और अंगक ने एक दूसरे की ओर देखा। तब अंगक ने सिंघा से कहा - "लेकिन अगर तुम मुझे मार दोगे तो इससे सुरपांस कैसे प्रसन्न होगा, क्योंकि उसी ने तो मुझे यहाँ का सेनापति बनाया है?"। तब सिंघा ने कहा - "लेकिन सुरपांस ने ही मुझे ये प्रस्ताव दिया था कि अगर मैंने तुम्हें मार दिया तो सारा दुब्रास वो मुझे दे देगा"। सिंघा की ये बात सुनकर अंगक दुविधा में फँस गया और मन मे कुछ क्षण सोचता हुआ बगल में खड़े बश्शेरा से बोला - "बश्शेरा दादा, कहीं सुरपांस को मेरी वास्तविकता के विषय मे कोई जानकारी तो नहीं लग गई!"। बश्शेरा को भी कुछ समझ नहीं आया कि आखिर बात क्या है? क्योंकि अगर सुरपांस को अंगक की वास्विकता के विषय मे कोई जानकारी होती तो शायद स्वयं ही अंगक को मारने की कोशिश करता, न कि सिंघा को यह करने को कहता। तभी गजा ने बश्शेरा से कहा - "सरदार आपको बाहर किसने निकाला और ये साहसी बालक कौन है? क्या यही सुरपांस का भेजा हुआ दुब्रास का नया सेनापति है!"। गजा की बात सुनकर बश्शेरा कुछ कहता उससे पहले ही अंगक गजा की ओर जाने लगा। गजा भी असमंजस में पड़ गया कि करे तो क्या करे? कहे तो क्या कहे?। तभी अंगक ने गजा से कहा - "गजा दादा आपकी सूड़ में बहुत दिनों से झूला नहीं झूला मैंने"। जैसे ही अंगक के मुँह से ये शब्द निकले वैसे ही गजा पुरानी स्मृतियों की ओर चला गया, जब छोटा सा अंगक सभी जानवरों के साथ दुब्रास के जंगलों में खूब खेलता था और गजा की सूड़ में लटककर खूब झूला झूलता था। पुरानी स्मृतियों से बाहर आते ही गजा ने अंगक को अपनी सूड़ में उठा लिया और उसे अपनी पीठ पर बैठा लिया। ऐसा लगा मानो दुब्रास मुक्त ही हो गया

हो। उल्लास के इस माहौल में अंगक को क्षण भर के लिये, आने वाला चुनौती से भरा समय भूल गया। लेकिन जैसे ही विचारों ने उसे जगाया वैसे ही वो गजा की पीठ से नीचे उतरा, तब बश्शेरा ने उससे कहा - "युवराज अंगक अब कुछ कड़े निर्णय तुम्हें लेने होंगे और वो निर्णय ऐसे होने चाहिये जो दो परिस्थितियों में बराबर काम करें"। अंगक, सिंघा, गजा सहित सभी जानवर बश्शेरा की बातों को बड़े ही ध्यान से सुन रहे थे। बश्शेरा ने बोलना चालू रखते हुये कहा - "और वो दो परिस्थितियाँ ऐसी हों कि अगर सुरपांस को तुम्हारी वास्तविकता के विषय में कुछ पता है तो क्या करना है और दूसरा अगर उसे तुम्हारी वास्विकता नहीं पता तो किस तरह योध्यानगर पर आक्रमण करना है"। तब अंगक ने एक लंबी साँस भरते हुये कहा - "बश्शेरा दादा मैं कोई योजना सोचता हूँ लेकिन मुझे ये भी ध्यान रखना होगा कि मेरे माता पिता, सेनापति किवाड़ योध्यानगर के कारागार में हैं और सुमिधा माता भी वहाँ के महल में हैं"। अंगक ने जंगल के जानवरों को वापस जंगल जाने को कहा, जानवरों के साथ सिंघा भी जंगल चला गया। दुब्रास के महल की सुरक्षा में लगे सुरपांस के सैनिक दूर से झरनों के तालाब के किनारे चल रही घटना को देख रहे थे लेकिन कोई भी समझ नहीं पा रहा था कि हो क्या रहा है? बश्शेरा को वापस कारागार में बंद करना पड़ा।

कुछ दिन यूँही बीत गये अंगक के विचारों में कोई ऐसा विचार नहीं आया जो योध्यानगर से उसके माता पिता को मुक्त कराके सुरपांस को दिव्यांग कँवच की शक्तियों के साथ परास्त कर सके। एक रात जब सातों ज्वालामुखियों की रौशनी ज्वालामुखियों के भीतर समा गई थी अंगक के मन मे एक विचार आया जिससे वो उत्साह से भर गया।

अंगक रात को ही घोड़े में सवार होकर महल से जंगल की तरफ सिंघा से मिलने के लिये गया। दुब्रास के चट्टानों वाले आसमान में उड़ने वाले जुगनू फिर से झरनों के तालाब को छोडकर अंगक के घोड़े को रास्ता दिखाने के लिये ऊपर-ऊपर उड़ते हुये जंगल पहुँच गये। सिंघा अपनी गुफा के बाहर गजा और अन्य कुछ जानवरों के साथ बैठा हुआ, अंगक के विषय मे ही चर्चा कर रहा था। गजा सिंघा को बता रहा था कि अंगक बचपन से किस तरह अद्भुत था और छोटी उम्र में भी चीतों से भी तेज भागता था। तभी अंगक के घोड़े के टापुओं की आवाज और जंगल मे आई जुगनुओं की रौशनी से सभी जानवर सतर्क हो गये। कुछ ही क्षणों में अंगक घोड़े में बैठा हुआ सामने आ गया। अंगक को रात के वक्त जंगल मे देखकर सिंघा कुछ समझा नहीं और बोला - "क्या हुआ युवराज सब ठीक तो है?"। अंगक सिंघा के और पास गया और दुब्रास को मुक्त कराने की योजना सिंघा सहित वहाँ बैठे सभी जानवरों को बताने लगा।

राजकुमारी सुकीर्ति अपने कक्ष में बैठे रो रही हैं। सुरपांस ने पाबालिया पर आक्रमण कर राजा पुरोध की हत्या कर दी और सारे राज्य को अपने अधीन कर लिया। राजकुमारी सुकीर्ति की माता ने राजा पुरोध के युद्ध मे मारे जाने की खबर मिलते ही आत्मदाह कर लिया था। अपने माता-पिता की मृत्यु की खबर मिलते ही राजकुमारी सुकीर्ति ने तलवार लेकर अपने आप को भी मार डालने की कोशिश की थी लेकिन वहाँ खड़ी दासियों ने उन्हें रोक लिया और इसकी खबर सुरपांस को दे दी है। राजकुमारी सुकीर्ति रो रही हैं और उनके बगल में खड़ी दासियाँ उन्हें चुप हो जाने के लिये कह रही हैं। तभी कक्ष के बाहर खड़े द्वारपाल ने सबको सावधान करते हुये सुरपांस के

आने की घोषणा की। दोनों दासियाँ जो राजकुमारी सुकीर्ति के बगल में खड़ी थीं सुरपांस के कक्ष में प्रवेश करते ही कक्ष से बाहर चली गईं। सुरपांस ने मुस्कराते हुये राजकुमारी सुकीर्ति के पास बैठने की कोशिश की लेकिन सुकीर्ति ठिठकते हुये और पीछे खिसक गईं। तब सुरपांस ने कहा - "राजकुमारी अब तुम्हारा हमारे अलावा इस दुनिया में कोई भी नहीं है और हाँ हम तुम्हें एक खुशखबरी देने के लिये यहाँ आयें हैं"। तब राजकुमारी सुकीर्ति ने सुरपांस से चीखते हुये कहा - "कायर हो तुम, और तुम्हे इसका दंड अवश्य मिलेगा"। तब सुरपांस जोर से हँस पड़ा और बोला - "हमें दंड देने वाला कोई हुआ ही नहीं है"। इतना कहकर सुरपांस ने राजकुमारी सुकीर्ति को बताया कि एक सप्ताह के बाद उनका विवाह है। राजकुमारी चुपचाप अपना चेहरा झुकाकर रोती रहीं और सुरपांस कक्ष से बाहर चला गया। कक्ष के बाहर खड़ी दासियाँ वापस अंदर आ गईं। इधर सुमिधा चुपचाप राजमाता मंदिरा के पाँव दबा रही है। तब राजमाता मंदिरा ने सुमिधा से कहा - "क्या हुआ सुमिधा तुम इतनी चुप-चुप क्यूँ हो?"। तब सुमिधा ने मंदिरा से कहा - "राजमाता कुछ नहीं बस युवराज की याद आ रही थी"। सुमिधा की इस बात से मानो मंदिरा के कानों के पर्दे खुल गये और वो तुरंत बोलीं - "क्या युवराज की! किस युवराज की"। अपने खयालों में खोई सुमिधा को पता ही नही था कि उसने क्या कह दिया है। राजमाता के प्रश्न पूँछते ही सुमिधा को होश आया और वो हड़बड़ाते हुये बोली - "राजकुमार नहीं राजमाता, मेरा कहने का तात्पर्य था कि मेरे पुत्र अंगक की मुझे बहुत याद आ रही है"। तब राजमाता ने सुमिधा से कहा - "चिंता मत करो, सुरपांस के विवाह में अंगक आयेगा ही, फिर तुम्हें ठीक लगे तो अंगक

के साथ तुम भी वापस दुब्रास चली जाना"। सुमिधा राजमाता की बात सुनकर कुछ ज्यादा खुश नहीं हुई क्योंकि उसके मन मे आजकल ज्यादा विचार राजा रामानु और रानी जानसी के विषय मे चलते थे। इधर राजा रामानु और रानी जानसी अपने-अपने कारागार में अब भी जाग रहे हैं। सेनापति किवाड़ जिनका शरीर बीमारियों से भर चुका था, वो आज शारीरिक पीड़ा से कराह रहे थे। राजा रामानु ने अपने कारागार से आवाज लगाकर कई बार सेनापति किवाड़ से उनकी शारीरिक अवस्था के बारे में पूँछा लेकिन कोई उत्तर नहीं आया, बस तेज चलती साँसों की आवाज ही योध्यानगर के उस अँधेरे कारावास में आती रही। राजा रामानु ने कई बार कारागार की सुरक्षा में खड़े सैनिकों से आग्रह किया और सुरपांस को सेनापति किवाड़ की बीमारी की खबर देने को कहा। लेकिन इसका कोई लाभ नहीं हुआ। राजा रामानु चुप बैठे थे कि तभी बगल के कारागार में बंद रानी जानसी बोलीं- "महाराज अब तो हमारा विस्वास भी टूटता है, ऐसा लगता है जैसे हमारा पुत्र अब दुब्रास को मुक्त कराने के लिये कभी लौटेगा ही नहीं और साथ ही हम भी योध्यानगर के इसी कारागार में अपने प्राण त्याग देंगे"। रानी जानसी की इस बात पर राजा रामानु कुछ कहते उससे पहले ही एक आवाज गूँजी - "पुत्र! कौन सा पुत्र रानी"। सुरपांस कारागार में आ चुका था। सुरपांस को कारागार के एक सैनिक ने ही खबर दी थी कि राजा रामानु और रानी जानसी अपने किसी पुत्र के विषय में बातें करते रहते हैं बस उसका नाम नहीं लेते हैं। सुरपांस रानी जानसी के कारागार की सलाखों के पास आकर खड़ा हो गया और बोला - "तुम्हारा कौन सा पुत्र जानसी?"। रानी जानसी तो सुरपांस से कुछ नही बोली लेकिन राजा रामानु ने सुरपांस

की आवाज सुनते ही कहा - "सुरपांस तुम्हें दुब्रास चाहिये था दुब्रास मिल गया, दिव्यांग कँवच भी तुम्हारा है, फिर भी तुम हम पर अत्याचार कर रहे हो, तुम्हारे कारण ही हमारी पत्नी की मानसिक स्थिति भी इतने वर्षों में बिगड़ चुकी है, हमारा सब कुछ छीन लिया तुमने, इसका दंड ईश्वर तुम्हें अवश्य देगा"। तब सुरपांस ने रानी जानसी के कारागार की सलाखों को छोड़ा और राजा रामानु के कारागार के सामने आकर बोला - "रामानु तुम समझते हो कि अपनी बातों के जाल में फँसा के तुम हमसे सच छुपा लोगे, तो ऐसा नहीं होगा, तुम्हारे पुत्र के विषय में पता लगा ही लेंगे हम, और वो भी बहुत जल्द"। इतना कहकर सुरपांस हँसता हुआ कारागार से बाहर चला गया।

इधर बारह घण्टे बीतते ही ज्वालामुखियों की आग रौशनी बन कर जलने लगी। सिंघा महल के बाहर आसमान में एक ही जगह पर उड़ रहा था। अंगक भी महल के बाहर निकला और साथ ही उसने सैनिकों को आदेश दिया कि कारागार में कैद बश्शेरा को भी महल के बाहर लाया जाये। बश्शेरा भी कारागार के बाहर महल के सामने अंगक के पास खड़ा हो गया। अब अंगक ने सभी सैनिकों को एकत्रित होने का आदेश दिया और एक सैनिक को दुब्रास की सारी प्रजा तक ये संदेश भेजने को कहा कि सेनापति अंगक ने सभी को राजमहल में बुलाया है। कुछ देर के बाद दुब्रास की सारी प्रजा राजमहल के सामने पहुँच गई। न तो सुरपांस के सैनिक समझ पा रहे थे कि उन्हें किसलिये एकत्रित किया गया है और न ही दुब्रास कि डरी, सहमी हुई प्रजा कुछ समझ पा रही थी। इतने में आसमान में उड़ रहा सिंघा भी जमीन में उतर आया और सुरपांस के सैनिकों के आसपास घूमने

लगा। सुरपांस के सैनिक सिंघा के आसपास घूमने से डरकर एक दूसरे से चिपके जा रहे थे। तब अंगक ने सौनिकों से कहा कि वो अपनी तलवारें और सारे शस्त्र दुब्रास की प्रजा को दे दें। अंगक के इस आदेश को सुनकर सुरपांस का एक सैनिक बोला - "लेकिन सेनापति जी ये तो गुलाम हैं और अगर हमने इन्हें अपने शस्त्र दे दिये तो हम क्या करेंगे"। अंगक इस सैनिक की बात का कोई उत्तर देता उससे पहले ही सिंघा ने उस सैनिक के ऊपर एक छलाँग मारी और उसे अपने जबड़े से दबाकर दूर ऊपर की ओर फेंक दिया। सैनिक उड़ता हुआ महल के सामने गिर रहे झरनों के तालाब में जा गिरा। अगले ही क्षण बाँकी सैनिकों ने अपने शस्त्र दुब्रास की प्रजा के हाँथों में दे दिये। दुब्रास की प्रजा में से बहुत से लोग कुछ पूँछना चाहते थे लेकिन सिंघा को देखकर उन लोगों ने बिना कुछ पूँछे तलवारों, ढालों और भालों को अपने-अपने हाँथों में ले लिया। अब अंगक ने बश्शेरा के तरफ देखा और कहा - "बश्शेरा दादा अब आगे की घोषणा आप कीजिये"। तब बश्शेरा ने दुब्रास की प्रजा को सम्बोधित करते हुये कहा - "वर्षों की गुलामी के बाद आज दुब्रास, सुरपांस के शाषन से मुक्त है"। ये शब्द जैसे ही दुब्रास कि प्रजा के कानों में पड़े उन्हें विस्वास ही नहीं हुआ कि उन्होंने क्या सुना है? तभी प्रजा में से एक बुजुर्ग जो अपने हाँथों में बस एक बैशाखी पकड़े हुये था उसने कहा - "मुझे विस्वास नहीं है, निश्चित ही उस सुरपांस की इसमें कोई कूटनीति होगी, आखिर वो हमें आजादी क्यूँ देगा"। तब बश्शेरा ने पुनः सारी प्रजा से कहा - "दुब्रास की ये स्वतंत्रता सुरपांस की दी हुई नहीं, बल्कि आपके युवराज और महाराज रामानु के पुत्र अंगक के निर्णय से मिली हुई स्वतंत्रता है"। बश्शेरा ने इतना कहा ही था कि

सारी प्रजा के चेहरों में स्वतंत्रता मिलने से ज्यादा खुशी इस बात की थी कि युवराज अंगक जीवित हैं और अब दुब्रास में हैं। सारी प्रजा पहले तो एक-दूसरे से कानाफूसी करने लगी फिर एकटक अपने सामने खड़े युवराज अंगक को देखने लग गई। तब अंगक ने प्रजा से कहा - "अब से सुरपांस के सैनिक कारगार में कैद रहेंगे और आप सबको युद्ध की तैयारी में लगना होगा क्योंकि सुरपांस से लड़ने के लिये अब ज्यादा समय हमारे पास होगा नहीं, और मुझे आप सबकी सहायता युद्ध में चाहिये"। अंगक के इतना कहते ही प्रजा में खड़े युवकों ने सुरपांस के सैनिकों के पास जाकर उनके गले में तलवारें लगा दीं और सबको महल के नीचे कारागार में ले जाकर बंद कर दिया। अब दुब्रास अपने आप मे तो स्वतंत्र था लेकिन अभी तक इस बात की कोई खबर सुरपांस तक नहीं पहुँची थी क्योंकि सुरपांस तक संदेश पहुँचाने वाले सैनिकों को तो कारागार में बंद कर दिया गया है।

शाम होने वाली है। सातों ज्वालामुखियों की रौशनी अब धीरे-धीरे करके उनके भीतर समा रही थी। अंगक बश्शेरा, सिंघा और गजा के साथ महल के सामने झरनों के तालाब के किनारे पर खड़ा है। अंगक तीनों पथों से गिर रहे झरनों की ओर देख रहा है। तभी बश्शेरा ने अंगक से कहा - "युवराज अब आगे आप की जो योजना है उसके लिये सुरपांस को दुब्रास में आना होगा"। अंगक झरनों के तालाब के पास जाकर बैठ गया और पानी की लहरों को एकटक देखता हुआ बोला - "हाँ सुरपांस को दुब्रास लाना है और यहीं उसका अंत होगा"। तब चुपचाप सुन रहे सिंघा ने कहा - "लेकिन युवराज सुरपांस को दिव्यांग कँवच के साथ परास्त करना संभव नहीं है, आपके पिता राजा रामानु ने उस कँवच को पहनकर ही

सुरपांस की सारी सेना को परास्त कर दिया था"। तब अंगक ने एक छोटा सा कंकण उठाकर तालाब में फेंका। कंकण के गिरने से तालाब में छोटी ही सही लेकिन लहरें उठीं। तब अंगक ने सिंघा से कहा - "सिंघा दिव्यांग कँवच में कितनी भी शक्ति हो लेकिन अगर हम तीनों अपनी सेना और अपने साहस के साथ युद्ध करेंगे तो सुरपांस परास्त होगा"। तब बश्शेरा ने अंगक से कहा - "अंगक दिव्यांग कँवच जब तक तुम्हारे पिता ने धारण किया था तब तक उस कँवच की कोई कमजोरी नहीं थी लेकिन अब है पर......"। बश्शेरा ने अपने शब्दों को आधे में हीं रोक दिया तब अंगक तालाब किनारे से उठते हुये बोला - "कँवच की कैसी कमजोरी बश्शेरा दादा"। तब सिंघा ने भी असमंजस भरे भावों में कहा - "हाँ पिता जी कँवच की क्या कमजोरियाँ"। तब बश्शेरा ने कहा - "जब ये कँवच राजा रामनु को ईष्टदेव महादेव से वरदान में मिला था, तब कँवच के साथ मिले शास्त्र में ये भी लिखा था कि जो भी इस कँवच को प्रथम पहनेगा उसकी मृत्यु के साथ ही कँवच की शक्तियाँ भी खत्म हो जायेंगी"। इस बात को सुनते ही अंगक क्रोधित होता हुआ बोला - "बश्शेरा दादा आपका तात्पर्य क्या है कि सुरपांस से युद्ध जीतने के लिये मैं अपने पिता की मृत्यु की कामना करूँ या फिर उनकी हत्या कर दूँ"। बश्शेरा समझ गया कि अंगक से अभी कुछ और कहना ठीक नही है। कुछ देर के लिये अंगक, बश्शेरा और सिंघा चुपचाप खड़े रहे। अंगक की आँखों से आँसू निकल पड़े थे। अंगक को भावुक होता देखकर बश्शेरा ने कहा - "अंगक ये बश्शेरा वचन देता है कि जब तक इस शरीर में प्राण हैं तब तक मैं तुम्हारा साथ दूँगा और मुझे विस्वास है कि हम कँवच की कमजोरी से नहीं बल्कि अपनी मजबूती से विजय प्राप्त करेंगे"।

संघार

योध्यानगर के महल को फूलों से सजाया जा रहा है। सुरपांस ने अपनी दोनों रानियों को राजकुमारी सुकीर्ति की दासी बना दिया है ताकि राजकुमारी को सुरपांस के प्रेम पर विस्वास हो जाये। दो दिनों के बाद विवाह होना था, सुरपांस ने सेनापति कुम्भी को विवाह की तैयारियों की जिम्मेदारी दी थी। कुम्भी रसोईघर मे बन रहे पकवानों के पास खड़ा है और हर एक मिठाई को पहले खुद चख रहा है। रसोइया कढ़ाई में तेल गरम कर रहा है ताकि फिर बाँकी बचे हुये पकवान बना सके। तभी कुम्भी ने रसोइये से कहा - "हम हर एक चीज का निरीक्षण स्वयं करेंगे ताकि महाराज के विवाह उत्सव में कोई कमी न रह जाये"। तभी एक सैनिक सुरपांस का संदेश लेकर दौड़ता हुआ कुम्भी के पास रसोईघर में आया और बोला कि महाराज सुरपांस ने सीघ्र ही उन्हें बुलाया है। कुम्भी संदेश मिलते ही वहाँ से जाने लगा तभी रसोइये ने कहा - "सेनापति जी मैं व्यंजनों को बनाना चालू रखूँ या आपके लौटने की प्रतीक्षा करूँ"। तब सुरपांस ने रसोइये से कहा - "तुम व्यंजनों को बनाना चालू रखो मैं सीघ्र ही आकर देखूँगा"। कुम्भी इतना कहकर सुरपांस से मिलने के लिये उनके कक्ष की ओर चला गया। सुरपांस अपने कक्ष में आज किसी गहरे विचार में डूबा चुपचाप बैठा हुआ है। तभी कुम्भी वहाँ पहुँचा और सर झुकाकर सुरपांस की जय हो बोलता हुआ कक्ष के द्वार पर खड़ा हो गया। सुरपांस ने कुम्भी को कक्ष के भीतर बुलाते हुये कहा - "सेनापति कुम्भी दुब्रास जाकर अंगक को विवाह में आने का संदेश देकर आओ"। तब कुम्भी ने मन ही मन सोचा अगर वो दुब्रास गया तो लौटने में रात हो सकती है और फिर जो व्यंजन रसोईघर में पक रहे हैं उनका ताजा-ताजा स्वाद वो शायद ले न सकेगा। तब

अपने मन से बाहर आकर कुम्भी ने कुछ झिझकते हुये कहा - "महाराज...हम किसी सैनिक को भेज दें तो"। तब सुरपांस ने अपनी भौहों को सिकोड़ते हुये कहा - "क्यूँ? तुम्हें क्या रसोई में व्यंजन चखने हैं, जो किसी सैनिक को दुब्रास भेज दिया जाये"। सुरपांस मन ही मन में किसी और बात पर भी विचार कर रहा था। कुम्भी ने सुरपांस से और कुछ बोलना उचित न समझा और आदेश को मानकर महाराज की जय हो बोलता हुआ कक्ष से बाहर आकर बड़ी तेजी से रसोई घर की ओर जाने लगा। तभी महल के बाहर से योध्यानगर की प्रजा के चिल्लाने की आवाज आई। कुम्भी ने तुरंत अपनी तलवार म्यान से बाहर निकाली और दौड़ता हुआ महल के बाहर आया। सुरपांस अपने कक्ष में ही इधर से उधर टहल रहा है, सम्भवतः राजकुमारी सुकीर्ति से विवाह को लेकर ही वो व्याकुल हो रहा होगा। तभी सेनापति कुम्भी फिर सुरपांस के द्वार पर आकर खड़ा हो गया और बोला - "महाराज की जय हो"। तब सुरपांस ने अपनी तलवार को म्यान से निकालकर कहा - "हमारे आदेश का पालन करने में विलंब करने की चेष्टा कैसे की तुमने"। तब कुम्भी कुछ कहता उससे पहले ही सिंघा भी महल के गलियारे से कक्ष के सामने आ गया। सुरपांस ने अपनी तलवार वापस म्यान में रख ली और सिंघा को एक क्षण के लिये गौर से देखकर दोनों को कक्ष के भीतर आने के लिये कहा। कुम्भी और सिंघा कक्ष के अंदर आ गये तब सुरपांस ने अपने आसन पर बैठते हुये कहा - "बोलो सिंघा अचानक कैसे आना हुआ?"। तब सिंघा ने सुरपांस से कहा - "महाराज आपने दुब्रास को मुझे देने का जो वचन दिया था, अब उस वचन का पालन कीजिये महाराज"। तब सुरपांस ने एक नजर कुम्भी की ओर देखा

और फिर सिंघा की ओर देखते हुये कहा - "हमने जो वचन दिया था उसके लिये तुम्हें अंगक को मारना होगा सिंघा"। तब सिंघा ने गहरी और कड़ी आवाज में कहा - "महाराज अंगक का शरीर पहले ही जवालामुखी की आग में जलकर राख हो चुका है, तभी मैं आपके पास आया हूँ"। सिंघा के इतना कहते ही बगल में खड़े कुम्भी ने कहा - "क्या, तुमने अंगक को मार दिया, बहुत अच्छे पर......"। कुम्भी कुछ और भी कहना चाहता था लेकिन बीच मे ही सुरपांस ने प्रसन्न मुख से कहा - "सिंघा......तुमने हमें प्रसन्न कर दिया अब जाओ आज से ही सारा दुब्रास तुम्हारा, तुम्हें वहाँ जैसे भी राज करना हो करना लेकिन हमारी सेना के शस्त्र जो वहाँ के जवालामुखियों से निकली धातु से बनते हैं कुछ दिन से नहीं आये उनका कारण क्या है?"। तब सिंघा ने कहा - "महाराज अंगक से युद्ध करने के दौरान मुझे आपके सैनिकों को भी मारना पड़ा क्योंकि उन्हें तो पता नहीं था कि आपके आदेश पर मैं अंगक से युद्ध कर रहा हूँ लेकिन बहुत जल्द मैं शस्त्रों को फिर योध्यानगर भेजना शुरू करवा दूँगा"। तब सुरपांस ने हाँ में सर को हिलाया और एक लंबी गहरी साँस लेते हुये कुछ कहने के लिये अपना मुँह खोला कि तभी एक सैनिक दौड़ता हुआ कक्ष के द्वार में ही खड़ा होकर हाँफते हुये बोला कि कारागार में कैद पड़े किवाड़ की म्रत्यु हो गई है। सुरपांस ने सैनिक के संदेश पर ध्यान नहीं दिया और म्यान से तलवार निकालकर सैनिक की ओर तेजी से फेंकी। तलवार सैनिक के सीने के आर-पार होकर कक्ष के दरवाजे पर घुस गई। कक्ष के द्वार पर खड़ा द्वारपाल ये देखकर द्वार के और बाहर की ओर खड़ा होने लगा। अगल-बगल खड़े सिंघा और कुम्भी ने एक दूसरे की ओर देखा और फिर नीचे बिछे

हुये मखमल को देखने लगे। तब सुरपांस ने कुम्भी से कहा - "सेनापति कुम्भी अब ये अकारण के संदेश भी हमें दिये जायेंगे"। कुम्भी एक शब्द भी नहीं बोला और नीचे ही देखता रहा। तब सुरपांस ने एक लंबी साँस भरकर कहा - "अब हमें रामानु और उसकी रानी जानसी को कारागार की परेशानियों से मुक्त कर देना चाहिये"। सिंघा जो अब तक नीचे बिछे मखमल को ही देख रहा था, अब सुरपांस की ओर अचरज से देखने लगा। तब कुम्भी के कहा - "महाराज लेकिन..."। कुम्भी अपनी पूरी बात कहता उससे पहले ही सुरपांस कक्ष के बाहर की ओर जाने लगा। कक्ष के दरवाजे पर घुसी हुई अपनी तलवार को निकालकर सुरपांस महल के बाहर निकल गया और घोड़े पर सवार होकर कारागार की ओर जाने लगा। सुरपांस के पीछे-पीछे सेनापति कुम्भी और सिंघा भी महल के बाहर आये लेकिन तब तक सुरपांस थोड़ा आगे निकल गया था। महल के बाहर आते ही सिंघा ने कुम्भी से कहा - "महाराज के कहने का तात्पर्य क्या था?"। तब कुम्भी ने वहीं खड़े सैनिक से घोड़ा लाने को कहा और फिर सिंघा की बात का जवाब देते हुये बोला - "अब ये तो कारगार पहुँचकर ही पता चलेगा"। तब सिंघा ने कुम्भी से कहा - "तो चलो फिर विलंब किस लिये? हम भी कारागार की ओर चलते हैं"। तब कुम्भी ने अकड़ते हुये कहा - "मेरा घोड़ा तो आने दो, कि उड़कर जाऊँगा मैं"। कुम्भी ने इतना कहा ही था कि सिंघा ने तुरंत अपने दोनों पंख फैला लिये और कुम्भी की ओर देखता हुआ बोला - "चाहो तो मेरे साथ उड़कर भी चल सकते हो"। कुम्भी ने एक क्षण के लिये कुछ विचार किया और फिर डरता हुआ सिंघा की पीठ पर चढ़कर बैठ गया। सिंघा वहाँ से उड़कर योध्यानगर के कारागार की ओर चल पड़ा।

इधर दुब्रास के महल की छत पर बश्शेरा के साथ खड़े युवराज अंगक को आज राजकुमारी सुकीर्ति के विषय मे सोचकर आत्मग्लानि हो रही है। अंगक मन ही मन सोच रहा है कि उसके कारण ही राजकुमारी सुकीर्ति को सम्भवतः सुरपांस से विवाह करना पड़ेगा। अंगक को व्यथित और व्याकुल देखकर बगल में खड़े बश्शेरा ने कहा - "अंगक जब तुम छोटे थे तब मेरी पीठ पर बैठकर सारे दुब्रास में घूमा करते थे याद है!"। अंगक ने बश्शेरा की बात का कोई जवाब नहीं दिया और पलके झपकाता हुआ बस महल के सामने तीनों पथों से गिर रहे झरनों को देखता रहा। तभी बश्शेरा ने जोरदार दहाड़ लगाई, दहाड़ इतनी तेज थी कि दुब्रास की प्रजा के घरों तक भी आवाज गूँज गई। बश्शेरा कि दहाड़ सुनकर अंगक अपने मन के विचारों से बाहर आया और बोला - "बश्शेरा दादा आपने मुझसे कुछ कहा है क्या?"। तब बश्शेरा ने अंगक से कहा - "तुम पहले मेरी पीठ पर बैठो, आज मैं तुम्हें उड़ते हुये सारा दुब्रास घुमाता हूँ"। तब अंगक ने मुस्कराते हुये कहा - "सोच लो बश्शेरा दादा अब मैं छः साल का अंगक नहीं हूँ"। तब बश्शेरा ने अपने बड़े-बड़े पंखों को खोलते हुये कहा - "लेकिन मैं आज भी बश्शेरा ही हूँ युवराज अंगक"। अंगक बश्शेरा की पीठ पर बैठ गया और दोनों दुब्रास के आसमान में उड़ने लगे। तभी अंगक ने कहा - "बश्शेरा दादा थोड़ा और ऊपर ले चलिये चट्टानों तक"। कुछ देर इसी तरह बश्शेरा और अंगक दुब्रास के चट्टानों के आसमान में उड़ते रहे, कभी तीनो झरनों के चारों तरफ घूमते तो कभी जलते हुये ज्वालामुखियों के पास से उड़कर आते। कुछ देर के बाद बश्शेरा और अंगक महल के सामने तालाब के किनारे उतरे। बश्शेरा और अंगक के बीच में किसी और विषय को लेकर

बात होती उससे पहले ही सिंघा चतुर्थ पथ के पर्वत की ओर से उड़कर आता हुआ दिखाई दिया। सिंघा ने जब अंगक और बश्शेरा को तालाब के किनारे खड़ा देखा तो वो भी वहीं उतर गया। तब बश्शेरा ने सिंघा से कहा - "क्या हुआ? सुरपांस ने तुम्हारी बात पर विस्वास किया कि नहीं"। तब सिंघा अपनी गर्दन झुकाये हुये खड़ा रहा और कुछ भी नहीं बोला। तब अंगक ने बश्शेरा से कहा - "क्या हुआ सिंघा, क्या बात है?"। तब सिंघा ने अंगक से दबे हुये शब्दों में कहा - "युवराज... सेनापति किवाड़ की लंबी बीमारी के कारण कारागार में ही म्रत्यु हो गई है"। अंगक के मन में सेनापति किवाड़ की म्रत्यु का दुःख उत्पन्न होता उससे पहले ही सिंघा ने दबे हुए धीमे शब्दों में फिर कहा - "और युवराज...आपके माता-पिता भी नहीं रहे, सुरपांस ने क्रोध में आकर उनकी हत्या कर दी"। ये संदेश सुनते ही अंगक दो कदम पीछे हुआ और बश्शेरा की ओर एकटक देखने लगा। कुछ ही क्षणों में अंगक की आँखों से आँसू निकलने लगे। सिंघा ने अपनी गर्दन झुका ली। ज्वालामुखियों की रौशनी भी अब बुझने ही वाली थी और अँधेरा होने वाला था। कुछ देर तक अंगक की आँखो से बस आँसू ही निकलते रहे लेकिन अचानक अंगक ने अपनी कमर में लटक रही म्यान से तलवार बाहर निकाली और जोर से चिल्लाता हुआ बोला - "सुरपांस...अब म्रत्यु भी भयभीत होगी तेरी म्रत्यु देखकर"। इतना कहकर अंगक ने अपने आँखों के आँसू पोंछे और बश्शेरा से आवेश भरे शब्दों में बोला - "कल ज्वालामुखियों के जलते ही हम योध्यानगर में आक्रमण कर देंगे, सेना को तैयार कीजिये"। तभी सिंघा ने कहा - "युवराज, हमें आवेश में आकर आक्रमण नहीं करना चाहिये"। तब अंगक ने गंभीर स्वरों में सिंघा से कहा - "कैसा आवेश सिंघा,

मैं पिछले 21 सालों से धैर्य रखकर बस इसीलिये बैठा था कि मेरे माता-पिता को सुरपांस से मुक्त कराकर ही उससे युद्ध करूँगा लेकिन अब और एक दिन भी प्रतीक्षा नहीं होगी"। तभी बश्शेरा ने युवराज के आवेश को शांत करने के लिये कहा - "युवराज महाराज रामानु की हत्या करके सुरपांस ने अपनी हार सुनिश्चित कर ली है, क्योंकि अब उस दिव्यांग कँवच की शक्तियाँ भी समाप्त हो गई होंगी"। तब अंगक के कहा - "बश्शेरा दादा अब मुझे कुछ और नहीं सुनना, बस कल ज्वालामुखियों के जलते ही सेना के साथ योध्यानगर में आक्रमण होगा"। सिंघा और कुछ भी कहने से संकोच कर रहा था लेकिन कहना तो था ही। सिंघा ने साहस किया और बोला - "युवराज, सुरपांस का विवाह एक दिवस के पश्चात है और उसने मुझे मेरे जंगल के जानवरों के साथ योध्यानगर आने का निमंत्रण दिया है"। अंगक ने सिंघा की बात को क्रोध से उबल रहे मन से सुना लेकिन सिंघा आगे और भी कुछ कहता उससे पहले ही अंगक ने बीच मे ही टोकते हुये कहा - "सिंघा तुम चाहते क्या हो? तुम्हें इस युद्ध मे मेरा साथ देना है या नहीं"। तब सिंघा ने अपना सर झुकाते हुये अंगक से कहा - "युवराज मुझे अपनी पूर्व की भूलों का प्राश्चित करने का इससे बेहतर मौका फिर नहीं मिलेगा लेकिन अगर हमने योजना नहीं बनाई तो सुरपांस के पास अब भी इतनी विशाल सेना है कि अगर कहीं हमने कोई भी चूक की तो सम्भवतः सुरपांस को हराने के लिये हमें दूसरा अवसर नहीं मिलेगा"। तब बश्शेरा ने अंगक से कहा - "अंगक...सिंघा ठीक बात कह रहा है, हमें योजना बनाकर ही उस पर आक्रमण करना चाहिये। दिव्यांग कँवच की शक्तियाँ न रही तो क्या, उसके पास अब भी विशाल सेना है"। तब अंगक ने कहा - "मैं अब

वर्षों तक किसी योजना के लिये प्रतीक्षा नहीं कर सकता"। इतना कहकर अंगक पीछे मुड़कर अपनी तलवार को म्यान में रखता हुआ महल के भीतर चला गया।

योध्यानगर में राजकुमारी सुकीर्ति को सुमिधा समझाने में लगी हुई है लेकिन राजकुमारी की आँखों से आँसू बहने रुक नहीं रहे हैं। पिछले कई दिनों से राजकुमारी ने खाना भी छोड़ रखा था। सुमिधा, राजकुमारी को समझा ही रही थी कि तभी द्वारपाल ने राजमाता मंदिरा के आने की घोषणा की। राजमाता मंदिरा के पीछे कुछ दासियाँ भी अपने हाँथों में वस्त्रों से भरे हुये बड़े-बड़े थाल लेकर कक्ष के भीतर आईं। सुमिधा राजकुमारी से दूर होकर पीछे दासियों के पास खड़ी हो गई। कुछ देर तक तो राजमाता मंदिरा रो रही राजकुमारी के चेहरे को देखती रहीं और फिर बोलीं - "राजकुमारी आँसू बहाने से भाग्य नहीं बदलेगा इसीलिये आज विवाह के दिन आये हुये मेहमानों के सामने हमारे पुत्र का अपमान मत करना और प्रसन्नमुख होकर विवाह स्थल में आना"। राजकुमारी सुकीर्ति ने डबडबाई आँखों से राजमाता मंदिरा की ओर देखा ये सोचकर कि संभवतः उन्हें उस पर दया आ जाये लेकिन सारी आशायें व्यर्थ थीं। राजमाता मंदिरा ने कक्ष से बाहर जाने से पहले सुमिधा को आदेश दिया कि राजकुमारी सुकीर्ति को अच्छे से तैयार करके विवाह स्थल पर लेकर आये। आज सुरपांस और राजकुमारी सुकीर्ति का विवाह था। योध्यानगर का महल फूलों से सजा हुआ था। सेनापति कुम्भी भी कुछ सैनिको को लेकर सारे महल में व्यवस्था का मुवायना कर रहा है। विवाह स्थल में दर्जनों ब्राम्हण वेदी में जल रही अग्नि के सामने खड़े थे और विवाह कराने की सारी तैयारियाँ करके सुरपांस और राजकुमारी

सुकीर्ति के आने की प्रतीक्षा कर रहे हैं। योध्यानगर की प्रजा को विवाह स्थल से कुछ दूर पर ही खड़े होने का आदेश दिया गया था। सुरपांस की मित्रता धरती पर जिन राजाओं से थी बस उनके ही राज्य मुक्त बचे हुये थे और उन राज्यो के राजा ही इस विवाह में आये हुये थे। सुरपांस विवाह स्थल पर आने के लिये महल से बाहर निकला। सुरपांस के पीछे सेनापति कुम्भी भी अपने हाँथ में म्यान के अंदर रखी तलवार को लिया हुआ शान से अकड़ता हुआ चला आ रहा है। सुरपांस के विवाह स्थल में पहुँचने के बाद राजमाता मंदिरा भी वहाँ पहुँच गईं और उन्होंने पास खड़ी दासी को आदेश दिया कि राजकुमारी सुकीर्ति को भी शीघ्र ही विवाह स्थल पर लेकर आये। दासी तेज कदमों से वापस महल के भीतर गई। इधर सुमिधा भी अब स्वयं को असहाय और निर्बल समझ रही थी क्योंकि जब से उसे ये खबर लगी थी कि उधर दुब्रास में सिंघा ने अंगक को मार दिया है और इधर सुरपांस ने क्रोध में राजा रामानु और रानी जानसी की हत्या कर दी है, तब से सुमिधा का राजकुमारी सुकीर्ति के साथ ज्यादा ही जुड़ाव हो गया था। सुमिधा ने राजकुमारी सुकीर्ति को राजमाता मंदिरा के दिये हुये वस्त्रों में तैयार कर दिया। राजकुमारी सुकीर्ति ने सुनहरे धागों से सिली गुलाबी रंग की साड़ी पहनी थी। सोने के आभूषणों से सजी राजकुमारी सुकीर्ति को सुमिधा जब महल के बाहर लाई तो सुरपांस ने पलकें झपकाना बंद कर दिया और एकटक मुग्ध होकर देखता रहा। मेहमान बनकर आये सुरपांस के मित्र राजाओं की आँखें भी बड़ी होकर राजकुमारी सुकीर्ति के चेहरे पर ठहरी हुई पीड़ा और उदासी की अनदेखी करते हुये बस चेहरे की सुंदरता पर ठहर गई।

राजकुमारी सुकीर्ति को धूप से बचाने के लिये एक दासी छत्र और कुछ दासियाँ पीछे-पीछे हाँथों में पुष्पों से भरी हुई थालें लेकर चल रही थीं। राजकुमारी विवाह स्थल में आ गईं। अग्नि वेदी के सामने पास खड़ा सुरपांस अब तक अपनी आँखें राजकुमारी सुकीर्ति से हटा नहीं सका था तभी बगल में खड़े सेनापति कुम्भी ने धीरे से कहा - "महाराज ब्राम्हण नें आपको राजकुमारी सुकीर्ति के पास बैठने को कहा है"। सेनापति कुम्भी के शब्दों को सुनकर सुरपांस राजकुमारी सुकीर्ति की सुंदरता के विचारों से बाहर तो आया लेकिन उसे पता नहीं चला कि आखिर कुम्भी ने कहा क्या है? सुरपांस कुम्भी से कुछ पूँछता उससे पहले ही अग्नि वेदी के दूसरी ओर राजकुमारी सुकीर्ति के पीछे खड़ी राजमाता ने सुरपांस को कहा - "पुत्र राजकुमारी के समीप आकर बैठो"। सुरपांस ने अपनी माता की आज्ञा का सर झुकाकर आदर किया और अग्नि वेदी के दूसरी ओर राजकुमारी सुकीर्ति के बगल में से दायीं ओर जाकर बैठ गया। राजकुमारी की आँखों में आँसू भरे हुये थे। ब्राम्हण ने अभी मंत्रोचार शुरू ही किये थे कि तभी आसमान से फूलों की वर्षा होने लगी। बरसते फूलों को देखकर सुरपांस ने ऊपर आसमान की ओर देखा तो ऊपर सिंघा उड़ रहा था। सिंघा की पीठ पर एक सैनिक बैठा हुआ था जिसने विवाह स्थल पर फूलों की वर्षा की थी। फूलों की बारिश देखकर सुरपांस के चेहरे पर मुस्कान उतर आई लेकिन वो मुस्कान शब्दों में बदलती और सिंघा से कुछ कहती उससे पहली ही अग्नि वेदी की आग से होता हुआ एक तीर सुरपांस के सामने धरती पर आकर तेजी से लगा। अपने सामने तीर के लगते ही सुरपांस तुरंत खड़ा हुआ और अपनी म्यान से तलवार निकालकर चींखता हुआ बोला - "हाह, ये दुःसाहस

किसने किया है? किसे आज अपने प्राणों से प्रेम नहीं रहा"। विवाह स्थल के सामने खड़ी सारी प्रजा घबरा गई, विवाह में आये हुये अतिथि भी सुरपांस के खड़े होते ही अपने-अपने आसनों से उठकर खड़े हो गये। सेनापति कुम्भी ने भी अपनी तलवार निकाल ली और चारो ओर देखने लगा। तभी एक दहाड़ गूँजी। बश्शेरा भी आसमान में सिंघा के बगल में आकर उड़ने लगा और बश्शेरा की पीठ पर जो सवार था वो था अंगक। अंगक के हाँथों में धनुष था, पीठ पर तीरों से भरा तरकश था, कमर में बंधी हुई तलवार भी म्यान से मानों बाहर निकलना चाह रही थी। अंगक क्रोध में उबल रहा था। इधर वहीं विवाह मंडप पर खड़ी सुमिधा का चेहरा अंगक को सकुशल देखकर चमक उठा और वो सहसा दो कदम आगे बढ़कर रुक गई। इधर सुरपांस बश्शेरा की पीठ पर बैठे हुये अंगक को कुछ क्षणों तक देखता रहा और फिर सिंघा की ओर नजर करके गरजता हुआ बोला - "सिंघा तुमने सुरपांस से विश्वासघात करके अपने जीवन की बहुत बड़ी भूल की है, अब उसका परिणाम तुम्हें भुगतना होगा"। सिंघा कुछ कहता उससे पहले ही बश्शेरा की पीठ पर बैठे अंगक ने तरकश से एक तीर निकाला और उसे अपने धनुष में लगाता हुआ क्रोध में भरे हुये शब्दो में बोला - "सुरपांस, परिणाम तो तुझे भुगतना होगा, हर उस अपराध का जो तूने आज तक किया है"। इतना कहकर अंगक ने धनुष के प्रत्यंचे पर चढ़े तीर को पीछे की ओर खींचा ही था कि तभी सुरपांस जोर-जोर से हँसने लगा और फिर हँसी को रोकते हुये बोला - "अंगक अपने तीर को वापस अपने तरकश में रख लो, नही तो प्रायश्चित करने का अवसर भी मैं तुम्हें नहीं दूँगा"। सुरपांस ने इतना कहते ही अपने पास खड़े सैनिको को आदेश दिया

कि राजमाता मंदिरा और राजकुमारी सुकीर्ति को महल के भीतर ले जायें। राजमाता मन्दिरा तो तेज कदमों से सैनिकों के घेरे में महल के भीतर जाने लगीं लेकिन राजकुमारी सुकीर्ति ने इसका विरोध किया, तब कुछ दासियाँ उन्हें बलपुर्वक महल के भीतर ले जाने लगीं। अंगक धनुष पर चढ़े तीर को छोड़ता उससे पहले ही सुरपांस ने अग्नि वेदी के दूसरी ओर खड़ी सुमिधा के गले पर तलवार तान दी और अंगक की ओर आसमान में देखने लगा। सुमिधा के गले मे तलवार देखकर अंगक ने अपने खिंचे हुये तीर को ढीला कर लिया और धनुष नीचे करने लगा। सुमिधा अंगक को जीवित देखकर ये भूल चुकी थी मौत उसके कितने समीप खड़ी है। तब सुमिधा ने अंगक से जोर भरी आवाज में कहा - "पुत्र तुम मेरी चिंता अब मत करो, तुम्हें सारे दुब्रास और इस धरती को भी इस दुष्ट के अत्याचारों से बचाना है"। अंगक चुपचाप बस सुमिधा के चेहरे को देख रहा था और उसी असमंजस में फँस गया था जिसमें उसके पिता राजा रामानु कभी फँसे थे। जबकि अंगक दुब्रास से यही सोचकर निकला था कि अब किसी भी स्थिति में सुरपांस को मारेगा और उस स्थिति के मूल्य में उसने सुमिधा के प्राणों को भी तौल दिया था, पर अब साहस गिर रहा था। सुमिधा की साँसें तेज थी, अपनी साँसों को सम्हालते हुये उसने अंगक से फिर कहा - "अंगक तुम मेरे प्राणों का विचार मत करो, सुरपांस की मृत्यु निश्चित करो"। अंगक तो अपने विचारों में उलझा हुआ था कि तभी सुरपांस ने सुमिधा के गले से तलवार हटा ली और बोला - "ठीक है फिर मैं तुम्हारी उलझन को और बढ़ाता हूँ"। इतना कहकर सुरपांस ने सेनापति कुम्भी की ओर एक नजर देखा। कुम्भी सुरपांस का ईशारा समझ गया और अपने पीछे

खड़े सैनिकों की ओर देखने लगा लेकिन सैनिक कुम्भी का ईशारा नहीं समझे और एक दूसरे की ओर देखने लगे। तब कुम्भी ने अपनी तलवार म्यान से निकाली और पीछे खड़े सैनिकों को लेकर वहाँ से चला गया। अब तक योध्यानगर की प्रजा डरी सहमी वहीं खड़ी थी लेकिन जैसे ही गजा दुब्रास के जंगली जानवरों और अंगक कि बनाई हुई सेना के साथ वहाँ पहुँचा तो प्रजा इधर-उधर भागने लगी। कुछ ही देर में सारा विवाह स्थल खाली हो गया, सुरपांस के विवाह में अतिथि बनकर जो राजा आये थे वो भी प्रजा की भगदड़ के बीच में छुपकर वहाँ से भाग गये। तभी सिंघा ने बश्शेरा से कहा - "पिता जी सुरपांस के चेहरे पर न तो कोई डर दिखाई दे रहा है और न ही उसे इस बात की चिंता है कि उसके सामने हम हमारी सेना के साथ युद्ध करने के लिये खड़े है आखिर क्यूँ?"। तब बश्शेरा ने सिंघा से कहा - "वो इसलिये क्योंकि उसे अब भी इस बात की खबर नहीं होगी कि......"। बश्शेरा ने अंगक से इतना कहा ही था कि तभी जो हुआ उसको देखकर सभी दंग रह गये। सेनापति कुम्भी अपने सैनिकों के साथ राजा रामानु को बेड़ियों में जकड़े हुये विवाह स्थल में आया। अंगक के हाँथों से धनुष छूट गया और आसमान से सीधा नीचे जमीन पर आ गिरा। तभी सिंघा ने बश्शेरा की ओर देखते हुये कहा - "ये कैसे हो सकता है सुरपांस जब कारागार से बाहर निकला था तो उसकी तलवार में रक्त लगा हुआ था और उसने कहा था कि उसने राजा रामानु और रानी जानसी की हत्या कर दी है। बश्शेरा ने तो सिंघा की बात पर कुछ नही कहा लेकिन अंगक ने सिंघा की ओर घूरते हुये देखा और फिर बश्शेरा से कहा कि वो नीचे धरती पर उतरे। बश्शेरा धरती पर उतर आया, साथ ही सिंघा

भी धरती पर आ गया और उसकी पीठ पर बैठा हुआ सैनिक पीछे खड़ी दुब्रास की बाँकी सेना के साथ खड़ा हो गया। अब अंगक भी बश्शेरा की पीठ से नीचे उतरा और अपने पिता की ओर देखने लगा। सेनापति कुम्भी के पास खड़े जंजीरों में बँधे हुये राजा रामानु ने भी अंगक को गौर से देखा लेकिन पहचान नहीं पा रहे थे। तभी सुरपांस ने हल्की हँसी चेहरे पर रखते हुये राजा रामानु की ओर एक नजर देखा, फिर अंगक के उदास चेहरे को देखने लगा। जब कुछ देर कोई कुछ नहीं बोला तब सुरपांस ने राजा रामानु से कहा - "रामानु देखो, गौर से देखो, बश्शेरा के पास जो वीर खड़ा है न, वो तुम्हारा पुत्र है जिसे मैंने इस दासी (सुमिधा) का पुत्र समझ कर इतने वर्षों तक अपने महल में ही रखा"। सुरपांस ने इतना कहा ही था कि राजा रामानु की आँखें जो अंगक को किसी पहचाने हुये चेहरे की तरह देख रहीं थीं वो अब छलक पड़ीं। रामानु अपने घुटने के बल नीचे गिर गये और सर झुकाकर रोने लगे। अंगक भी अपने आप को सम्हाल नही पाया और कदम अपने पिता की ओर बढ़ा दिये। तभी सुरपांस ने अंगक से जोर भरी आवाज में कहा - "सावधान युवराज अंगक, अगर एक भी कदम और आगे बढ़ाया तो घुटनों के भल गिरे हुये तुम्हारे पिता का सर जमीन पर अलग पड़ा होगा"। अंगक सुरपांस की चेतावनी भरे शब्द सुनकर तुरंत रुक गया और नम आँखों से बोला - "सुरपांस तुम चाहो तो मुझे बंदी बना लो लेकिन मेरे पिता को इस कैद से आजाद कर दो"। अंगक की बात सुनकर सुरपांस कुछ कहता उससे पहले ही सर झुकाकर रो रहे राजा रामानु ने अपना सर उठाया और अपने दांतो को पीसते हुये भारी आवाज में अंगक से बोले - "अंगक......अब मेरे प्राणों की चिंता मत करो, तुम्हारी माता के

जाने के बाद अब वैसे भी मेरी जीवन आशा ही समाप्त हो चुकी है, लेकिन, तुम्हें अपने कदम अब मेरी ओर मुझे मुक्त कराने के लिये नहीं बल्कि तुम्हें कदम इस सुरपांस की ओर बढ़ाने होंगे, इसकी गर्दन को इसके धड़ से अलग करने के लिये बढ़ाने होंगे"। अंगक रुक तो गया लेकिन उसे अपने पिता की पूरी बातें जैसे सुनाई ही नहीं पड़ी और वो अपनी माता जानसी को सेनापति कुम्भी के चारो को देखकर ढूढने लगा। सुमिधा भी समझी नहीं कि राजा रामानु तो जीवित हैं लेकिन रानी जानसी कहाँ हैं?। तभी अंगक ने अपनी तलवार को म्यान से निकाला और सुरपांस को घूरते हुये बोला - "सुरपांस, मेरी माता कहाँ हैं?"। तब सुरपांस ने भी अपनी तलवार की धार को देखते हुये कहा - "अभी कल ही इस तलवार से तुम्हारी माता का रक्त गया है"। सुरपांस ने सेनापति किवाड़ की म्रत्यु के दिन क्रोध में कारागार जाकर रानी जानसी की हत्या कर दी थी लेकिन म्रत्यु से पूर्व रानी जानसी ने राजा रामानु के प्राणों को बचाने के लिये उसे वो गुप्त बात बता दी थी जिससे सुरपांस चाहकर भी रामानु को मार न सका। सुरपांस अब ये जानता था कि जब तक राजा रामानु जीवित हैं तब तक ही दिव्यांग कँवच की शक्तियाँ रहेंगी। अंगक अपनी माता की म्रत्यु की खबर सुनकर अचेत सा हो गया, उसके हाँथों से तलवार छूट कर नीचे गिर गई। सुरपांस सब कुछ बड़े ही ध्यान से देख रहा था, वो चाहता था कि बिना युद्ध लड़े ही अंगक और उसके साथियों को बंदी बना ले। अंगक अब स्वयं तो खुद को सम्हाल नहीं सकता था उसे जरूरत थी कुछ ऐसे शब्दों की जो आँसुओ को रोक सकें और उसके शरीर में बह रहे रक्त में साहस भरकर उसे दौड़ा सकें। अंगक ने घुटने टेक दिये थे और सर झुकाकर

रोने लग गया तभी उसके कानों में उसके पिता राजा रामानु के शब्द पड़े। "पुत्र अंगक.............मेरी माता सिल्या को ढाल बनाकर सुरपांस ने मुझे असहाय कर दिया था लेकिन मेरे असहाय होकर हार मानने से सारा दुब्रास और ये धरती भी सुरपांस की क्रूरता की बंदी हो गई"। राजा रामानु बोलते जा रहे थे और अंगक सर झुकाकर रोता हुआ ऐसे सुन रहा था जैसे अब कोई भी बात उसके गिरे हुये हौंसलें को उठा नहीं सकती। सुमिधा भी चुपचाप सुरपांस के सैनिकों से घिरी हुई खड़ी थी और अंगक की ओर मातृत्व भाव से देख रही थी। अंगक के पीछे खड़े बश्शेरा और सिंघा भी ये सोचने लगे थे कि अब फिर से सुरपांस की विजय निश्चित है। गजा जो अपने साथ दुब्रास के जंगली जानवरों और वहाँ की सेना को लेकर आया था वो भी सामने घट रही घटना को बस देख रहा था। हाँथों में तलवार लिये सुरपांस ने अपने कदम अंगक की ओर बढ़ा दिये। राजा रामानु का मन टूट गया और वो रोते हुये बोलने लगे - "अंगक...........पुत्र...........उठो.....लड़ो...... कर्तव्य का पालन करो.........तुम्हारी माता प्राण छोड़ते समय सुरपांस से कह रही थी कि तुम सुरपांस के हर अत्याचार का प्रतिशोध लोगे......"। सुमिधा की आँखों से भी आँसू थम नहीं रहे थे लेकिन वो अब और कहती भी क्या? जब अंगक पर किसी भाव का प्रभाव होता दिखाई ही नहीं दे रहा है। सुरपांस अब अंगक के ठीक सामने आकर खड़ा हो गया लेकिन अंगक अब भी जमीन पर घुटने टेक कर सर झुकाये हुये बैठा है। सुरपांस ने एक हल्की हँसी अपने चेहरे पर लाई और तलवार को ऊपर उठाकर अंगक की गर्दन पर वार किया। तलवार ऊपर से अंगक की गर्दन तक पहुँचती उससे पहले एक पंजे के जोरदार वार ने सुरपांस को बीस कदम पीछे उड़ता फेंक

दिया। बश्शेरा ने युद्ध की घोषणा कर दी। सिंघा भी सुरपांस के सैनिकों पर टूट पड़ा, कभी हवा में उड़ते हुये किसी सैनिक के पास जाकर उसकी गर्दन को अपने जबड़ो में दबा देता, तो कभी तेजी से दौड़कर जाता और एक पंजे के वार से ही शत्रु का कलेजा बाहर निकाल देता। गजा भी बाँकी जानवरों और दुब्रास के सैनिकों के साथ सुरपांस की सेना पर टूट पड़ा। सेनापति कुंभी भी अपनी तलवार का हुनर दिखाने लगा लेकिन सुरपांस अब भी जमीन से उठा नहीं। सुरपांस बश्शेरा के वार से घायल नहीं था बल्कि उसे स्वयं पर क्रोध आ रहा था। क्रोध से भरा हुआ सुरपांस उठा कूद पड़ा युद्ध को समाप्त करने के लिए। वहीं दूसरी ओर अंगक अब भी अपने चारों ओर लड़ रहे सैनिकों के बीच घुटने टेके हुये बैठा है। तभी जमीन पर पीठ के भल घिसटते हुये बश्शेरा अंगक के पास आकर रुका। बश्शेरा के जबड़ों से खून निकल रहा था। बश्शेरा पर ये वार क्रोध से उबल रहे सुरपांस ने किया था। अंगक के कानों में सामने पड़े बश्शेरा की कराह गई और बहुत देर के बाद उसने अपने झुके हुये सर को ऊपर उठाया। बश्शेरा असहाय पड़ा था मानों अब वापस अपने पैरों में खड़ा होना उसके लिये मुमकिन नहीं था। अंगक एकटक बश्शेरा के चेहरे को देख रहा था कि तभी एक तलवार तेजी से उड़ते हुये आई और जमीन पर पड़े हुये बश्शेरा के पेट मे घुस गई। पेट में तलवार घुसते ही बश्शेरा के मुँह से एक जोरदार दहाड़ निकली, आवाज इतनी तेज थी कि आपस मे लड़ रहे सैनिक भी एक पल को ठहर गये। दहाड़ सुनकर अंगक का सारा होश लौट आया और वो घुटनों में ही झपटते हुये बश्शेरा के पास आ गया। अंगक ने बश्शेरा के पेट में घुसी तलवार को निकालने के लिये हाँथ आगे बढ़ाया ही था कि तभी सिंघा

भी आसमान से जमीन पर धम्म से आकर गिरा और कराहने लगा। अंगक ने ऊपर सर उठाया तो सुरपांस आसमान से नीचे की ओर हाँथ में तलवार लिया तेजी से आ रहा था। सुरपांस जमीन पर आया कि अंगक ने तब तक जमीन पर पड़ी तलवार हाँथों में उठा ली और अपने पैरों में खड़ा हो गया। सुरपांस ने एक पल भी और न सोचा और तलवार से जमीन पर पड़े सिंघा पर भी वार किया लेकिन तलवार सिंघा के शरीर को छूती उससे पहले ही अंगक की तलवार से उसे टकराना पड़ा। सुरपांस और अंगक कि तलवारें जब टकराईं तो तलवारों के बीच मे ऐसी चिंगारी उठी जैसे कोई ज्वालामुखी फट पड़ा हो, कोई बिजली कड़क उठी हो। अंगक ने अपना पूरा बल लगा दिया कि सुरपांस को उसकी तलवार के साथ और पीछे ढकेल सके लेकिन दिव्यांग कँवच की ताकत के साथ सुरपांस का बल कहीं ज्यादा था। अंगक ने किसी तरह सुरपांस की तलवार को नीचे पड़े सिंघा के शरीर पर लगने से रोककर तो रखा था लेकिन ज्यादा देर तक नहीं रोक सकता था। तभी सुरपांस पर एक जोर दार प्रहार उसकी दायीं ओर से हुआ। प्रहार ऐसा था मानों किसी ने महल के बड़े से स्तंभ को घुमा कर सुरपांस पर मारा हो। सुरपांस उड़ता कुछ दूर जाकर गिरा। ये प्रहार गजा का था, उसने अपनी सूड़ को घुमा कर सुरपांस पर वार किया था। गजा जानता था कि अब सुरपांस से उसका सीधा युद्ध होगा और संभवतः इसका परिणाम भी वो जानता था। सुरपांस तलवार उठाकर अपने पैरों पर फिर खड़ा हो गया और गजा को देखते हुये ही उसने एक लंबी छलांग आसमान की ओर लगा दी। कुछ देर के लिये तो सुरपांस जैसे आसमान में अदृश्य ही हो गया था। गजा ने एक नजर अपनी दायीं ओर अंगक को देखा और

कहा - "ये लड़ाई अब आपको ही जीतनी है युवराज"। गजा ने इतना कहा ही था कि बिजली की तेजी से सुरपांस आसमान से नीचे आया और उसकी तलवार गजा की गर्दन को आधा काटते हुये चली आई। गजा धरती पर गिर पड़ा और उसके शरीर से निकल रहा खून किसी नदी की धारा की तरह आसपास बहने लगा। सिंघा जो अब कुछ सुध में आया था, गजा के गिरते ही लड़खड़ाते हुये अपने पैरों में खड़ा हुआ और सुरपांस की ओर जाने लगा। बश्शेरा जिसके पेट में तलवार घुसी हुई थी वो अपने बचे हुये प्राणों को समेटकर फिर उठ खड़ा हुआ। सुरपांस ने एक नजर तीनों को देखा और बोला - "आज तुम सबकी म्रत्यु निश्चित है"। अंगक, सिंघा और बश्शेरा तीनों ने एक साथ सुरपांस पर आक्रमण कर दिया। राजा रामानु युद्ध के मैदान पर जंजीरों में जकड़े हुये घुटनों के भल बैठे हुये सारा युद्ध एक असहाय की तरह देख रहे थे तभी सुमिधा को पकड़कर जो सैनिक खड़े थे उन्हें दुब्रास के सैनिकों ने मार दिया। सुमिधा युद्ध कर रहे सैनिकों के इधर-उधर से भागती हुई राजा रामानु के पास आई और बोली - "महाराज मैं आपकी जंजीरें भी नहीं तोड़ सकती, करूँ तो क्या करूँ"। राजा रामानु ने सुमिधा से कुछ नहीं कहा और बोले - "सुमिधा तुमने हमारे पुत्र को इतने वर्षों तक अपने पुत्र की तरह सम्हाल कर रखा, मैं सदा तुम्हारा आभारी रहूँगा"। तब सुमिधा ने राजा रामानु से कहा - "महाराज युवराज अंगक जैसे पुत्र को अपने साथ पालने का सौभाग्य, मुझे अमृत का उपहार मिलने जैसा है, आखिर वही तो इस धरा की एकमात्र आशा हैं"। इतना कहकर सुमिधा पास में मृत पड़े सैनिक के शरीर से भाला निकालने लगी ताकि राजा रामानु की जंजीरों को तोड़ने की कोशिश कर सके। इधर

सेनापति कुम्भी, दुब्रास के दो चीतों से लड़ रहा है। चीते घायल हो चुके हैं लेकिन कुम्भी से लड़ने के लिये अब भी उनके शरीर मे शक्ति बची हुई लगती है। बाहर युद्ध चल रहा है और महल के भीतर राजमाता मंदिरा भयभीत बैठी है क्योंकि आजतक योध्यानगर पर किसी ने भी आक्रमण नही किया था। इधर कक्ष में दासियों से घिरकर बैठी राजकुमारी सुकीर्ति का मन पहले से अब कम व्याकुल है, संभवतः उन्हें अपनी स्वतंत्रता की आशा दिखाई देने लगी है। योध्यानगर की सेना पर दुब्रास की सेना तो भारी पड़ रही थी लेकिन सुरपांस अकेला ही अंगक, सिंघा और बश्शेरा पर भारी पड़ रहा था। सिंघा सुरपांस के एक वार से दूर जाकर गिरता और फिर कुछ देर के बाद हिम्मत जुटा कर आक्रमण करने को खड़ा होता। बश्शेरा अपने पेट में घुसी तलवार के कारण पीड़ा में था, उसका एक पंख भी पूरी तरह घायल हो चुका था लेकिन फिर भी वो सुरपांस पर अपने पंजो से वार करता जा रहा था। सुरपांस ने बश्शेरा पर तलवार का एक और वार किया। तलवार इस बार बश्शेरा के दूसरे पंख को चीरते हुये पेट में घुस गई। बश्शेरा अब रक्त से लथपथ, अचेत होकर नीचे गिर गया। अंगक सुरपांस को आज अपना युद्ध कौशल दिखा रहा है लेकिन दिव्यांग कँवच की शक्ति के आगे उसका हर प्रहार सीमित था। कभी अंगक आसमान में छलांग लगा कर उड़ जाता तो सुरपांस भी उसका उसका पीछा करते हुये आसमान की ओर छलांग मारता, दोनों जमीन में नीचे आने तक एक दूसरे पर वार करते रहते। सुरपांस की तलवार के कुछ वार अंगक के शरीर पर पड़ चुके थे और बने हुये घावों से खून रिसने लगा था। सुरपांस की तलवार के वार और तेज हो गये, अंगक ने भी अपना पूरा बाहुबल लगा दिया। दोनों

की तलवारें टकराती रहीं कि तभी अंगक की तलवार को बीच से काटते हुये सुरपांस की तलवार अंगक की बायीं जाँघ पर जा घुसी। सुरपांस ने तलवार खींच कर वापस बाहर निकाली और फिर वार करने के लिये तलवार को घुमाया। सुरपांस की तलवार अंगक के शरीर को दोबारा चीरती उससे पहले ही सिंघा खुद को सम्हालकर दौड़ता हुआ आया और सुरपांस के ऊपर कूद पड़ा। इस बार सुरपांस के गले पर सिंघा का पंजा पड़ गया और खून रिसने लगा। सिंघा दूसरा वार करता उससे पहले ही सुरपांस की तलवार ने उसका दाँया पंजा काटकर अलग कर दिया। सिंघा दर्द में कराहता हुआ लड़खड़ाकर वहीं पर गिर पड़ा। सुरपांस ने एक क्षण सिंघा को देखा और फिर बोला - "तेरी मौत तेरे सामने है, देख"। सिंघा अपने पंजे के कट जाने से पीड़ा में कराह रहा है और आँखों को आधा खोलकर तलवार ऊपर उठा रहे सुरपांस की ओर देख रहा है। सुरपांस ने सिंघा पर वार किया लेकिन अंगक ने एक बार फिर तलवार से सुरपांस की तलवार का वार रोक दिया। अंगक ने जोर से चीखते हुये पूरा जोर लगाकर सुरपांस को उसकी तलवार के साथ कई कदम पीछे धकेल दिया। सुरपांस हैरान रह गया कि क्या हुआ? सुरपांस ने खुद को सम्हाला और दौड़ता हुआ अपनी तलवार को घुमाता हुआ अंगक की ओर आने लगा। अंगक भी अब क्रोध में था, उसके चेहरे का रंग लाल हो रहा था, मानों रक्त उबलते हुये सारे शरीर में दौड़ रहा है। सुरपांस ने अंगक पर तलवार से वार किया अंगक ने भी अपनी तलवार पर पूरा बल लगाकर प्रहार किया। अंगक की तलवार सुरपांस की तलवार को बीच से काटते हुये सुरपांस की गर्दन को धड़ से अलग करती चली गई। सुरपांस का सर धरती पर गिरा और धड़ से अचानक

निकला खून अंगक के चेहरे पर जा लगा। ये द्रश्य देखते ही सुरपांस के सैनिकों ने अपने शस्त्र नीचे डाल दिये, सेनापति कुम्भी के हाँथ से भी तलवार छूट गई, उसे विस्वास ही नहीं हो रहा था कि अंगक ने सुरपांस को मार दिया। अंगक जिसका शरीर क्रोध में काँप रहा था, धरती पर पड़े सुरपांस के कटे हुये सर को कुछ देर घूरता रहा। तभी सिंघा अपने एक कटे हुये पंजे के साथ लड़खड़ाता हुआ आगे अंगक के पास आया। बश्शेरा कुछ दूर पर ही अब भी नीचे गिरा पड़ा था, उसके शरीर मे इतना बल तो नहीं बचा था कि वापस उठ सके लेकिन आँखे खोलकर देख रहा था कि सुरपांस को अंगक ने मार दिया है। दुब्रास की सारी सेना विजय का उत्सव मनाने लगी। अंगक के मन का आवेश अब कुछ कम हुआ, तभी उसे किसी के रोने की आवाज आई। अंगक आवाज की ओर पीछे मुड़ा तो उसके हाँथ से तलवार छूट गई और क्षण भर में सब कुछ थम गया। राजा रामानु जमीन पर पड़े थे और उनके सीने में तलवार खड़ी थी। सुमिधा वहीं पर बैठी रो रही थी। विजय का उत्सव मना रही दुब्रास कि सारी सेना भी स्तब्ध रह गई। योध्यानगर के महल के सामने चल रहा युद्ध थम गया, लेकिन अब जो सन्नाटा वहाँ पसरा था उसे पराजित कर पाना अभी तो संभव नहीं था। अंगक दौड़ता हुआ अपने पिता राजा रामानु के पास आकर बैठ गया। अंगक की आँखों से आँसू की एक भी बूँद बाहर नहीं निकली मानों उसे अब तक पता ही न हो कि उसके पिता राजा रामानु उसके सामने मृत पड़े हैं। सिंघा भी लड़खड़ाता हुआ अपने तीन पंजो के साथ ही अंगक के पीछे आकर खड़ा हो गया। सुमिधा लगातार रो रही थी। तभी अंगक ने काँपते हुये स्वर में सुमिधा से कहा - "माता, जंजीरों से बँधे मेरे पिता

के सीने में जो तलवार है, उस तलवार को किन हाँथों ने चलाया है?"। सुमिधा अंगक की बात सुनकर ऊपर की ओर देखने लगी लेकिन कुछ बोली नहीं। तब अंगक की नजर कुछ दूर पर बंदी बनकर खड़े सुरपांस के सेनापति कुंभी पर गई। अंगक को क्रोध में देखकर कुंभी का तो गला सूख गया और भय से उसके माथे पर पसीना आ गया। अंगक अपने पिता के शव के पास से तेजी से उठा ही था कि तभी सुमिधा अपने दोनों हाँथों को आगे बढ़ाते हुये बोली - "पुत्र अंगक, तुम्हारे पिता के सीने में तलवार चलाने वाले हाँथ मेरे हैं"। इतना कहकर सुमिधा और रोने लगी लेकिन अंगक को कुछ समझ नहीं आया कि उसने अभी सुना क्या?। तब सुमिधा ने अपनी भावनाओं को सम्हालते हुये काँपती हुई आवाज में अंगक को बताया कि राजा रामानु जानते थे कि जब तक दिव्यांग कँवच की शक्तियाँ सुरपांस के साथ रहेंगी अंगक कभी विजयी नहीं हो सकता। इसीलिए जब सिंघा और बश्शेरा घायल होकर जमीन पर गिर पड़े तो राजा रामानु ने ही सुमिधा को विवश किया कि वो उनको मृत्यु दे दे क्योंकि दिव्यांग कँवच की शक्तियाँ उनके प्राणों के रहने तक ही रहेंगी। सुमिधा के मुख से निकला हर शब्द सच बनकर अंगक के भीतर जाने लगा और आँसुओं की बूँदें धीरे-धीरे करके आँखों से बाहर छलकने लगीं। अंगक अपने पिता के शरीर से लिपटकर रोने लगा, और रोते हुये ही बोला - "पिता श्री......मुझे क्या मिला इस विजय से, आपने ऐसा क्यूँ किया?"। अंगक बस इतना ही कह पाया और फिर केवल आँसू ही निकलते रहे। कुछ देर के बाद सारे योध्यानगर में खबर पहुँच गई कि सुरपांस मारा गया है। खबर के फैलते ही योध्यानगर की प्रजा भी खुशियाँ मनाने लगी आखिर सुरपांस का अत्याचार बाँकी राज्यों में

जैसे था वैसा ही उसके अपने राज्य में भी था। दुब्रास के सैनिकों ने महल के अंदर जाकर राजमाता मंदिरा को बंदी बना दिया। घायल पड़े बश्शेरा के ईलाज के लिये वैद्य को बुलाया गया। सिंघा का कटा हुआ पंजा अब वापस तो नहीं आ सकता था लेकिन फिर भी उसको भी उपचार की आवश्यकता थी। रात हो चुकी है। अंगक आज की रात योध्यानगर में बिताने के बाद कल सारी सेना के साथ दुब्रास निकल जायेगा लेकिन आज की रात ही जैसे बड़ी लंबी और गहरी बीत रही थी। अंगक सुमिधा के कक्ष में सर को झुकाये बैठा था। सुमिधा भी चुप थी, अंगक से पूँछती भी तो क्या पूँछती, वो स्वयं सब कुछ महसूस कर सकती थी। तभी अंगक ने सुमिधा की ओर आँसुओं से भरी आँखों से देखा और कहा - "माता मैं अपनी माँ जानसी का चेहरा भी एक अंतिम बार न देख सका, और न ही मेरी माता ने मुझे देखा"। इतना कहकर अंगक के मुँह से निकल रहे शब्द लड़खड़ा गये और वो फफक-फफक कर रोने लगा। सुमिधा अब भी चुप थी सम्भवतः अगर वो कुछ कहने के लिये अपना मुँह खोलती तो वो भी अपने आँसुओं को रोंक न पाती। तभी कक्ष के दरवाजे पर दो दासियाँ आईं और बोलीं कि राजकुमारी सुकीर्ति मिलने की आज्ञा चाहती हैं। अंगक ने दासियों की ओर देखा नहीं लेकिन सर झुकाये हुये ही कहा - "राजकुमारी से कह दो हम स्वयं उनसे मिलने के लिये अपनी माता के साथ उनके कक्ष में आ रहे हैं"। दासियाँ युवराज अंगक का आदेश लेकर वहाँ से चली गईं। राजकुमारी सुकीर्ति अपने कक्ष में व्याकुल घूम रही हैं। तभी सुमिधा के साथ अंगक उनके कक्ष में आ गया। अंगक के आते ही राजकुमारी एक जगह में खड़ी हो गईं और दो क्षण अंगक के चेहरे को देखने

के बाद बोलीं - "हमें हमारे राज्य पाबालिया पहुँचा दीजिये, हम पुनः उसे व्यवस्थित करेंगे"। राजकुमारी के चेहरे पर आशा की चमक थी लेकिन ये चमक अंगक के मुँह से निकले शब्दों के साथ ही उतर गई। अंगक ने राजकुमारी को बताया कि सुरपांस ने राजा पुरोध की हत्या के साथ, पाबालिया की सारी प्रजा को म्रत्यु के घाट उतार दिया था, अब वहाँ व्यवस्थित करने के लिये कुछ भी नहीं है। राजकुमारी धरती पर गिर पड़ीं और आँसू भी कक्ष में नीचे बिछे मखमल पर गिरने लगीं। तब अंगक ने राजकुमारी से कहा - "आप चाहें तो दुब्रास में रह सकतीं हैं"। तब राजकुमारी सुकीर्ति ने आँसुओं से भरी आँखों से अंगक को देखते हुये क्रोध में कहा - "युवराज हमें किसी की दासी बनकर नहीं रहना है"। तब युवराज अंगक ने राजकुमारी से कहा - "हम आपको आपके राज्य पाबालिया से जब बिना युद्ध किये ही योध्यानगर ले आये थे तब आपके पिता राजा पुरोध को अपनी सारी सच्चाई बता दी थी और उन्हें वचन दिया था कि सुरपांस से आपकी रक्षा करेंगे"। राजकुमारी चुपचाप अब शांत होकर अंगक की बातें सुन रही थीं। अंगक ने आगे फिर बोला - "तो हम आपको अपनी दासी नहीं बल्कि अपनी जीवन संगिनी बनाना चाहते हैं इसीलिये अगर आपको हमसे विवाह करने में कोई आपत्ति नहीं है, तो कल जब हम दुब्रास के लिये निकलेंगे तो आपके लिये भी हमारे रथ में एक जगह खाली रहेगी, बाँकी आपकी इच्छा है"। इतना कहकर राजकुमार अंगक तो वहाँ से चले गये लेकिन सुमिधा वही राजकुमारी सुकीर्ति के पास रह गई। आज की रात बीत गई। अगली सुबह होते ही दुब्रास को जाने के लिये महल के सामने रथ तैयार करके खड़े कर दिये गये। अंगक ने घायल बश्शेरा और सिंघा से

भेंट की। बश्शेरा के घाव गहरे थे लेकिन वैद्य के द्वारा लगाई गई जड़ी बूटियों ने चमत्कार सा दिखाया और गहरे घाव ने रात भर में ही भरना शुरू कर दिया था पर बश्शेरा अब भी अपने पाँवों पर खड़ा नहीं हो सकता था और न ही अपने पंखों पर उड़ सकता था। सिंघा का कटा हुआ दाँया पंजा अब लौट नहीं सकता था फिर भी उसका घाव भी भरने लगा। बश्शेरा और सिंघा के लिये दो विशेष रथ बनवाये गये जिनमें बैठकर वो आसानी से दुब्रास चल सकते थे। एक खास रथ और योध्यानगर के महल के सामने सभी रथों के आगे खड़ा था जिसमें युवराज अंगक अकेले बैठे थे लेकिन उन्हें उस रथ में किसी के आने की प्रतीक्षा थी। राजकुमारी सुकीर्ति अब भी योध्यानगर के महल के कक्ष में हैं लेकिन सुमिधा जिसका रथ राजकुमार अंगक के रथ के पीछे खड़ा है, वो आकर अपने रथ में बैठ गईं हैं। राजकुमार अंगक का विस्वास अब टूट गया और उन्होंने अपने रथ के पीछे खड़े रथ की ओर देखते हुये कहा - "माता सुमिधा, अब हमें चलना चाहिये"। सुमिधा भी राजकुमार अंगक के मन की बात को अच्छे से समझ रही थी लेकिन वो कहती भी तो क्या? फिर भी सुमिधा ने अंगक से कहा - "ठीक है पुत्र, अब दुब्रास के लिये निकलना ही ठीक है"। अंगक सुमिधा कि बात सुनकर कुछ खास प्रसन्न नहीं हुआ लेकिन उसे उसी के प्रश्न का उत्तर मिला था। अंगक आगे की ओर देखने लगा जहाँ योध्यानगर की प्रजा भीड़ लगाये अपने हाँथों में फूल लिये खड़ी थी। अंगक का मन तो नहीं कह रहा था कि वो अपने सारथी को कहे कि रथ दुब्रास के लिये वहाँ से ले चले लेकिन करता भी तो क्या? तभी अंगक ने माता सुमिधा से एक बार और पूँछने के लिये पीछे खड़े रथ

की ओर देखा और बोला - "माता सुमिधा......"। अंगक इतना कहकर ठहर गया। राजकुमारी सुकीर्ति सुमिधा के रथ में आकर बैठ चुकी थीं। अंगक कुछ क्षणों के लिये राजकुमारी सुकीर्ति की आँखों में ही देखता रहा और फिर सीधा होकर सारथी को आगे बढ़ने का आदेश दे दिया। राजकुमारी सुकीर्ति मन ही मन में मुस्करा रही थीं। योध्यानगर की सारी प्रजा ने सारे रथों और दुब्रास की सेना के ऊपर फूल बरसाये और राजकुमार अंगक के नाम के जयकारे लगाये।

समाप्त।